Pierre Simard

D1390315

L'OPÉRA DE VIGÀTA

A Vigàta, une bourgade sicilienne, le préfet milanais s'obstine à monter l'obscur opéra d'un napolitain, *Le Brasseur de Preston*, dont personne ne veut. La communauté est divisée entre les fonctionnaires et représentants de l'État d'une part, et d'autre part les habitants bien décidés à subvertir la représentation de quelque manière que ce soit. Le spectacle provoque une série de catastrophes, notamment l'incendie du théâtre dans lequel plusieurs personnes trouveront indirectement la mort, mais aussi la révélation de troubles secrets : cocufiages, relations clandestines, arrangements mafieux...

Dans un truculent ballet de personnages, les événements se bousculent et s'entrechoquent, créant une série de quiproquos tantôt burlesques, tantôt dramatiques, et les situations d'une irrésistible drôlerie voisinent alors avec celles d'un tragique souvent absurde.

Au-delà de l'incendie du théâtre et de ses répercussions, c'est au conflit italien entre le Nord et le Sud, entre société civile et mafia sicilienne, auquel Andrea Camilleri nous convie, dressant un portrait sans complaisance mais non sans humour de ses compatriotes.

Andrea Camilleri est né en Sicile, il y a 75 ans. Scénariste et metteur en scène de théâtre, il est l'auteur de nombreux romans policiers qui, depuis deux ans, remportent de véritables succès en Italie.

La Forme de l'eau
Fleuve noir, 1998

Chien de faïence
Fleuve noir, 1999

La Saison de la chasse
Fayard, 2001

La Voix du violon
Fleuve noir, 2001

Andrea Camilleri

L'OPÉRA
DE VIGÀTA

ROMAN

Traduit de l'italien (Sicile)
par Serge Quadruppani
avec l'aide de Maruzza Loria

Éditions Métailié

TEXTE INTÉGRAL

TITRE ORIGINAL
Il Birraio di Preston
© ORIGINAL
1995, by Sellerio Editore, Palermo

ISBN 2-02-044797-5
(ISBN 2-86424-301-6, 1ʳᵉ publication)

© Éditions Métailié, mars 1999,
pour la traduction française

www.seuil.com

Note du traducteur

Le prodigieux succès des romans d'Andrea Camilleri en Italie[1] tient pour une bonne part au travail, entre linguistique et poésie, qu'il a opéré sur la langue. Dans cette dizaine d'œuvres, son narrateur utilise pour l'essentiel une langue personnelle, élaborée à partir de l'italo-sicilien des gens cultivés de la région d'Agrigente. Pour le traducteur il fallait d'abord faire sentir la différence entre cette langue et les passages où, pour les nécessités de la narration, Camilleri écrit soit en pur dialecte sicilien, soit en italien « officiel ». Cette langue « camilleresque », il s'agissait aussi et surtout de tenter d'en restituer la saveur.

Truculence d'un parler populaire qu'en Sicile, les classes cultivées n'ont jamais rejeté, vocabulaire hérité des différentes civilisations qui ont occupé le sol de l'île (grecque, arabe, normande, française, castillane, catalane...), syntaxe particulière : les ingrédients de cette saveur, à quoi le lecteur italien est immédiatement sensible, sont inégalement difficiles à rendre auprès du lecteur français. Pour le parler populaire, on a tenté de faire

---

1. A l'été 1998, sur les dix premiers romans vendus en Italie, six étaient des œuvres de Camilleri. Pour plus d'informations sur la biographie de l'auteur, sur sa langue et les problèmes de traduction qu'elle pose, on se reportera avec profit à la préface de *La Forme de l'eau*, Fleuve noir, 1998.

7

entendre une « voix du sud », sans cependant transformer Camilleri en Occitan. Pour le vocabulaire, en recourant à des archaïsmes, des régionalismes, des notes et grâce aux observations mêmes de l'auteur, on espère qu'une partie au moins de sa richesse ne s'est pas perdue. Mais c'est par la syntaxe, c'est-à-dire, le recours fréquent à ces tournures, « où le verbe à la fin se retrouve », que le niveau de langue correspondant à l'italo-sicilien de Camilleri est le plus facilement reconnaissable. On a aussi respecté cet usage particulier du passé simple qui fait dire à l'habitant de Vigàta : Cu fu ? « Qu'est-ce qu'il fut ? » au lieu de Che succede ? « Qu'est-ce qui se passe ? ».

En outre, le présent ouvrage présente des difficultés qui lui sont particulières. L'Opéra de Vigàta (en italien Il Birraio di Preston), appartient à la série des romans de Camilleri qui se rapprochent le plus de ceux de son ami Sciascia : partant d'un fait divers du siècle exhumé des archives, il reconstruit la tragi-comédie d'une société où la permanence des modes de vie et de domination siciliens s'affirme contre les modèles importés du Nord. Ces derniers sont ici représentés par différents person-nages, le préfet florentin, le questeur milanais, le révolu-tionnaire romain, pour lesquels il a fallu à chaque fois trouver des solutions différentes, puisque l'auteur les fait chacun parler dans leur langue propre.

Comme on sait, le parler florentin constitue la base de l'italien officiel : le préfet de Camilleri se distingue donc, non par son vocabulaire, mais par un accent, tel que le perçoivent des oreilles siciliennes (équivalent de l'« accent pointu » des Parisiens aux oreilles pro-vençales), marqué principalement par l'élision des « c » durs (j'espère que vous 'omprenez). Le Milanais, lui, parle dans le dialecte de sa région : comme ce dernier est fortement influencé par le français, on a fait sentir la langue du questeur en reproduisant tels quels les mots au sens le plus transparent (va te faire fottett). Quant au Romain, pour rendre son dialecte, on a transposé en français quelques-unes de ses élisions de voyelle (ceci est 'ne note du traducteur) et la déformation de l'article italien il *(le) en* er *(er traducteur est un peu longuet). On s'est aussi efforcé de faire sentir combien le* romanesco, *même pour les Siciliens qui ne reculent pas devant la verdeur, est souvent très vulgaire.*

Enfin, bien plus que dans la série du commissaire Montalbano, qui se déroule à notre époque, les différences de classe sont ici perceptibles dans la manière de s'exprimer. On a donc eu recours à des déformations lexicales pour faire sentir que, par exemple, le menuisier et le préfet, même quand ils veulent se parler en italien, ne parlent pas la même langue : ce qui, en soit, résume le drame qui littéralement, enflamme ce très vieux et très vivant recoin du monde.

Serge Quadruppani

C'était une nuit à faire peur

C'était une nuit à faire peur, vraiment épouvantable. Comme un coup de tonnerre plus déchaîné que les autres secouait les vitres des fenêtres, Gerd Hoffer, pas encore dix ans, se réveilla en sursaut en s'apercevant par la même occasion qu'irrésistiblement, il fuyait. C'était une vieille histoire, cette fuite de pipi : les médecins avaient diagnostiqué que le minot souffrait, depuis sa naissance, d'une faiblesse de la continence, c'est-à-dire des reins, et qu'en conséquence, il était naturel qu'il se libérât au lit. Mais son père, l'ingénieur des mines Fridolin Hoffer, n'avait jamais voulu l'entendre de cette oreille, il ne se pardonnait pas d'avoir mis au monde un fils allemand manqué, et il soutenait donc qu'il s'agissait d'administrer non pas des soins, mais une éducation kantienne de la volonté, c'est pourquoi chaque matin que Dieu envoyait sur la terre, il se lançait dans une inspection du lit filial, soulevant couverture ou drap suivant la saison, et, quand la main inquisitoriale qu'il avait glissée, aussitôt, immanquablement, rencontrait un marais, il réagissait par une mornifle au gamin dont la joue gonflait à vue d'œil comme une fougassette sous l'effet de la levure de bière. Pour éviter de subir cette fois encore la punition paternelle matutinale, Gerd se dressa dans l'obscurité illuminée d'éclairs et entama une progression incertaine en

11

direction du retrait[1], tandis que son cœur bondissait de frousse devant les dangers et les pièges que comportait ce voyage nocturne : une fois un lézard était monté se nicher entre ses jambes et une autre fois, un cafard s'était laissé écraser sous son pied avec un bruit mouillé que rien que d'y penser, il en avait de nouveau l'estomac retourné.

Arrivé au cabinet, il roula sa chemise de nuit sur son ventre et commença à se soulager. Ce que faisant, il regardait, comme d'habitude, par la fenêtre basse, vers Vigàta et sa mer, à quelques kilomètres de Montelusa. Quelle émotion si, au loin sur l'eau, il apercevait la lueur faible de la lampe à acétylène de quelque *paranza*[2] perdue ; alors soudain, dans sa tête s'élevait comme une musique, un grouillement de sensations qu'il ne savait comment dire ; parfois, rarement, des mots apparaissaient et brillaient comme des étoiles dans un ciel noir. Une suée lui venait et, de retour dans son lit, il n'arrivait pas à garder les yeux fermés, il se tournait et se retournait jusqu'à ce que le drap devienne une espèce de corde à laquelle il pendait. Dans quelques années, il deviendrait écrivain et poète, mais il l'ignorait encore.

Cette nuit-là, ce fut différent. Entre éclairs, lueurs à l'horizon, grondements de tonnerre qui l'effrayaient et le fascinaient à la fois, il découvrit un phénomène jamais vu auparavant. En fait, sur Vigàta, se levait l'aube, ou quelque chose qui y ressemblait ; et cela était absolument impossible, étant donné que son père, avec une précision teutonne et une minutie scientifique, lui

1. *Retrè* dans le texte, c'est-à-dire « retrait », vieux mot français signifiant « cabinet » : l'influence de la civilisation française s'étend jusque-là. Il y a beaucoup de mots d'origine hexagonale en sicilien.
2. Barques de pêche à voile latine qui opéraient en général par deux, en tirant un filet entre elles.

avait expliqué comment la lumière du jour naissait du côté opposé, et précisément dans la verrière de la salle à manger. Il observa encore avec plus d'attention, mais il n'y avait pas de doute possible, une demi-lune rougeâtre couvrait le ciel de Vigàta, on voyait carrément à contre-jour les silhouettes des maisons hautes, celles qui se dressaient sur la plaine de la Lanterne, qui dominait la petite ville.

Une expérience douloureuse lui avait appris combien il était périlleux de réveiller son père au beau milieu de son sommeil, mais il décida que cette fois, l'occasion en valait la peine. Parce qu'il n'y avait que deux possibilités : ou bien le monde, fatigué de tourner toujours dans le même sens, avait changé de route (et lui, qui était né écrivain et poète, sentait la tête lui tourner d'émotion devant pareille hypothèse), ou bien son père, pour une fois, avait manqué à son infaillibilité souveraine (et lui, qui était né fils, devant cette seconde supposition, bien plus que devant la première, sentait la tête lui tourner). Il se dirigea vers la chambre de son père, content de l'absence de sa mère, qui se trouvait à Thübingen, au chevet de la grand-mère Wilhelmine, et, à peine le seuil franchi, il fut accueilli par le ronflement dévastateur de l'ingénieur, bestiau jaugeant ses cent vingts kilos, hauteur presque deux mètres, cheveux roux en brosse, moustaches géantes, rousses elles aussi. Il toucha la masse bruyante et aussitôt, retira la main comme s'il s'était brûlé.

— Eh ? fit son père, les yeux immédiatement écarquillés, car il avait le sommeil léger.

— *Vater*, murmura Gerd.

— *Was ist denn ?* Qu'est-ce qu'il y a ? demanda l'ingénieur en frottant une allumette pour allumer la lampe sur la table de nuit.

— Il y a que cette nuit, il vient de la lumière du côté de Vigàta.

— De la lumière ? Quelle lumière ? Le crépuscule du matin ?

— Oui, père.

Sans mot dire, l'ingénieur fit signe à son fils de s'approcher et à peine celui-ci fut-il à sa portée qu'il lui balança une mornifle grandiose.

Le gamin chancela, se porta une main à la joue mais s'entêta. Il répéta, obstiné :

— Oui mon bon monsieur, *vater*, c'est le crépuscule de l'aube à Vigàta.

— *Fa tout de suite dans ta champre !* ordonna l'ingénieur qui ne se serait jamais montré, au saut du lit, en chemise de nuit, devant les yeux qu'il supposait innocents de son fils.

Gerd obéit. Il devait bien y avoir quelque chose d'étrange, pensait l'ingénieur tandis qu'il mettait sa robe de charnbre et se rendait dans le retrait. Un seul coup d'œil lui suffit amplement pour se rendre compte qu'en fait d'aube, à Vigàta avait éclaté un incendie, et très violent. À tendre bien l'oreille, on entendait même la cloche d'une église qui battait désespérément.

— *Mein Gott !* dit l'ingénieur, le souffle à peu près coupé. Puis, retenant à grand-peine hurlements et cris de joie, cris de bonheur très pur, fébrilement il se vêtit, ouvrit le grand tiroir du bureau, en tira un grand clairon doré muni de cordons pour se l'accrocher au cou et sortit en courant sans même se préoccuper de fermer la porte derrière lui.

Dès qu'il fut dans la rue, il donna libre cours à un long hennissement de satisfaction et puis commença à courir. L'événement allait lui permettre d'expérimenter, pour la première fois, un engin anti-incendie de son cru, qu'il avait en tête de faire breveter et qui avait été construit selon ses plans, durant de longs mois de besogne passionnée, en dehors des horaires de travail de

14

la mine. Il s'agissait d'une large charrette sans ridelles, sur la plate-forme de laquelle avait été clouée une espèce d'épaisse plaque de fer. Solidement vissée sur celle-ci, une sorte de gigantesque alambic de cuivre était reliée à un autre beaucoup plus petit, sous lequel un compartiment de fer, ouvert vers le haut, faisait office de chaudière. Le petit alambic, rempli d'eau et avec un feu allumé par-dessous, produisait, suivant la fulgurante découverte de Papin, la pression nécessaire pour faire sortir avec force l'eau froide contenue dans l'alambic plus grand. Accrochée à la grosse charrette, une autre de proportions réduites portait le bois à brûler et deux échelles ajustables l'une à l'autre. Le tout était tiré par quatre chevaux ; l'équipe de volontaires anti-incendie se composait de six personnes qui se disposaient debout sur les côtés du grand chariot. La place de l'ingénieur se trouvait à côté de celle du cocher. Au cours des entraînements et des essais, l'appareil avait toujours donné de bons résultats.

Arrivé au début de l'artère qui coupait en deux le quartier autrefois arabe du Ràbato, habité maintenant par les mineurs et les ouvriers des soufrières, Fridolin Hoffer inspira profondément et fit retentir un puissant appel de son instrument. Il remonta toute l'artère, qui était longue, la poitrine douloureuse tant était grande l'énergie qu'il mettait à souffler et, arrivé au bout de la rue, il opéra un rapide demi-tour et la remonta en sonnant toujours du clairon.

Les effets de cette sonate nocturne ne se firent pas attendre. Les hommes de l'équipe, avertis de la signification d'un réveil imprévu à coup de clairon, après avoir rassuré femmes et enfants qui tremblaient et pleuraient, se hâtèrent de s'habiller. Puis l'un d'eux courut ouvrir la remise où était rangée la machine, le cocher s'occupa d'atteler les chevaux, un troisième et un quatrième allumèrent le feu sous le petit alambic.

Les autres habitants de ce quartier populaire, ignorants de tout mais convenablement terrorisés par l'appel du clairon, barricadèrent tant bien que mal portes et fenêtres, dans un tohu-bohu de hurlements, de cris, d'exclamations, pleurs, prières, jurons et oraisons jaculatoires. Mme Nunziata Lo Monaco, quatre-vingt-treize ans, réveillée en sursaut, se dressa à demi sur son lit, se convainquit rapidement du retour des émeutes de quarante-huit, s'affola, retomba en arrière raide comme un manche à balai et bientôt trépassée. À l'aube, les parents la trouvèrent morte et en attribuèrent la faute à son cœur et à son âge, et sûrement pas au *do* suraigu de l'Allemand.

Pendant ce temps, l'équipe, les préliminaires achevés, s'était tout entière serrée autour de l'ingénieur ; les hommes étaient agités et émus par l'occasion qui se présentait. L'un après l'autre, l'ingénieur les fixa dans les yeux puis il leva le bras et donna le signal du départ. Et que je coure et que je monte, dans un grand brouhaha, ils s'installèrent sur le chariot, avant de partir ventre à terre pour Vigàta. Du clairon qu'il portait au cou, Hoffer lançait de temps à autre une sonnerie, sans doute pour avertir les lapins ou les chiens de passage, et sûrement pas les chrétiens, parce qu'à cette heure de la nuit et par ce mauvais temps, de chrétiens, on n'en voyait pas dans les alentours.

Pour Gerd aussi, resté seul à la maison, ce fut une nuit étrange. Quand il entendit son père sortir, il se leva de son lit, alla fermer la porte de la maison, alluma toutes les lumières l'une après l'autre jusqu'à produire une grande illumination. Puis, il se planta devant le miroir de la chambre de sa mère (l'ingénieur et sa femme dormaient dans des chambres séparées, ce qui faisait scandale dans le pays, ce n'était certes pas digne d'un chrétien, mais du reste, de quelle région était le teuton et la

Cher Pierre,

Un gros merci. J'ai adoré ces livres, surtout

"Chien de faïence"

Pierrette

N.B. J'ai oublié de te les rendre lors du ~~souper~~ le 14 mai dernier.

teutonne, on n'y comprenait rien), se releva la chemise de nuit et, nu, commença à s'examiner. Puis il alla dans le bureau paternel, se saisit sur la table de travail d'une règle, retourna devant la glace, une de celles où on pouvait se regarder de pied en cap. S'étant emparé de la chose qu'il avait entre les jambes (vié ? queue ? bitte ? quéquette ? zizi ?), il l'étendit sur la règle. La mesure, répétée à plusieurs reprises, s'avéra insatisfaisante, bien qu'il eût tiré sur la peau à en avoir mal. Il posa la règle et, désespéré, retourna se coucher. Les yeux fermés, il se lança dans une prière longue et circonstanciée pour que Dieu, par un miracle adéquat, le lui fasse devenir comme celui de son compagnon de banc qui, grand comme lui, pensait comme lui, mais inexplicablement, l'avait quatre fois plus long et plus gros que lui.

Arrivé au plateau de la Lanterne, sous lequel s'étendait Vigàta, l'ingénieur et ses hommes, inquiets, se rendirent compte qu'il ne fallait pas plaisanter avec cet incendie, il y avait au moins deux édifices en flammes. Tandis qu'ils restaient là à observer, et que l'ingénieur étudiait de quel côté descendre avec son appareil pour attaquer plus vivement le feu, ils virent, à la lumière tremblante des flammes, un homme qui marchait l'air absorbé mais, de temps à autre, zigzaguait. Ses vêtements étaient brûlés, ses cheveux hérissés, on ne comprenait pas si c'était de peur ou parce qu'il était simplement mal peigné. Il tenait les mains au-dessus de la tête, comme s'il voulait se rendre. Ils l'arrêtèrent. Et ils durent l'interpeller deux fois, car à la première, l'homme parut ne pas les avoir entendus.

— Kess ki se passe ? demanda l'ingénieur.

— Où ? demanda à son tour l'homme avec une mine affable.

— Komment où ? À Figàta, kess ki se passe ?

— Avigàta ?

17

— Oui, firent-ils tous dans une espèce de chœur.

— On dirait qu'il y a un incendie, dit l'homme en regardant vers la ville comme s'il avait voulu obtenir confirmation.

— Mais komment ça s'est passé ? Vous savez ?

L'homme baissa les bras, se les mit dans le dos et regarda la pointe de ses chaussures.

— Vous ne le savez pas ? demanda ce dernier.

— Non. Bersone ici le sait.

— Ah, il paraît qu'à un certain moment, la soprano a fait un couac.

Et cela dit, il reprit son chemin, en remettant les mains en l'air.

— Merde, c'est quoi une soprano ? demanda Tano Alletto, le cocher.

— C'est une femme qui chante, expliqua Hoffer en s'arrachant à sa stupeur.

Un spectre hante
les musiciens d'Europe

— Un spectre hante les musiciens d'Europe ! proclama à haute voix le chevalier Mistretta tout en abattant violemment sa main sur le guéridon.

Pour tous, il était clair qu'en employant le mot « musiciens », il entendait compositeurs de musique. Commerçant de fèves en gros, il n'avait rien d'un amoureux des livres, mais certaines fois, en parlant, il lui venait la lubie des images apocalyptiques.

À ce cri accompagné d'un grand bruit, les membres du cercle civique Famille et Progrès de Vigàta sursautèrent, car ils étaient devenus nerveux après plus de trois heures de discussion animée.

Une réaction complètement différente vint en fait de l'expert agronome Giosuè Zito, qui s'était assoupi depuis un quart d'heure en raison d'un grand mal de dent qui lui avait interdit de fermer l'œil la nuit précédente. Réveillé sur le coup, ayant seulement perçu au milieu de son sommeil le mot « spectre », il se laissa vivement tomber de son siège, s'agenouilla, fit le signe de croix et commença à réciter le credo. C'était une chose connue, au pays, que l'expert, trois ans auparavant, alors qu'il dormait dans sa maison de campagne avait été épouvanté à mort par un fantôme qui l'avait suivi de chambre en chambre dans un fracas de chaînes et de déchirantes plaintes de damné. La prière finie, Giosuè Zito se releva, encore pâle comme un cadavre et s'adressa au chevalier d'une voix qui lui échappait.

— Vous, homme sans Dieu, en ma présence vous ne devez vous hasarder à parler ni d'esprits ni de spectres ! Vous voulez le comprendre, oui ou non, tête de Cala-brais ? Je suis bien placé pour le savoir, qu'un spectre, c'est effrayant !

— Vous mon cher, vous savez que dalle.

— Comment osez-vous ?

— J'ose parce que je peux, rétorqua le chevalier Mis-tretta avec irritation.

— Expliquez-vous mieux.

— Même les chiens et les cochons, ils le savent, que cette fameuse nuit avec laquelle vous, à force de la raconter et de la reraconter, vous avez cassé les burnes à toute la création, que cette fameuse nuit, dis-je, vous n'avez pas été attaqué par un spectre, mais par ce grand cornard de votre frère Giacomino, déguisé avec un drap, qui voulait vous rendre fou et se foutre dans sa poche à lui la totalité de l'héritage paternel.

— Et qu'est-ce que ça signifie ?

— Comment, qu'est-ce que ça signifie ? De spectre, il n'y en avait pas. C'était votre frère Giacomino qui fai-sait l'imbécile !

— Mais moi, la frousse, je l'ai chopée pareil, à moi, ça m'a fait l'effet précis d'un spectre authentique en chair et en os ! La fièvre, il me vint, et à quarante ! Il m'a poussé des vésicules sur la peau ! Et donc, vous, par res-pect, vous pouvez changer de terme !

— Et comment ?

— Qu'est-ce que j'en sais, putain. Vous parlez avec vos mots à vous, pas avec les miens.

— Écoutez, je ne pouvais pas et je ne peux pas en changer. Parce que le mot m'est venu juste justement à point ! Je n'en trouve pas d'autres, même maintenant !

— Vous voudrez bien m'excusez, s'entremit à ce

point, avec des pincettes, tout en précautions, petit doigt levé, avec les garçons de cérémonies, le marquis Manfredi Coniglio della Favera, mais Monsieur le chevalier pourrait-il avoir la courtoisie de nous expliquer de quel spectre il parle ?

Ici, il convient d'ouvrir une parenthèse. La place du marquis Coniglio della Favera se trouvait, aujourd'hui comme auparavant, par le sang comme par la richesse, au Cercle des Nobles de Montelusa. Mais, un mauvais jour de l'année précédente, la statue de saint Joseph était passée sous les grandes fenêtres du cercle, car c'était sa fête. À l'une des baies s'était mis, pour voir la procession, le marquis Manfredi. Le malheur voulut qu'à côté de lui se plaçât le baron Leoluca Filò di Terrasini, papiste enragé et tertiaire franciscain. Ce fut seulement alors, parce que auparavant, jamais dans sa vie, il n'y avait réfléchi, que le marquis s'aperçut à quel point saint Joseph était vieux. Il commença à spéculer là-dessus, sur cette différence d'âge entre Joseph et Marie, pour arriver à une conclusion qu'il eut le tort d'exprimer à haute voix :

— Pour moi, ce mariage, c'était pour sauver les apparences.

Or, par un de ces tours de ce qu'on a l'habitude d'appeler le destin, la même pensée exactement avait traversé l'esprit du baron Leoluca, qui était aussitôt tombé dans une sorte d'angoisse abyssale devant le fait qu'un tel blasphème lui fût passé par la coucourde. Couvert de sueur, il comprit fort bien à quoi, par cette phrase, le marquis voulait faire allusion.

— Répétez cela, si vous en avez le courage.

Il lança ce défi avec des yeux qui semblaient des charbons brasillant, en se tourmentant de l'index la moustache droite.

— Certainement.

21

— Attendez, je veux vous avertir : ce que vous direz peut avoir des conséquences.

— Je m'en fous, des conséquences. Vous voyez, à moi, Joseph me semble vraiment trop vieux pour se la faire, Marie.

Il ne put s'expliquer davantage, la mornifle du baron était partie, foudroyante et tout autant foudroyant avait été le coup de pied que le marquis, peu chevaleresque, lui avait balancé dans les roustons. Sous le coup, le baron était tombé à terre, en se tordant, souffle coupé. Ils s'étaient défiés en duel et battus à l'épée. Le baron avait blessé superficiellement le marquis qui avait démissionné du cercle de Montelusa :

— Ce sont des gens avec qui on ne peut raisonner.

Il avait donc déposé une demande d'inscription au Cercle de Vigàta et avait été accueilli avec enthousiasme, car, tous les membres étant commerçants, maîtres d'école, employés, ou médecins, des nobles, on n'en voyait même pas à la jumelle. Sa présence faisait honneur.

À la courtoise question du marquis, le chevalier gonfla la poitrine.

— Je parle de Ouagnère ! De sa musique de Dieu ! Du spectre de sa musique qui hante tous les autres musiciens ! Cette musique sur laquelle tous, aujourd'hui ou demain, devront se rompre les cornes !

— Ce Ouagnère, jamais je ne l'entendis, avoua Giosuè Zito, sincèrement étonné.

— Parce que vous êtes un homme ignorant ! Entre vous et la culture d'un merlan, il n'y a pas de différence ! À moi, elle m'en a joué, un morceau de cette musique, Mme Gudrun Hoffer, au piano. Et moi, je me suis retrouvé au paradis ! Mais par saint Belzébuth, comment fait-on à ne pas connaître Ouagnère ? Vous n'avez jamais entendu parler du *Vaisseau fantôme* ?

Giosuè Zito, qui venait à peine de se réveiller du coup précédent, vacilla, se retint à un guéridon pour ne pas tomber.

— Alors, vous voulez vraiment me faire calancher ! Pourquoi, merde, continuez-vous à parler de fantômes ?

— Parce que c'est comme ça que ça s'appelle, et que c'est un opéra très grand ! Moi, je m'en fous si vous chiez dans votre froc ! C'est une musique nouvelle, révolutionnaire ! Comme celle de *Tristan* !

— Aïe ! Aïe ! murmura le chanoine Bonmartino, spécialiste de patristique, occupé suivant son habitude à s'embrouiller lui-même avec une réussite.

— Qu'est-ce que vous voulez me signifier, avec votre aïe-aïe ?

— Rien, expliqua le chanoine avec un visage si séraphique qu'on eût dit que deux angelots lui tournaient autour de la tête. Je veux seulement vous signifier qu'en langue italienne, Tristan, c'est *tristano*, c'est-à-dire, « cul mélancolique » : *Ano*, anus, *triste*. Et alors, avec ça, je m'imagine que l'opéra doit être de toute beauté.

— Alors, même vous, vous y comprenez que dalle, à Ouagnère !

— En attendant, ça s'écrit double v, a, gé, ène, è, erre et ça se dit « Vagner ». C'est un Allemand, très cher ami, pas un Anglais ni un Méricain. Et en plus, c'est vraiment un fantôme, comme vous dites et Dieu garde la santé de M. Zito. En fait, il est mort avant de naître, un avorton. La musique de votre Wagner est une chiure solennelle, une chiasse bruyante, faite de pets tantôt pleins et tantôt vides d'air. Des choses de cabinet, de retrait. Ceux qui font de la musique sérieuse pour de bon n'y arrivent pas, à la jouer, croyez-moi.

— Me permettez-vous de dire un mot ? lança, depuis un fauteuil où il lisait le journal, le proviseur Antonio Cozzo, qui jusqu'à ce moment n'était intervenu en rien dans la discussion.

— Vous en avez tout loisir, dit Bonmartino.

— Je ne parle pas avec vous, précisa le proviseur, mais avec le chevalier Mistretta.

— Je vous en prie, dit Mistretta en lui lançant un regard guerrier.

— Je veux seulement vous parler du *Trouvère*, l'opéra chef-d'œuvre du cygne de Bussetto. C'est clair ?

— Très clair.

— Et donc, chevalier, écoutez-moi bien. Moi, je prends *Abietta zingara* et je vous la fourre dans l'oreille droite, j'attrape *Tacea la notte placida* et je vous l'installe dans l'oreille gauche, comme ça vous ne pourrez plus entendre votre bien-aimé « Ouagnère », comme vous dites. Puis je chope *Chi del gitano* et je vous la rentre dans le pertuis gauche du nez, j'empoigne *Stride la vampa* et je vous la mets dans le pertuis droit, comme ça vous pouvez même pas respirer. Puis je fais un beau bouquet avec *Il balen del tuo sorriso, Di quella pira* et le *Miserere* et je vous les enfonce tous les trois dans le trou du cul qui, à ce qu'on m'a assuré, a une bonne contenance.

D'un coup, à l'intérieur du cercle, le temps s'arrêta. Puis le siège à côté de celui du chevalier Mistretta prit son envol et traversa le salon en direction de la tête du proviseur Cozzo. Celui-ci, qui s'attendait à une réaction, se leva promptement en l'écartant, tandis qu'il portait la main droite dans la poche arrière du pantalon, où il gardait son feu, un revolver Smith & Wesson à cinq coups. Mais aucun des présents ne s'alarma, tous savaient que ce geste du proviseur était une habitude, un tic qui se répétait peut-être trois fois par jour, en cas de discussions enflammées et de bagarrettes. Mais on tenait aussi pour certain qu'un jour ou l'autre, Cozzo sortirait son revolver pour tirer sur une créature vivante quelconque, homme ou animal.

— Allons, messieurs, voulons-nous en finir avec ces

bêtises ? intervint le commandeur Restuccia, homme pansu, laconique et dangereux à contrarier.

— C'est lui qui m'a provoqué ! tenta de se justifier le chevalier comme dans une cour d'école élémentaire.

Mais le commandeur, évidemment ennuyé, fixa sur les adversaires un œil sévère et parla d'une voix inflexible.

— J'ai dit assez, et c'est assez.

Ils se recomposèrent prestement. Le proviseur Cozzo redressa la chaise qui l'avait effleuré, le chevalier Mistretta ajusta sa veste.

— Serrez-vous la main.

C'était un ordre du commandeur auquel il eût été presque sûrement suicidaire de ne pas obéir. Ils s'exécutèrent, en s'évitant du regard, tandis qu'au même moment, Tano, le serviteur, faisait son entrée avec un plateau sur lequel étaient disposés du café, des biscuits au sésame, des cannoli, des glaces au citron, des sorbets au jasmin, des boissons à l'amande et à l'anis. Tano commença à distribuer à chacun sa commande. Il s'ensuivit donc un moment de silence et dans ce silence, justement, tous les présents entendirent que don Totò Prestia, du bout des lèvres, s'était mis à chanter *Una furtiva lacrima*.

En silence, tandis qu'ils mangeaient et buvaient, ils s'enchantèrent à écouter la voix de don Totò, qui leur donnait l'envie de pleurer tels des veaux qu'on égorge. À la fin, après les applaudissements, comme pour lui rendre la pareille, don Cosmo Montalbano lui répondit, de sa voix très juste, avec *Una voce poco fa*.

— C'est vrai, qu'il y en a, de la belle musique ! soupira le ouagnérien, en forme de concession à ses adversaires.

— Qu'est-ce que vous faites, vous voulez vous convertir ? lui demanda le chanoine Bonmartino. Attention que moi, ma bénédiction, je ne vous la donne pas.

Pour moi, vous restez toujours un hérétique, vous mourrez damné.

— Vous voulez m'expliquer quel putain de curé vous êtes ? s'énerva le chevalier Mistretta.

— Du calme, messieurs, du calme.

C'était le commandeur qui avait parlé et on n'entendit plus voler une mouche.

— Mais vous, chevalier, reprit le chanoine, vous avez raison. Il y en a, de la belle musique. Et nous, au contraire, nous devons nous taper, bon gré mal gré, une musique que nous ne savons même pas à quoi elle ressemble, simplement par le bon vouloir de l'autorité ! Une histoire de fous ! Nous devons faire souffrir nos oreilles avec la musique de ce Luigi Ricci simplement parce que le M. le préfet l'ordonne !

L'indignation de l'érudit connaisseur de patristique était telle qu'il envoya en l'air les cartes de la réussite qui, à force d'embrouilles, se trouvait sur le point, cette fois, de réussir.

— Le savez-vous ? intervint le médecin Gammacurta. Ce Ricci qui a écrit la musique du *Brasseur de Preston*, il paraît qu'il a fait un opéra qui est une resucée avouée d'une chose de Mozart.

À ce nom, les présents furent saisis d'horreur. Prononcer le nom de Mozart, inexplicablement détesté des Siciliens, c'était comme lâcher un juron, un blasphème. À Vigàta, pour défendre cette musique, de l'avis général incolore inodore et sans saveur, il n'y avait que le menuisier don Ciccio Adornato, mais il semble qu'il le faisait pour des raisons personnelles, desquelles il parlait difficilement.

— Mozart ?

Ce ne fut pas un chœur, même si tous reprirent ce nom en même temps. Certains le prononcèrent avec mépris et d'autres avec douleur, comme pour une trahison, quelques-uns avec stupeur et quelques autres avec indignation.

— Oui mes bons messieurs, Mozart. Je l'ai appris de quelqu'un qui s'y connaît. Il paraît qu'il y a trente-cinq ans environ, à la Scala de Milan, ce con de Luigi Ricci a fait représenter un opéra, qui s'appelait *Les Noces de Figaro* et qui était une copie conforme d'un opéra de Mozart du même nom. Et les Milanais, à la fin, lui ont chié sur la tête. Et alors, ce Ricci s'est mis à chialer et, en larmes, il s'est précipité pour se faire consoler dans les bras de Rossini qui était de ses amis, va savoir pourquoi. Rossini fit son devoir, l'encouragea, mais il fit savoir à tous qu'au fond, Ricci se l'était cherché.

— Et nous devrons inaugurer notre théâtre de Vigàta avec un opéra de cette demi-chaussette[1], seulement parce que M. le préfet déconne ? lança le proviseur Cozzo en tâtant d'un air menaçant la poche où il tenait son revolver.

— Oh Jésus, doux Jésus ! s'exclama le chanoine. Déjà que Mozart est l'éteignoir qu'on sait, figurez-vous ce que doit être la mauvaise copie d'un mauvais original ! Mais on peut savoir ce qu'il a en tête, M. le préfet ?

Comme personne ne pouvait lui donner la réponse, un silence s'installa de nouveau, très méditatif. Le premier à le rompre fut Giozuè Zito qui entonna tout bas, pour ne pas se faire entendre de la rue :

Ah, non credea mirarti...

Là s'insinua le marquis Coniglio di Favera :

Qui la voce sua soave...

Le commandeur Restuccia intervint de sa basse profonde :

Vi ravviso, o luoghi ameni...

---

1. Qualificatif très méprisant : ne pas oublier que, aujourd'hui encore dans les canons de l'élégance italienne, les demi-chaussettes à la française, qui ne couvrent pas le mollet, sont le comble du mauvais goût.

27

À ce point, le chanoine Bonmartino se leva de sa chaise, courut à la fenêtre, tira les rideaux pour faire l'obscurité, tandis que le proviseur Cozzo allumait une lampe. Autour de cette lumière, ils se rassemblèrent en demi-cercle. Et le médecin Gammacurta attaqua de sa voix de baryton :

Suoni la tromba e intripido...

D'abord, comme obéissant à une partition, le commandeur s'unit à lui. Puis, un à un, tous les autres. Debout, en se regardant dans les yeux et en se tenant en chaîne par les mains, ils abaissèrent d'instinct le volume de leur chant.

C'était des conjurés, ils l'étaient devenus en cet instant précis au nom de Bellini.

Le Brasseur de Preston, opéra lyrique de Luigi Ricci, imposé par le préfet de Montelusa, ne passerait pas.

Tenterait-il de lever
la moustiquaire ?

— Tenterait-il de lever la moustiquaire ? se demandait Mme Riguccio Concetta, veuve Lo Russo, tremblante, dissimulée derrière l'objet – *tarlantana* en sicilien – qui en été, tendu autour et au-dessus du lit, servait
à la protéger des piqûres de moustiques, cousins, *pappa-
taci*, taons.

À présent, la moustiquaire, masse de voile léger, semblait un fantôme pendu à un clou. Le généreux pectoral
de la veuve était envahi d'une tempête force dix, le
nichon de babord faisait des embardées direction nord-
nord-ouest, et celui de tribord au contraire dérivait
sud-sud-est. Épouse d'un marin noyé dans les eaux de
Gibraltar, elle ne réussissait pas à penser en d'autres
termes, elle ne savait utiliser que le vocabulaire marin
que son mari lui avait enseigné entre le moment où elle
l'avait épousé, à quinze ans, et celui, à vingt, où elle
avait dû prendre le deuil strict.

Jésus, quel chambard ! Quelle nuit ! Quelle mer
grosse ! À cause de ce qui devait bientôt se passer
comme convenu, elle avait déjà pour son propre compte
le sang en mouvement ; tantôt il refluait dans les profon-
deurs, la laissant toute pâle, tantôt il affluait en surface,
la rendant plus que rouge, violette. En fait, pour faire
bon poids, au début de la nuit, elle avait entendu, épou-
vantée, de grands cris s'élever du côté du nouveau
théâtre, le bâtiment à côté du sien, puis le son d'une

trompe, après une course à perdre haleine de chrétiens et de chevaux, et il y avait eu aussi quelques coups de feu.

Elle s'était alors persuadée qu'à cause de tout le remue-ménage en cours, et dont elle ne comprenait pas la raison, lui, cette nuit-là, il ne se hasarderait pas à venir ; elle pouvait se mettre le cœur, et quelques autres parties du corps, en paix. Résignée, elle s'était déshabillée et couchée. Puis, comme elle allait s'endormir, elle avait entendu un son léger sur le toit, suivi de ses pas lents et précautionneux sur les tuiles et ensuite un bruit étouffé quand il avait sauté du toit sur le balcon, aux portes-fenêtres laissées entrouvertes par elle comme convenu. Or, quand elle avait entendu qu'il allait tenir parole et que d'ici quelques minutes, il entrerait dans sa chambre, la honte l'avait prise, elle n'avait pas osé rester recroquevillée demi-nue sur le lit comme une radasse, en chemise et sans rien dessous. Elle s'était relevée en hâte et était allée se nicher derrière la grande pièce de tarlantana.

De là, elle l'entendit entrer dans l'obscurité complète, refermer la fenêtre. Elle comprit qu'il se dirigeait vers le lit et devina sa surprise de ne pas l'y trouver après l'avoir tâté à plusieurs reprises. Maintenant, il s'était mis à farfouiller près de la table de nuit et en fait, elle perçut le frottement d'un briquet, entrevit sa lumière pâle à travers l'épaisse tarlantana et puis la chambre s'illumina : il avait allumé le chandelier à deux branches. Ce fut alors, par un effet de contre-jour, que Concetta Riguccio veuve Lo Russo se rendit compte qu'il était complètement nu – mais quand s'était-il déshabillé ? Dès qu'il était entré ou bien avait-il marché ainsi sur les tuiles ? – et qu'entre les jambes lui pendait une trentaine de centimètres de câble d'amarrage, du gros, pas du cordage de barque mais une aussière de cargo à vapeur, et qui s'arrimait à une borne de quai curieusement pourvue de deux têtes. À cette vue, un paquet de mer plus fort que les autres l'emporta, la mit à genoux. Malgré la brume qui, d'un coup, s'était levée devant ses yeux, elle vit la silhouette se diriger avec précision, suivre une route sûre à destination de l'endroit où elle se dissimulait, s'arrêter devant la moustiquaire, se pencher pour poser à terre le chandelier, agripper le voile et le soulever d'un coup. Elle ne savait pas, la veuve, que pour lui, avait fait office de boussole non la vue, mais l'ouïe, le gémissant roucoulis de palombe qu'elle s'était mise à émettre sans même s'en rendre compte. Lui, il se la vit devant lui agenouillée, qui ouvrait et refermait la bouche comme un rouget pris au filet.

Mais si elle semblait manquer d'air, la veuve n'en nota pas moins que le câble d'amarrage changeait de forme, commençait à devenir une espèce de rigide beaupré. Puis il s'inclina, la saisit sans dire mot en la prenant sous ses aisselles transpirantes, la souleva au-dessus de sa propre tête. Elle savait qu'elle était devenue une cargaison lourde pour ses haubans, mais il ne perdit pas l'équilibre, il l'abaissa seulement un peu, pour qu'elle puisse avec les jambes s'ancrer derrière son dos à lui. Cependant, le beaupré avait encore changé de forme : maintenant, il était devenu un majestueux grand mât, auquel la veuve Lo Russo s'attacha solidement, avant de commencer à osciller, à battre, à palpiter, voile gonflée de vent.

Une fois, son mari lui avait rapporté une histoire qui lui avait été contée par un marin revenu d'une chasse à la baleine : dans les eaux froides du Nord, avait dit le marin, existe un poisson spectaculaire, appelé narval. Trois fois grand comme un homme, il a sur la tête, entre les yeux, une corne d'ivoire qui dépasse trois mètres. Qui le trouve s'enrichit, car un peu de poudre de cette corne rend le mâle capable de quinze assauts en une nuit. Sur le moment, Mme Concetta, à cette histoire, elle n'avait pas voulu y croire. En revanche, à présent, elle comprenait qu'elle était tout à fait vrai, qu'elle serrait entre ses bras un petit narval, muni d'à peine trente centimètres de corne, mais parfaitement suffisante.

L'histoire avait commencé un dimanche, quand elle et sa sœur Agatina étaient arrivées tard à la sainte messe. L'église était pleine ; des chaises de paille que le sacristain louait à un demi-*tarì* pièce, il n'y avait pas l'ombre d'une ; et, devant les deux femmes, se tenaient des rustres en rangs serrés qu'il n'était pas convenable de traverser en leur demandant pardon. Il fallait donc, par nécessité, se tenir loin de l'autel.

— Restons derrière, là, au fond, avait dit Agatina.

Tout à coup, la portière de la contre-porte s'était ouverte et il était entré. Jamais auparavant, elle ne l'avait vu, mais à peine Concetta l'aperçut-elle qu'elle comprit que pendant quelques minutes, son gouvernail lui échapperait des mains. *Beddru*, beau, il était *beddru*, un ange du paradis. Grand, blond avec une abondance de cheveux bouclés, très sec mais pas plus qu'il ne fallait chez un homme sain, un œil céleste comme la mer et l'autre, celui de droite, absent. Il était, l'œil en question, caché sous la paupière qui s'était comme collée, murée, à la partie inférieure. Mais cela n'avait rien d'impressionnant, au contraire : toute la lumière de l'œil voilé se reversait dans l'autre, le rendait étincelant comme une pierre précieuse, comme un phare la nuit. Par la suite, elle apprit d'Agatina qu'il l'avait perdu d'un coup de couteau dans une bagarre, mais peu lui importait. Elle comprit, juste à ce moment précis, que tous les paramètres de la navigation changeaient pour elle : lui, il fallait forcément qu'il fût son port, dût-elle doubler le cap Horn. Et lui aussi l'avait senti, à preuve : il tourna la tête jusqu'à rencontrer les yeux de Concetta, et y jeta l'ancre. Ils restèrent à se contempler une minute éternelle. Puis, étant donné que la chose, désormais, était faite, il réunit les doigts de la main droite, *a cacocciola*, en forme d'artichaut et agita la main à plusieurs reprises de bas en haut.

C'était une question précise :

« Comment faisons-nous ? »

Lentement, Concetta écarta les bras du corps, les laissa pendre le long de ses flancs, tourna les paumes vers l'extérieur avec un visage inconsolé.

« Je ne sais pas. »

Le dialogue s'était déroulé rapidement, à petits gestes à peine esquissés.

Le brusque virement de bord qu'à un certain moment, il décida d'opérer, la prit par surprise, mais elle ne discuta pas, et obéit vivement. Et Concetta, devenue cette fois barque, *paranza* à voile latine, se trouva avec la proue sur un coussin et la poupe toute relevée pour recueillir le vent qui arrivait justement de la poupe, en la faisant bondir sur les rouleaux, irrésistiblement la soulevait vers le grand large, sans plus de boussole ni de sextant.

À la messe du dimanche suivant, elle déploya toutes les ruses humaines et divines pour arriver exprès en retard, au point que sa sœur Agatina s'énerva et la traita de traîne-savates. Mais à peine entrée dans l'église, le phare céleste l'illumina, la fixa, la contempla. Sous cette lumière et cette chaleur, elle se sentit comme un lézard niché sur une pierre au soleil. Puis il tendit l'index de la main vers elle :

« Toi. »

Il retourna l'index vers lui.

« À moi. »

Il serra le poing, accola le pouce sur l'index, fit un mouvement tournant.

« La clé. »

Elle bougea la tête de babord à tribord et dans l'autre sens.

« Non, la clé, non ».

Et vraiment, la clé de la maison, elle ne pouvait pas la lui donner : au rez-de-chaussée, habitait M. Pizzuto, au premier, Mme Nunzia qui ne trouvait jamais le sommeil, c'était trop dangereux, quelqu'un pouvait le voir pendant qu'il grimpait les marches.

Il écarta les bras, pencha la tête de côté, sourit amèrement, laissa retomber les bras.

« Alors, ça veut dire que je ne te plais pas. »

À elle, il lui sembla couler à pic, les jambes lui tremblèrent. Le rosaire lui tomba par terre, elle se pencha pour le prendre, le baisa une, deux fois en posant longtemps les lèvres sur le crucifix et en le fixant dans son œil unique qui parut s'enflammer ; du bleu céleste, il vira au pourpre.

« Mais qu'est-ce que tu racontes ? Je te voudrais mis en croix pour te baiser partout comme l'a fait Madeleine avec Jésus. »

Maintenant, ils étaient au plus près, la navigation était tranquille, la mer bougeait lentement, elle la balançait comme un berceau, il n'y avait pas de vague pour l'agiter. Ils étaient une *speronara*, lui la voile et elle la carène.

Ce fut à la troisième messe qu'il plia l'index et le médius pour se toucher la poitrine.

« Moi. »

Les deux doigts mimèrent un homme qui marche.

« Je viens chez toi ».

Ses doigts à elle réunis en forme d'artichaut.

« Et comment ? »

Il leva les yeux au ciel, les y tint un instant puis leva l'index vers le haut.

« Par le toit. »

Étonnée et effrayée, elle remit les doigts en artichaut.

« Et comment on y arrive ? »

Il sourit, raidit la main gauche, sur le dos de laquelle, il mima de l'index et du médius un homme qui marche.

« Avec une planche. »

Elle lui lança un regard ébahi et il sourit de nouveau, calme et décidé.

De l'index et du pouce, elle forma un petit cercle, pour représenter une montre et puis, de nouveau, les doigts réunis en artichaut.

« Et quand ? »

Il leva les mains bien ouvertes à la hauteur de sa poitrine et les bougea d'avant en arrière :

« Attends. »

« Dans les différentes parties de la coque, lui avait expliqué une fois le regretté disparu, il y a aussi la sentine, un lieu noir et puant où vont finir toutes les saletés du navire. »

Mais alors, si c'était un endroit sale et laid, pourquoi voulait-il y entrer de force, comme en ce moment ?

Et à la fin, un de ces dimanches, il avait fait de l'index et du médius le geste de l'homme qui marche.

« Je viens. »

Et sans lui laisser le temps de répondre, il avait levé trois doigts.

« Dans trois jours. »

Toujours sans s'arrêter, il avait rapproché ses poings fermés et puis les avait ouverts en avant.

« Ouvre la fenêtre, le balcon. »

À peine sortie de l'église, elle n'avait pas eu le courage de dire à sa sœur Agatina tous les discours que d'un dimanche à l'autre, elle avait développés avec un jeune inconnu. Elle avait seulement demandé :

— Tu le connais, ce jeune que nous voyons à l'église et qui a un seul œil bleu ?

— Oui, c'est un qui appartient à la famille des Inclima. Il me semble que son nom, c'est Gaspàno. Il est célibataire.

Et du jeune, elles avaient continué à parler jusqu'à la porte de la maison. Au moment de la laisser, Agatina lui avait dit :

— Gaspàno est un jeune en or. Pour toi, ce serait une bonne trouvaille.

Une fois arrivée, Concetta courut examiner la fenêtre de sa chambre à coucher et tout de suite, le plan hardi de Gaspàno lui apparut clairement. Juste sur le derrière de la maison, et jusqu'au niveau du toit, se dressait une montagne de sel, dépôt de l'entreprise Capuana. Du point le plus haut, avec une planche, un madrier, il serait relativement facile de rejoindre les tuiles du toit et donc de se laisser descendre vers la porte-fenêtre. Elle rentra se préparer à manger, mais ne put rien avaler ; elle avait une pierre dure à l'entrée de l'estomac. Durant tout l'après-midi, elle ne sut que faire, elle rousina, elle passa son temps à des choses sans importance, cousit un bouton à une chemise, ajusta la mèche d'une lampe. Tout ce qu'elle fit, elle le rata : elle n'avait vraiment pas la tête à ça.

Elle alla se coucher qu'il y avait encore de la lumière, mais ne put trouver le sommeil. Tout soudain, quand elle s'y attendait le moins, en un point précis de son corps commença de s'élever une trombe. D'abord, ce furent de petites rides sur l'eau produites par un vent chaud, plus chaud que le sirocco, ensuite les coups de vent se renforcèrent, se mirent à tournoyer comme un vilebrequin. Et la pointe dudit vilebrequin restait toujours collée au même endroit et tournait, tournait tandis que la partie haute de la trombe s'élargissait, envahissait le corps entier de Concetta étendue bras et jambes écartelés sur le lit, et la secouait.

Une fois, le cher disparu lui avait raconté que la trombe, on pouvait la tailler, et la faire s'effondrer comme un ballon dégonflé. Il suffisait de s'en approcher en caïque et, à la base de la trombe, d'enfoncer une rame en disant quelques mots magiques que, néanmoins, le cher disparu ne lui avait pas révélés.

Alors le caïque de sa main droite prit courageusement la mer et fit voile vers le sud, accosta la fossette au milieu du ventre, cabota tout autour, continua à descendre suivant une route précise, arriva au centre du golfe que formaient ses jambes ouvertes et jeta l'ancre au point précis d'où s'élevait la trombe. Du caïque qui dansait, secoué par la mer agitée, elle releva la rame de l'index, la manœuvra jusqu'à toucher avec précaution le petit endroit qui donnait naissance à tout ce tumulte et, l'ayant bien repéré, elle entreprit de le battre avec la rame, toujours plus fort. Elle ne connaissait pas les mots magiques ; aux lèvres lui en vinrent d'autres, peut-être plus appropriés :

— Ah, Gaspàno, ah Gaspàno, ah mon Gaspàno...

Et d'un coup, la trombe s'effondra, retomba dans le golfe, réduite à une écume dense et collante.

Il n'était plus ni barque ni mer, seulement un homme passablement fatigué, à la respiration lourde. Concetta lécha cette poitrine dépourvue du moindre poil, qu'on aurait dit un minot : ça avait le goût du sel, comme chez le cher disparu. Il ferma les yeux, lui serra plus fort la main.

— Mais moi, tu le sais, comment je m'appelle ? lui demanda Concetta qui, elle aussi, avait les paupières lourdes, mi-closes, la navigation avait été fort longue et épuisante. Elle n'eut pas de réponse, Gaspàno s'était déjà endormi.

Appelez-moi Emanuele

— Appelez-moi Emanuele ! ordonna Son Excellence le préfet de Montelusa, le chevalier Dr. Eugenio Bortuzzi, en remettant à l'huissier une volumineuse chemise de formulaires déjà signés.

— Il est là dehors qui vous attend depuis une demi-heure.

— Toi, là, Orlando, tu es toujours une grande belle tête de 'on, dit le préfet avec son accent toscan qui éludait certains « c ». Tu devais me le dire immédiatement. Va.

On aurait dit un tour de prestidigitation. L'huissier Orlando n'avait pas franchi le seuil que, carrément à travers lui, l'effaçant, se matérialisa Emanuele Ferraguto, mieux connu dans la province et alentour comme « don Memè », ou plus simplement « u zu Memè », oncle Memè, et appelé ainsi, surtout par ceux, qui, avec lui, n'avaient aucun lien de parenté, même lointain.

La cinquantaine, grand, sec juste ce qu'il faut pour un homme sain, le vêtement d'assez bonne coupe, don Memè esquissa une inclinaison du buste, un large sourire cordial plaqué sur le visage, dans l'attente que le préfet lui fît signe d'avancer.

La *vox populi* disait que don Memè, ce sourire, il ne l'avait pas même perdu quand le délégué de la sécurité publique, cinq ans auparavant, en soulevant le drap, lui avait montré, nu sur une table de marbre, le corps marty-risé de son fils Gnazino qui n'avait pas réussi à atteindre ses vingt ans. Après l'autopsie, toujours avec le même sourire, don Memè avait demandé poliment des explica-tions au médecin légiste et celui-ci l'avait informé que, à son avis, avant de l'étrangler, ils lui avaient coupé la langue, au jeune homme, et tranché les oreilles, crevé les yeux, arraché le vié et les couillons. Dans l'ordre. Et cet ordre, don Memè en avait soigneusement pris note, sur une feuille de papier, avec un crayon d'écolier que de temps à autre, il mouillait de la pointe de la langue. Le message que le mort délivrait par sa manière même de mourir était clair : qui avait tué le gosse le jugeait bavard et toujours près à foutre les filles, à droite et à gauche, qu'elles fussent demoiselles ou bien mariées. Dans les deux mois qui suivirent, don Memè s'était consacré à de laborieuses transactions d'affaires. Au terme desquelles, ayant cédé à d'autres la suprématie sur le domaine Can-tarella, il avait reçu en échange, près d'une de ses mai-sons de campagne, les deux assassins du fils, arrangés de manière qu'ils ne pouvaient pas même bouger un doigt.

D'eux, disait toujours la voix du peuple, don Memè avait voulu prendre soin personnellement, après s'être mis un tablier pour ne pas souiller de sang son costume. Tirant de sa poche le feuillet qu'il avait écrit après avoir parlé avec le médecin légiste, il l'avait accroché à un clou et avait commencé à suivre aveuglément la liste, sans manifester de fantaisie. Mais, après leur avoir coupé le vié et les couillons, il avait eu un accès d'auto-nomie créative, et s'était détaché du scénario. En fait, il avait pris les deux moribonds, les avait disposés sur une mule et était allé les empaler sur les branches d'un oli-vier sarrasin qui se dressait justement dans le domaine de Cantarella qu'il avait cédé.

Après la découverte des cadavres mangés par les chiens et les corbeaux, le délégué, ayant mené une rapide enquête et toujours convaincu que deux et deux faisaient quatre, avait couru arrêter don Memè. Au cours de la même journée, dix habitants insoupçonnables de Varo, à cinquante kilomètres de Montelusa, s'étaient précipités pour témoigner que le jour du double homicide, don Memè était dans leur village, à s'amuser à la fête de Saint-Calogero. Parmi les gens qui fournissaient cet alibi, il y avait le receveur des Postes Bordin Ugo, vénitien, le *dottor* Pautasso Carlo Alberto, d'Asti, directeur de la recette fiscale, et le comptable Ginnanneschi Ilio, originaire de Prato et employé du cadastre.

— Ah qu'elle est belle, l'unité de l'Italie ! s'était exclamé don Memè avec un sourire plus cordial qu'à l'habitude, tandis que s'ouvraient les portes de sa prison.

Ayant fini de s'incliner, Emanuele Ferraguto approcha avec quelque difficulté du vaste bureau préfectoral. De sa main droite, il tenait sa casquette d'étoffe 'nglisa, anglaise, ainsi qu'un paquet, et de la gauche, un colis volumineux.

— Avancez, avancez, très cher, lança le préfet, jovial.

Don Memè, qui avait fermé la porte du pied, continua à marcher en boitant un peu de la jambe droite.

— Vous vous êtes fait mal ? s'informa Son Excellence avec empressement.

Don Memè réussit à exécuter un signe négatif de l'index de la main droite, sans laisser tomber casquette et paquet.

— C'est à cause du rouleau, chuchota-t-il d'un air mystérieux en regardant autour de lui, avant de déposer le paquet sur le bureau.

— Des cannoli de Sfiaca, ceux qui plaisent tant à votre dame.

Puis ce fut le tour du colis gros et lourd.

— Et ça, en fait, c'est une belle surprise pour vous, Excellence.

Le préfet regarda le paquet d'un œil qui, soudain, brillait d'espoir.

— Ne me dites pas... !

— Et en fait, si, je vous le dis ! annonça Ferraguto, triomphant.

— C'est l'*Histoire archéologique de la Sicile*, par le du' de Serradifalco ?

— Vous avez mis dans le mille, excellence. Ce sont les livres que vous cherchiez.

— Et 'omment avez-vous fait pour les trouver ?

— J'ai vu que le notaire Scimè les avait, je les lui ai demandés courtoisement et lui, il me les a courtoisement offerts pour vous en faire don.

— Vraiment ? Je lui enverrai un petit billet de remerciement.

— Mieux vaut pas, Excellence.

— Et pourquoi pas ?

— Il pourrait se sentir cocu et battu. Il a fallu insister pour le convaincre, vous savez ? Le notaire, à ces livres, il y tenait. J'ai dû, comment dire, le forcer un petit peu, lui faire voir où était son intérêt.

— Ah, fit Son Excellence en passant sur le colis une main amoureuse. Vous savez, Ferraguto, je ne vous 'acherai pas que les livres 'ouverts d'écriture m'ennuient, me 'assent la tête. Je 'omprends mieux avec les dessins. Et par chance, les livres de Serradifalco en sont pleins, de dessins.

Don Memè décida de mettre fin à l'intermède culturel.

— Que votre seigneurie m'excuse, Excellence, dit-il en commençant à déboutonner ses bretelles.

D'un coup, le préfet se leva, courut à la porte, donna un double tour de clé, la glissa dans sa poche. Pendant ce temps, Ferraguto avait tiré de la jambe droite du pantalon un long rouleau qu'il posa sur le bureau, avant de se reboutonner en hâte.

— Ça me faisait marcher tout tordu, dit-il. J'avais peur que le papier prenne des plis. Avec une *lupara*[1] dans le pantalon, il y a pas ce genre de problème.

Il rit longuement, tout seul, pendant que Son Excellence déroulait la feuille. C'était l'épreuve d'imprimerie d'une affiche annonçant la prochaine représentation de l'opéra *Le Brasseur de Preston*, pour l'inauguration du théâtre de Vigàta. À la fin d'une lecture attentive, comme il n'avait trouvé aucune erreur, le préfet rendit le rouleau à Ferraguto, qui le renfila dans son pantalon.

— Nous sommes aux portes avec les pierres, très cher.

— Je ne comprends pas, Excellence.

— C'est une façon de dire de par chez moi. Cela veut dire que désormais, il nous reste très peu de temps. Après-demain, d'ici trois jours plutôt, l'opéra sera porté à la scène. Et je suis très préo'uppé.

Ils s'offrirent une pause, les yeux dans les yeux.

— Moi, quand j'étais minot, je jouais aux *comerdioni*, dit très lentement, rompant le silence, Emanuele Ferraguto.

— Ah, oui ? fit, quelque peu dégoûté, le préfet qui s'imaginait les *comerdioni* comme des espèces d'araignées velues et gluantes auxquelles le petit Ferraguto arrachait les pattes une à une.

— Oui, continua don Memè. Comme on les appelle, par chez vous, ces jeux que les minots fabriquent...

— C'est un joujou ? l'interrompit le préfet, visiblement soulagé.

— Oui mon bon monsieur. On prend une feuille de papier de couleur, on la coupe à la forme, on y colle deux baguettes d'osier avec de la colle à farine... puis on l'envoie en l'air attachée à une cordelette.

---

1. Fusil de chasse à canon scié, instrument traditionnel de règlement des conflits au sein de l'économie semi-clandestine sicilienne.

— J'ai compris ! Les cerfs-volants ! s'exclama Son Excellence.

— Les cerfs-volants, oui mon bon monsieur. On y jouait du côté de Punta Raisi[1], près de Palerme. Vous le connaissez, l'endroit ?

— Quelle question, Ferraguto ! Vous savez très bien que moi, je n'aime pas sortir de chez moi. La Sicile, je la 'onnais bien sur les dessins. C'est mieux que d'y aller en personne.

— Pour les *comerdioni*, c'est un endroit nul, Punta Raisi. Certaines fois, il n'y avait pas de vent, et il n'y avait ni Dieu ni diable qui les fasse lever. Certaines fois, au contraire, du vent, il y en avait et le *comerdione*, à peine décollé, encaissait une baffe de courant fort qui le faisait plonger et puis l'envoyait s'écraser contre les branches des arbres. Moi, testard, je m'obstinais. Mais je me trompais, j'étais dans l'erreur. Je me suis bien expliqué ?

Son Excellence resta foudroyée par cette question inattendue. Merde, qu'est-ce qu'il y avait à 'omprendre, dans cette histoire de cerfs-volants et de vents contraires ?

— Non, vous ne vous êtes pas bien expliqué.

« Une éternelle tête de con de Florentin, il est », pensa Ferraguto et en conséquence, il répondit par une question.

— Votressellence me permet de parler latin ?

Le préfet sentit une rigole de sueur lui couler dans le dos. Depuis l'instant où il s'était heurté à *rosa-rosae*, il avait pris cette langue en grippe.

— Ferraguto, en 'onfidence, à l'école, je n'étais pas très bon.

Le sourire légendaire de don Memè s'élargit.

---

1. Pour saisir le sel de ce qui suit, il faut savoir que, de nos jours, Punta Raisi est la zone où, pour satisfaire, dit-on, des intérêts mafieux, on a construit l'aéroport de Palerme, et que les avions y rencontrent les mêmes problèmes que les cerfs-volants.

— Mais qu'est-ce que vous avez compris, Excellence ? Chez nous, en Sicile, parler latin signifie parler clairement.

— Et quand vous voulez parler de manière obscure ?

— Nous parlons en sicilien, Excellence.

— Allez-y en latin.

— Excellence, pourquoi est-ce que vous vous entêtez à vouloir faire monter ce comerdione de *Brasseur* justement à Vigàta où il y a des vents contraires ? Croyez-moi, croyez l'ami que je m'honore d'être, ce n'est pas une bonne idée.

Le préfet comprit enfin la métaphore.

— À Vigàta, bonne ou mauvaise idée, ils doivent faire ce que j'ordonne, moi. Ce que je dis et ce que je 'ommande. *Le Brasseur de Preston* sera représenté et aura le succès qu'il mérite.

— Excellence, puis-je parler spartiate ?

— Qu'est-ce que ça veut dire ?

— Spartiate, ça veut dire avec des gros mots. Vous pouvez m'expliquer pour quelle putain de bonne raison vous vous êtes fourré dans la tête cette putain d'idée d'imposer aux Vigatais la représentation d'un opéra que les Vigatais ne veulent pas s'avaler ? Votressellence veut peut-être faire arriver un quarante-huit, une révolution ?

— Que de grands mots, Ferraguto !

— Oh que non, Excellence, ce ne sont pas de grands mots. Moi, ces gens, je les connais. Ce sont des personnes bien bonnes et bien braves, mais s'il leur en prend la lubie, ils sont capables de partir en guerre.

— Mais grand Dieu, pou'quoi les Vigatais feraient-ils la guerre pour ne pas écouter un opéra lyrique ?

— Cela dépend de quel opéra il s'agit, Excellence.

— Qu'est-ce que vous venez me ra'onter, Ferraguto ? Qu'à Vigàta, il y a les meilleurs critiques musicaux du monde ?

— Il ne s'agit pas de cela. Les Vigatais ne comprennent rien à la musique, à l'exception de trois ou quatre personnes.

— Alors ?

— Alors, le problème, c'est que cet opéra a été voulu par vous, qui êtes préfet de Montelusa. Et aux Vigàtais, il n'y a rien de rien qui leur plaît, dans ce que disent et font ceux de Montelusa.

— Vous plaisantez ?

— Non. De l'opéra, ils n'en ont rien à foutre. Mais ils ne veulent pas que ce soit celui qui commande à Montelusa et dans la province qui dicte sa loi à Vigàta. Vous savez ce qu'a dit le chanoine Bonmartino, qui est un curé respecté de tous ?

— Non.

— Il a dit que si les Vigàtais acceptent l'opéra, après le préfet se sentira en devoir de leur dire ce qu'ils doivent manger et à quelle heure ils doivent caguer.

— Mais ce sont des conneries ! L'opéra est beau et eux n'y 'omprennent rien !

— Excellence, même s'il avait été écrit par le Père éternel en personne avec son orchestre d'anges.

— Par le Christ ! Il faut se donner plus de mal, Ferraguto ! Il est nécessaire que l'opéra triomphe ! Qu'il ait un succès historique ! Il en va de ma 'arrière !

— Si vous m'en aviez parlé avant, Excellence, si vous m'aviez fait connaître votre projet en temps utile, j'aurais pu prendre des dispositions et vous donner modestement quelques avis. Maintenant, je fais tout ce qu'on peut faire.

— Il faut faire plus, Ferraguto. Plus. Même s'il faut... Il s'interrompit.

— S'il faut quoi ? demanda Ferraguto, très attentif.

Le préfet éluda, il comprit qu'il prenait une direction dangereuse.

— Je m'en remets entièrement à vous, à votre tact, conclut-il en se levant.

Le matin du jour où

Le matin du jour où il allait être abattu, le Dr Gammacurta resta comme d'habitude dans son cabinet médical, et l'après-midi aussi, il y passa, après la pause du déjeuner et un petit somme d'une demi-heure. Mais il n'était pas d'une humeur habituelle, il était même décidément nerveux ; il s'impatienta contre les gosses aux yeux pisseux, s'énerva sur les fièvres tertiaires et quaternaires, se mit en fureur quand il lui fallut inciser un furoncle sous la nuque d'un bonhomme qu'on ne parvenait pas, à cause de sa peur du bistouri, à faire tenir tranquille.

Puis, comme il allait fermer le cabinet et rentrer chez lui, on vint le chercher en courant parce que la mer avait rejeté sur la rive un étranger à demi noyé. Dès qu'il le vit, Gammacurta se mit à jurer comme un Turc.

— Mais putain de qui je pense ! Tu parles d'un demi-noyé ! Vous ne le voyez pas qu'il est mort depuis au moins une semaine et que les poissons se le sont mangé ? Appelez qui vous voulez, bordel, le curé, le délégué, mais ne venez pas me casser les burnes à moi !

La raison de cette mauvaise humeur, si étrange chez une personne universellement connue comme aimable et convenable, consistait dans le fait que ce soir-là, il n'y avait rien à faire, il devait aller au théâtre. Au Cercle, avec les autres membres, il avait prit l'engagement solennel de faire finir sous les sifflets et les bruits de bouche obscènes l'opéra que le préfet avait imposé aux

Vigatais : puis, étant par nature peu disposé à s'exposer en personne, il avait pensé à déserter en invoquant l'excuse d'un malade gravement atteint à visiter. Mais c'était compter sans sa femme, avec laquelle il avait eu la veille une discussion animée.

— Je me suis fait faire exprès une tenue à Palerme !

Le docteur l'avait vue, la tenue, et elle lui avait paru un costume de carnaval. Et même, à carnaval aussi une vraie femme se serait fait vergogne de le mettre. Mais, pas de doute, son épouse, désormais, s'entêtait.

— Remarque que la musique ne vaut rien.

— Ah oui ? Et comment tu le sais ? Tu es devenu un grand mélomane, maintenant ? Et puis, moi, de la musique, j'en ai rien à fiche.

— Alors, pourquoi veux-tu y aller ?

— Parce que Mme Cozzo y va.

Argument auquel il était impossible de répondre. Mme Cozzo, épouse du proviseur, était la bête noire de Mme Gammacurta.

Naturellement, durant la laborieuse séance d'habillage, rien ne tourna rond, peut-être parce qu'il était étourdi par les cris provenant de la chambre voisine où sa femme se parait avec l'aide, apparemment maladroite, de Rosina, la bonne. Le bouton du col ne voulait pas glisser, et tomba à terre trois fois ; il ne trouva qu'un des boutons de manchettes tandis que l'autre, il le dénicha sous le chiffonnier après une heure de recherches à quatre pattes ; les chaussures vernies le serraient.

Maintenant, enfin, il était au théâtre, dans la troisième rangée du parterre, à côté de sa femme qui semblait une *cassata*, une glace campagnarde[1] et qui avait un sourire

---

1. *Gelato di campagna*, glace de la campagne : autre nom de la cassata (dessert à base de ricotta et de pâte d'amande), les glacières étant alors et pour longtemps encore peu répandues à la campagne.

heureux parce que la tenue de Mme Cozzo, assise deux rangées derrière eux, ne présentait pas aussi bien que la sienne. Le docteur regarda autour de lui : les membres du Cercle, avec lesquels il échangea des saluts, des sourires et des signes entendus, s'étaient tous stratégiquement répartis entre les loges et le parterre.

La scène représentait la cour d'une usine à bière à Preston, en Angleterre, d'après ce que disait un papier qui avait été distribué aux spectateurs à leur entrée. À main gauche, se dressait la façade d'une maison de deux étages avec un escalier extérieur, à main droite il y avait un grand portail de fer, au fond, un mur de briques avec une porte au milieu. On voyait des carrioles, des sacs remplis d'on ne savait quoi, des pelles et des paniers disposés à la *sanfasò*[1]. On attaqua la musique et se pointa un bonhomme en tablier gris, censé être, d'après le papier, Bob le contremaître. Il était tout content, il se mit à sonner une cloche. Aussitôt de derrière le portail arrivèrent six personnages portant le même tablier, mais au lieu de se mettre à la besogne, ils se disposèrent en rang d'oignons devant les gens qui se trouvaient dans le théâtre. D'après la tête et les gestes qu'ils faisaient, ils semblaient encore plus heureux que leurs chefs. Celui-ci les contempla, écarta les bras et attaqua :
Amis, à l'usine
heureux nous courons !
Les six ouvriers parurent transportés au septième ciel :
heureux nous courons !
lancèrent-ils tous ensemble, en levant les bras.
Avec avoine et lupuline
la bière nous faisons !

1. Au hasard, *à la sans façon*, emprunt au français.

Les six en tablier commencèrent à sauter de joie.

La bière nous faisons !

Bob le chef d'équipe exécuta un grand tour de la cour, en montrant le matériel.

Le nôtre est le meilleur
de tous les métiers

Les six s'embrassèrent, s'assenèrent de grandes claques dans le dos.

de tous les métiers

Et Bob, courant d'une carriole à un sac, d'un sac à une pile de paniers :

Nous faisons une liqueur
qui vous ravit tout entiers

— À toi, ça te ravit ! s'exclama à voix haute un qui se trouvait assis aux places juste sous le plafond. À moi, la bière, ça me semble de la pisse, à moi, c'est le vin qui me plaît !

La voix avait couvert même la musique. Mais le chœur ne se laissa pas démonter et poursuivit :

qui vous ravit tout entiers.

À ce point, celui qui s'énerva pour de bon, ce fut don Gregorio Smecca, commerçant d'amandes entières et pilées, mais surtout, homme d'entêtement.

— Mais pou'quoi ces six cons, y répètent toujours la même chose ? Qu'est-ce qu'y croient, qu'on est des zoulous ? Nous, ce qu'y a à comprendre, on le comprend au premier coup, pas besoin de répéter !

Lollò Schiacchitano, assis au paradis mais loin de son ami Sciaverio, celui qui avait proclamé que la bière ne lui plaisait pas, en profita.

— Sciavè, mais pourquoi ils sont si contents ? lança-t-il en dialecte, de sa voix qu'on entendait en mer par-dessus la tempête.

— Parce qu'ils vont besogner, répondit Sciaverio.

— Allez, sans déconner !

— Demande-leur, toi, alors.

Schiacchitano se leva, s'adressa aux sept bons-hommes sur la scène :

— Je demande bien pirdon, mais vous voulez nous dire, sans menteries, pourquoi vous êtes si contents de vous en aller à besogner ?

Cette fois, sur la scène, il y eut une certaine débandade. Deux des choristes se mirent la main en visière sur les yeux pour les protéger des lumières de la scène et regarder vers le poulailler, mais la baguette du chef d'orchestre les replaça aussitôt dans le rang.

Dans la loge royale, le préfet Bortuzzi, voyant que les choses commençaient à mal tourner, sentit le sang lui monter à la tête. Il fit un geste furieux au délégué Puglisi qu'il avait dans le dos :

— Arrêtez ces têtes de 'on ! Tout de suite !

Puglisi ne se la sentait pas d'exécuter cet ordre, il savait qu'à ce moment, il suffirait d'un rien pour déclencher un soulèvement.

— Écoutez, Excellence, pardonnez-moi, mais il n'y a absolument pas de mauvais esprit ou de mauvaise intention dans ce qu'ils font. Ce ne sont pas des perturbateurs, moi, je les connais tous personnellement. De braves gens, croyez-moi, et respectueux. C'est juste qu'ils n'ont jamais vu un théâtre et qu'ils ne savent pas comment s'y tenir.

Il fut convaincant : le préfet, qui suait d'abondance, n'insista pas.

Cependant, sur l'escalier à gauche était apparu Daniel Robinson, le patron de la brasserie. Lui, il était encore plus content que les autres et il expliqua enfin que c'était jour de fête parce qu'il se mariait avec une certaine Effy. La nouvelle faillit les faire tous s'évanouir de contentement. Bob attaqua :

Quel meilleur choix qu'elle ?
qui est plus bonne et plus belle ?

Don Gregorio n'y tint plus :

— Ouf ! Quelle barbe ! Moi, je m'en vais, bonne nuit.
Il se leva et s'en alla, laissant en plan sa femme.

Cependant, ceux qui se trouvaient sur la scène décrivaient Effy comme un « gemme très précieux » et comme un « emblème de l'amour ». Daniel Robinson se mit alors à répandre de l'argent en ordonnant de faire une grande fête.

Cherchez, cherchez, cherchez sans bornes
trouvez flûtes, timbales, fifres et cornes.

— Les cornes, pas besoin de les chercher, elles viennent seules, dit une voix dans l'habituel poulailler, saluée de quelques rires.

— Mais la timbale, c'est pas ce que tu me fais avec du riz, de la viande et des petits pois ? demanda, fort sérieux, Gammacurta à son épouse.

— Oui.

— Et alors, qu'est-ce que ça fout avec les fifres et les flûtes ?

Dans le théâtre s'établit enfin un certain silence. Les ouvriers étaient tous sortis prendre leurs instruments et appeler les voisins. Bien qu'à côté de lui, il n'y eût plus personne, Daniel se mit à faire des gestes mystérieux à Bob comme pour lui dire un secret. Celui-ci s'approcha et son patron lui révéla que dans la journée allait arriver son frère jumeau, qu'on ne voyait plus depuis deux ans dans la région. Il s'appelait Giorgio, il était soldat et d'un caractère pas très tranquille. Bob se montra dubitatif :

Et il va venir ?

Daniel médita un peu avant de répondre :

Je l'espère, si le vilain métier
de tirer des coups...

En entendant le métier pour le moins curieux du jumeau Giorgio, la partie masculine des spectateurs retint son souffle ; quelques-uns crurent avoir mal compris et s'informèrent auprès de leur voisin. Daniel, comme le voulait la musique, répéta l'occupation de son frère un ton plus haut.

Si le vilain métier
de tirer des coups...

L'éclat de rire, cette fois, explosa immédiatement, parcourant tout l'éventail du Ah au Ouh, et puis il y eut aussi les rires raclés au fond de la gorge, les rires éternués, les rires en cascade, les hoquets étouffés, les démarrages de moteur, les cris de cochon, etc. De sorte que l'explication chantée de l'étrange métier de Giorgio se perdit complètement :

... de tirer des coups
de feu sous les balles et la mitraille.

L'éclat de rire que le chevalier Mistretta tenta de retenir fut celui qui produisit le plus grand fracas. Le chevalier était asthmatique, l'air vint à lui manquer et pour reprendre son souffle, il prit une inspiration qui sonna comme une corne de brume. Malgré ce coup de trompe, il ne retrouvait pas sa respiration et il commença à haleter, en donnant de grandes claques convulsives à ceux qui l'entouraient. Sa femme s'épouvanta et poussa des cris, d'autres coururent au côté du chevalier et un autre, plus rapide que les autres, se le chargea sur les épaules et le porta dans l'entrée avec, derrière, sa femme aux cent coups.

Dans un premier temps, le Dr Gammacurta avait félicité le chevalier, en pensant à une représentation mise en scène par Mistretta pour troubler, selon leurs accords, le spectacle. Puis il comprit que l'autre s'étouffait pour de bon.

Entre-temps, sur la scène, elle s'était enfin pointée, Effy, le parangon de beauté. C'est une grosse femme de plus de deux mètres, avec de ces mains qu'on aurait dit des pelles et un nez qu'on pouvait s'y agripper solidement par grand vent. Et sous ce nez, il y avait l'ombre obscure de moustaches que la poudre généreusement répandue ne réussissait pas à cacher. En outre, elle se déplaçait à grandes enjambées en tapant bruyamment des talons.

La femme de Giosuè Zito, Mme Filippa, restait sereine. Complètement sourde de naissance, elle n'avait rien entendu de ce qu'on disait aussi bien au parterre que sur la scène. Tout, pour elle, se déroulait dans la paix des anges. Mais il lui vint une curiosité à la vue de la grosse femme.

— Giosuè, qui c'est ?

À l'apparition d'Effy en scène, Giosuè Zito avait sursauté.

« On me raconte des blagues, avait-il pensé. Là-dessous, y a quelque chose qui pue, ça, c'est pas une femelle, c'est un homme. »

— C'est Giorgio, le frère jumeau, assura-t-il avec conviction et sa réponse, naturellement, il dut la crier pour vaincre la surdité de sa femme.

Un autre éclat de rire explosa, mais la contribution de Giosuè Zito à l'effondrement de l'opéra avait été complètement involontaire.

Manifestement en proie à la panique pour tout ce qui se passait dans la salle et pour ce qu'elle avait eu l'occasion d'entendre tandis qu'elle s'apprêtait à entrer en scène, la cantatrice qui jouait Effy, avec son visage, ses yeux, les torsions convulsives de ses mains, avec certains sursauts soudains de sa carcasse, manifestait tout l'opposé de ce qu'elle devait exprimer, le contentement de ses prochaines épousailles. Au geste impérieux du chef d'orchestre, elle commença d'une voix qui semblait une lampe sans mèche.

Moi aussi je sais bien un peu
les petites grimaces tendres.
Je sais jouer du temps et du lieu,
cligner de l'œil, laisser entendre :

mille messieurs énamourés
mille amants j'ai vus délirer.

À ce moment, du poulailler, monta la voix de Lollò Schiacchitano.

— Oh, Sciavè, tu te sentirais, toi, de t'énamourer d'un morceau comme ça ?

De sa voix de stentor, Sciaviro répondit :

— Même pas après trente ans de réclusion sévère, Lollò.

Le Dr Gammacurta éprouva de la peine pour cette femme qui, sur la scène, continuait courageusement à chanter, il songea que ce n'était pas juste, que cette pôvre femme qui suait pour gagner son pain n'avait rien à voir avec les Vigatais, avec les Montelusains, avec ce con de préfet.

— Je vais voir comment se porte le chevalier Mistretta, dit-il à sa femme.

Il se leva de son fauteuil, fit lever les quatre personnes qui l'empêchaient d'arriver au couloir et gagna le hall d'entrée.

Chères mesdames
et disons-le aussi

— Chères mesdames et disons-le aussi, chers messieurs. À ma femme Concetta, on a proposé que moi, je tienne une conférence sur Luigi Ricci, le compositeur de l'opéra *Le Brasseur de Preston*, qui, d'ici quelques jours, sera représenté dans notre nouveau théâtre de Vigàta, orgueil et gloire de cette riante cité. Et moi, je dois la tenir, cette conférence, que ça me chante ou pas, parce qu'à ma femme, je ne peux refuser rien de rien, croyez-moi. Pourquoi, me demanderez-vous ?

L'orateur eut une espèce de hoquet, tira un petit mouchoir à carreaux rouges, fit des mouvements de la tête comme pour réclamer la compassion des présents, se moucha avec un bruit puissant, replaça le mouchoir dans la poche du pantalon de son habit de cérémonie, se remit à parler avec un sourire amer.

— Ma mère me l'avait dit, elle me l'avait seriné et rescriné : tu veux m'expliquer pourquoi tu t'es mis en tête de te la marier ? Concetta a trente ans de moins que toi, après dix ans de mariage, tu auras atteint la soixantaine alors qu'elle, elle en sera restée à trente ans. Pour pas te la laisser filer et pour garder la paix dans la famille, tu devras te réduire pire qu'un esclave, prêt à courber l'échine à la moindre lubie qui lui passe par la tête. Comme elle avait raison, la sainte femme ! De l'or en barre, c'étaient, ses paroles ! Rien que pour faire un exemple : moi, je savais rien de ce Luigi Ricci, je m'en foutais royalement, excusez, de lui et de ses musiques. Du reste, elles sont pas nombreuses, maintenant, les choses qui m'allèchent. Eh bè, non : toi, cette conférence, tu dois la faire, elle m'a commandé, autrement... Autrement, je le sais, ce que ça signifie, autrement ! Suffit, laissons tomber. Et qui le lui a proposé à ma dame à moi ? Vous savez tous que Concetta est comme cul et chemise avec la dame de Son Excellence le préfet Bortuzzi. Vous avez compris ce qui cloche ? C'est clair ? Voilà la raison pour laquelle je suis là, comme un con, devant vous.

Assis au premier rang, à côté du siège doré du préfet, heureusement vide du fondement auguste en raison de devoirs de gouvernement aussi soudains qu'indérogeables, don Memè Ferraguto s'était senti, depuis que, quelques minutes plus tôt, l'autre s'était mis à parler, perdu comme jamais auparavant et, certes, les occasions de se sentir perdu ne lui avaient jamais fait défaut. Cette belle idée de dire au préfet que sa dame à lui, Luigia dite Giagia, parle à Mme Concetta, mariée au proviseur Carnazza du lycée de Fela, c'était lui qui l'avait eue. Des amis, auxquels il avait demandé conseil, lui avaient indiqué le professeur Carnazza comme un très fin connaisseur de musique, mais en lui taisant, ces cornards, que le proviseur était aussi, et peut-être davantage, un très fin connaisseur de vins. Et dire que même Son Excellence l'avait mis en garde.

— Pouvons-nous être sûrs de ce 'arnazza

— Certes, Excellence. Pourquoi ?

— Parce que mon épouse m'a dit qu'elle a su de Mme 'arnazza, en 'onfidence, que le professeur écluse souvent et volontiers.

— Écluse quoi, Excellence ?

— Et qu'est-ce que vous voulez qu'il écluse, Ferraguto ? Il écluse son verre, et quand il a fini, il recommence.

— Que Votressellence soit tranquille. Je lui collerai comme son ombre. Même pas de l'eau, je lui ferai boire.

Et le voilà devant tout le monde, saoul comme un cochon. Pire que de déparler ! Il était en train de débagouler comme la Sybille de Cumes. Certainement, il s'était descendu quelques bouteilles qu'il gardait cachées dans les grosses poches du manteau qu'il s'était mis avant de sortir de chez lui, et il l'avait fait quand il lui avait demandé la pirmission d'aller au retrait, quelques minutes avant de commencer la conférence. Plein de vin comme il devait toujours l'être, rien que de respirer l'odeur du bouchon devait lui suffire pour s'envoyer en l'air.

— Donc, donc, donc... Ce Luigi Ricci, il lui prend de naître comme ça, à Naples, en pleine chaleur, c'est-à-dire au mois de juillet mille huit cent cinq. Et comme si les Napolitains n'avaient pas assez de leurs malheurs habituels, quatre ans plus tard naquit aussi son frère, qui fera de la musique à son tour.

« Mais il y a une chose importante à dire, écoutez-moi bien tous, bon sang, mais on peut savoir pourquoi vous riez ? Moi, je vous mets à la porte de la classe, compris ? Donc. Leur père était un bonhomme qui s'appelait Pietro, il n'était pas napolitain mais florentin de naissance, je sais pas si je me fais bien comprendre, florentin comme une personne de notre connaissance, une personnalité même, et il jouait du piano comme tout le monde sait en jouer, par exemple ina femme. Rien d'extraordinaire, vous voyez ? Mais comme ma dame est belle, ils sont tous à lui dire qu'elle joue comme un ange, alors que, pour ce que j'en sais, les anges jouent de la clarinette et de la trompette, jamais du piano. À propos, il y aurait quelqu'un parmi l'assistance qui pourrait me vendre un piano d'occasion mais en bon état ? Celui que ma dame m'avait fait acheter s'est cassé pendant que nous faisions le déménagement, de Bìcari, où j'enseignais le latin, à Fela. Un piano, peut-être pas de grande marque, pourvu qu'il joue, de toute façon pour ce qu'il doit jouer... Qu'est-ce que je disais ? Qu'est-ce que je disais, bon sang ? Ah, je parlais de Luigi Ricci. Bon, il a étudié la musique, il s'est mis à composer. Les premières conneries, je vous demande pardon, ça m'a échappé, qu'il écrivit, eurent, va savoir pourquoi, un grand succès. Tous les théâtres le voulaient, de Rome à Naples, à Parme, à Turin, à Milan. Et lui, comme il n'y arrivait pas, à débiter toutes les musiques qu'on lui demandait, il se mit à copier de çà et de là, comme certains de mes élèves. Il y en a un, on le dirait possédé du diable. Quand, moi, je dicte un thème de latin, lui qu'est-ce qu'il fait ? Il se met... Où est-ce qu'il se met ? Et puis quel rapport ? Alors, Ricci Luigi. En tout cas, à Ricci on ménageait pas les applaudissements, et lui, il ne perdait pas de temps, il écrivait, il copiait et couchait avec toutes les chanteuses qui passaient à sa portée. À Trieste, il fit connaissance avec trois femmes de Bohème, non, dit comme ça, on dirait des choses en verre, en cristal, non, mieux vaut dire, voilà, de la Bohème, qui étaient sœurs et s'appelaient Stoltz de leur nom de famille. Ludmilla, Francesca et Teresa, c'était. La dernière, Teresa, est cette même interprète angélique, cette fois sérieusement angélique, des œuvres de Verdi, le cygne de Busseto. Et il paraît que pour le cygne, cette Teresa assez souvent se soit transformée en Léda. Ah ah ah ! Je me suis fait comprendre ? Pourquoi vous ne riez pas ? Vous la connaissez pas, l'histoire de Léda et du cygne ? Non ? Et moi, je vous la raconte pas, 'gnorants. Poursuivons, ou plutôt revenons en arrière. Avec Ludmilla et Francesca, Luigi Ricci commença à tremper le biscuit. Avec Teresa aussi, il paraît qu'il l'a trempé, mais seulement quand il ne trouvait pas les deux autres tasses à portée de la main. Ah ah. Entre Ludmilla et Francesca, notre petit Luigi ne savait pas laquelle choisir et le doute le rongeait vivant quand la nuit il était au milieu des deux femelles et pour ne pas être discourtois, également à l'une et à l'autre il se prêtait. Ça finit qu'il se maria avec Ludmilla et qu'il fit un enfant à Francesca. Ça arrive. Vous ne me croyez pas ? Je vous jure qu'une chose identique est arrivée exactement pareil, comme deux gouttes d'eau, à un mien ami que je vois assis dans la salle à côté de sa digne dame. Il avait deux femmes, à ce qu'il me confia : avec une il parlait et avec l'autre il faisait la chose. Il fit une fille avec celle avec laquelle il parlait. Maintenant je me demande, et je vous pose la question : avec quoi il parlait, mon ami ?

Le courtier Patanè, qui se trouvait au quatrième rang, en se reconnaissant aussitôt dans les paroles du proviseur, éprouva une frayeur telle qu'il ressentit une espèce de coup au creux de l'estomac. Il se plia en deux.

— Tu te sens mal ? lui demanda sa femme, inquiète.

— C'est rin, c'est rin, un peu d'acidité. Le chevreau qui m'est resté sur l'estomac, répondit le courtier en espérant qu'un tremblement de terre, une tornade, un cataclysme quelconque empêcherait Carnazza de poursuivre son discours. Mais le vin, dans les veines et donc dans la tête du proviseur, suivait un parcours imprévisible. Le nom de son ami, Carnazza ne le prononça pas.

— Excusez-moi, je reprends le fil d'Ariane, ou plutôt non, du discours, ce qui de toute façon est la même chose. Oh que si, messieurs. Le fil d'Ariane qui sert à arriver au bout du discours est fait de conjonctives. Vous ne vous en êtes jamais rendu compte ? Si on réussit à en choper une et qu'ensuite on suit les autres qui viennent après, on se retrouve hors du labyrinthe. Ah, Ricci. Luigi Ricci il est allé mourir, voilà quelques années, ni plus ni moins qu'à Prague. Il a fait des dégâts dans toute la création. Aussi avec l'aide de son frère. Et venons-en à ce *Brasseur de Preston*. Il a été représenté pour la première fois à Florence en 1847. Et nous y voilà encore. À Florence, je me suis fait comprendre ? Voyez comme tout coïncide. Florentin le père de Luigi, florentine la première représentation, florentin qui nous savons et qui nous gouverne. Il me semble que celui qui a écrit le livret, un certain Francesco Guidi, l'a copié chez un auteur français, un certain Adolphe Adam qui en 1838 avait fait représenter à l'Opéra comique un opéra comique... Arrêtez tout, je me suis perdu. Alors, Guidi copie chez Adam un opéra avec les paroles françaises mais qui a le même titre. Suffit. À ce point, il me semble qu'il s'agit d'une copie de copie à n'en plus finir, aussi bien des paroles que de la musique. Puis-je exposer un concept ? Je dois aller au cabinet, je me sens le ventre sens dessus dessous.

Il s'en fut, d'un pas qui semblait rencontrer le gros temps, tantôt tangage et tantôt roulis. Et don Memè prit une décision désespérée : maintenant je vais après lui, je le tire dans le cabinet d'aisances et à peine il s'assied sur le siège, je lui flanque un coup sur la tête avec la crosse du revolver et je le laisse mort. Il allait se lever pour passer à l'acte, quand le marquis Coniglio della Favera surgit devant lui.

— Merci, don Memè, dit-il avec un petit sourire. Je ne pensais pas que vous, malgré tout, vous fussiez de notre côté.

« Ce croque-mort a raison », se dit don Memè, foudroyé et glacé à la fois par cette pensée.

Le préfet, en voyant comment les choses tournaient, serait autorisé à penser que c'était lui qui l'avait berné, en lui proposant une conférence qui s'avérait un coup bas, tout en la faveur des opposants au *Brasseur*.

Après l'avoir longuement regardé, toujours avec un petit sourire, le marquis s'éloigna pour parler avec les autres hôtes. En fait, la conférence se donnait dans le salon de musique de son palais de Montelusa, parce que Ferraguto le lui avait expressément demandé. Et le marquis ne s'était pas défilé ; une fois qu'il l'avait fait, de refuser une faveur à don Memè, par une curieuse coïncidence, deux cents oliviers sarrasins d'une de ses propriétés étaient partis en fumée.

Don Memè regarda autour de lui, aucun de ces cornards de nobles montelusains ne s'étaient présentés. Et peut-être, étant donné l'ivresse du proviseur, cela valait-il mieux ainsi. Il y avait, certes, la plupart des bourgeois, et beaucoup d'employés, mais la plus grande partie s'en allaient, surtout les dames bigotes qui, scandalisées par la manière de parler de Carnazza, traînaient derrière elles leurs maris. Lesquels cédaient à contre-cœur à la demande de leurs épouses, car ils se seraient bien volontiers attardés pour voir comme allait finir la farce. Ne resta qu'une trentaine de personnes.

Ne sachant que décider, s'il devait aller tuer Carnazza ou se laisser béatement enfoncer dans la merde qu'il avait lui-même répandue, don Memè se mit à contempler les fresques du plafond. À un certain moment, il sursauta, s'inquiéta, en s'éveillant de sa torpeur : mais depuis quand le proviseur était-il sorti ? Il n'eut pas le temps d'éclaircir ce point, le marquis se présenta de nouveau devant lui.

— Excusez-moi, très cher Ferraguto, mais vous ne pensez pas que le professeur Carnazza abuse de la patience de mes hôtes et de la mienne ?

« Cornard de marquis, pensa don Memè, il veut en jouir jusqu'au bout, de ma ruine ! »

Dans le cabinet d'aisances, pas de proviseur. Et même, un serviteur qui avait été placé devant la porte des toilettes, lui déclara que le proviseur Carnazza ne s'était pas servi de ce lieu. Il demanda à un autre domestique qui se trouvait au bout d'un long couloir s'il l'avait vu passer, mais celui-ci lui répondit par la négative. Il rouvrit une ou deux portes de la maison mais ne le trouva pas. En jurant, il retourna au salon, s'approcha du marquis qui maintenant lui riait au nez sans respect et sans retenue.

— Je ne le trouve pas.

Prestement, le marquis rassembla sa famille, les serviteurs et les hôtes qui acceptaient de se prêter à une sorte de jeu. Car le proviseur s'était certainement perdu dans le palais, étant donné que le portier jurait sur tous les saints qu'il ne l'avait pas vu sortir. Ils fouillèrent pendant des heures, munis de bougies, lampes, lanternes et quinquets, ils descendirent dans les caves, montèrent dans les soupentes, ils passèrent la nuit à chercher, aussi parce que le marquis avait eu la bonne idée de faire une pause vers minuit, avec un premier service de spaghettis à la viande de porc suivi de quatre chevreaux au four. Ils s'y mirent à fond, mais ne dénichèrent pas le proviseur, il avait disparu à peine passé le seuil du salon de musique.

— Quand sa cuite carabinée lui sera passée, il reviendra, conclut le marquis aux premières lueurs du jour.

Il fut mauvais prophète. Le proviseur Artidoro Carnazza ne reparut jamais plus. On l'aperçut, ou crut l'apercevoir, des années plus tard, dans un bouge de Palerme, où il récitait des vers d'Horace à des gens encore plus sonnés que lui par le vin. La petite baronne Jacopa della Mànnara jura l'avoir vu dans les ruines de Taormina, une couronne de pampres de vigne sur la tête, tandis qu'il déclamait à tue-tête des vers de Catulle.

L'unique fait certain est que sa femme, au bout de quelques années, se fit faire une déclaration de mort présumée et put ainsi acquérir l'état de veuvage. La période de deuil passée, elle se remaria avec un neveu de Son Excellence Bortuzzi venu dans l'île participer à une battue de chasse au lièvre.

(Cette parenthèse n'est pas ouverte de par la volonté du narrateur, mais par une nécessité que le récit lui-même manifeste avec opiniâtreté... En 1942, durant la guerre, Montelusa, au contraire de Vigàta qui en subit beaucoup, fut soumise a un unique mais dévastateur bombardement américain. Dans le cours de cette action plus ou moins guerrière, le palais Coniglio fut à moitié détruit. Dès que la fin de l'alerte eut retenti, les secouristes, et aussi quelques personnes sérieusement décidées à s'approprier quelque chose des trésors dont on imaginait que le palais regorgeait, s'éparpillèrent de tous côtés en quête d'éventuelles victimes ou de blessés. Dans la soupente de l'aile ouest restée miraculeusement debout, on retrouva dans un coffre le squelette d'un homme en habit de cérémonie, sûrement décédé de mort naturelle, étant donné qu'il n'y avait aucun signe de violence. Le coffre avait ceci de spécial, qu'on pouvait l'ouvrir de l'extérieur mais, qu'une fois fermé, un ressort se déclenchait, qui empêchait de le rouvrir de l'intérieur. Quiconque se mettait à l'intérieur, pour plaisanter peut-être, pour blaguer, ne pouvait plus en sortir ensuite. À côté de la dépouille, se trouvaient quelques feuilles sur lesquelles on pouvait encore à grand-peine distinguer des mots incompréhensibles. Avec de gros efforts, on comprenait un nom, celui d'un certain Luigi Picci, ou Ricci.)

Turiddru Macca, le fils

Turiddru Macca, le fils de la mère Nunzia, qui de métier faisait débardeur au port, était allé se coucher, comme toujours depuis des années, aux premières ombres de la nuit, après qu'eut sonné l'Ave Maria, les os brisés de la besogne qui consistait à trimbaler sur le dos deux cents sacs pleins par jour pour les porter du quai au voilier. Il n'avait même pas dormi six heures qu'il fut réveillé par un fort tambourinement à la porte du *catojo*, pièce en rez-de-chaussée de quatre mètres sur quatre, aérée par un unique fenestron à côté de la porte, et où il vivait avec toute sa famille.

— Turiddru Macca !

Il se leva à demi sur le lit, effrayé, et voulut poser une main sur le matelas, mais écrasa le visage de son fils Pasqualino qui se lamenta dans son sommeil. Les coups se firent plus forts.

— Turiddru Macca !

Turiddru allongea les jambes pour se relever, mais ce faisant, il donna un coup de pied à sa fille Annetta, laquelle, poussée au-dehors, tomba du lit mais, étant habituée aux chutes, elle se recoucha sans même ouvrir les yeux. On frappait toujours, sans s'offrir le temps de reprendre haleine. Turiddru se laissa tomber du lit en mettant les pieds sur le foie de son fils Minicuzzo qui dormait par terre. En marchant à l'aveuglette en direction du fenestron, il chancela et manqua tomber sur son fils Antonino qui dormait, recroquevillé sur une paillasse.

— Turiddru Macca !

Sa femme Carolina ouvrit un œil, se leva à moitié en veillant à ne pas étouffer sa fille Biniditta, six mois, qui s'était endormie encore collée à un sein.

— C'est qui ? demanda-t-elle en dialecte. Qui est-ce que ça peut être à cette heure ?

— Je ne sais pas. Tais-toi et dors, lui ordonna Turiddru qui, entre-temps, avait été gagné par la nervosité.

Le fenestron ouvert, un air glacé l'assaillit, la nuit avait mal tourné.

— C'est qui ?

— C'est moi, Turi, Gegè Bufalino.

— Et qu'est-ce que tu veux, putain, à cette heure ? Qu'est-ce qui se passe ?

— Y se passe que la maison de ta mère, la mère Nunzia, a pris feu. Habille-toi et cours.

À Gegè Bufalino, il ne fallait jamais se fier, qu'il ait un coup dans le nez, ou qu'il n'ait pas bu une goutte.

— Gegè, moi, je t'avertis : si après je m'aperçois que tu t'es tout inventé, gare à ton cul, je te démolis !

— Sur la prunelle de mes yeux ! jura Gegè en dialecte. Que je meure tué ! C'est vrai ! La vérité de l'Évangile sacro-saint !

Turiddru s'habilla en hâte. L'obscurité de la nuit était épaisse, mais de temps en temps, elle était rompue par un éclair. Vers le centre du bourg, où se trouvaient le nouveau théâtre et derrière, presque collée, la maison de la mère Nunzia sa mère, une grande lumière rougeâtre illuminait le ciel. Il y avait le feu, pas de doute. Turiddru se mit à courir.

Une fois passé le cordon de miliciens à cheval disposés en cercle tout autour de la zone de l'incendie, l'ingénieur Hoffer se persuada d'un coup d'œil que, pour le théâtre neuf, il n'y avait plus rien à faire, l'incendie se l'était déjà à moitié dévoré. Il courut derrière la partie arrière de l'édifice : un passage d'à peine trois mètres séparait le théâtre d'une maison à deux étages qui, elle aussi, avait été attaquée par les flammes.

— Par izi, par izi, de ze gôté ! cria l'ingénieur à ses hommes qui arrivèrent en un instant avec la machine anti-incendie.

Un homme s'approcha, un mouchoir sur le nez pour se protéger de la fumée.

— Je suis le délégué Puglisi. Vous, qu'est-ce que vous voulez faire ?

— J'être et je suis l'ingénieur Hoffer. Ingénieur minier. J'ai izi une machine inventée par moi qui édeint le feu. Vous m'aidez ?

— Certes, dit le délégué qui, déjà résigné, avait écarté les bras devant les dégâts, et donc était prêt à profiter de la moindre crotte de mouche.

— Pien. Vous faites faire la chaîne d'hommes d'izi à la mer avec des zeaux. Ils brennent l'eau de mer et la mettent dans la machine. La machine a besoin sans arrêt d'eau noufelle.

— D'accord, dit Puglisi et il s'éloigna en courant pour donner des consignes.

Tandis que ses hommes alimentaient le feu de bois sous la chaudière pour faire monter la pression nécessaire au jaillissement de l'eau froide, l'ingénieur s'aperçut que derrière lui se tenait, immobile, un groupe quasi statuaire, composé d'un quinquagénaire, d'une quadragénaire, d'un jeune d'une vingtaine d'années et d'une petite de seize ans. Les deux mâles étaient en tricot de laine et caleçon : on voyait qu'ils avaient donné leurs vêtements aux femmes qui, en fait, se couvraient doublement de vergogne, étant donné qu'elles étaient en chemise de nuit, avec un pantalon et une veste d'homme.

— Fous hapiter dans zette maison ? demanda l'ingénieur au groupe immobile.

Le groupe s'anima, reprit vie.

— Nous sommes la famille Pizzuto, dirent les quatre ensemble.

Puis le quinquagénaire fit un pas en avant et parla :

— Je m'appelle Antonino Pizzuto, dit-il d'une voix traînante et geignarde. Nous habitons au rez-de-chaussée de cette maison qui a pris feu. Nous dormions avec les fenêtres fermées.

— Avec les fenêtres fermées, dirent les autres.

— Parce que avant, il y eut une grande chierie, poursuivit Antonino Pizzuto.

— Une grande chierie, répétèrent les autres en écho.

L'ingénieur Hoffer était ébahi. Peu pratiquant des études classiques, il ne se rendait pas compte que la famille Pizzuto était essentiellement composée d'un coryphée avec son chœur.

— Parton ?

— Oh que si, monsieur, une chierie. Avec cette connerie d'inauguration du thiâtre, sont arrivées sur la place des dizaines et des dizaines de carrosses de Montelusa, de Montechiuso, de Cavàra, de Fela et d'ailleurs, qu'ils aillent tous se faire foutre.

— Et d'ailleurs, qu'ils aillent tous se faire foutre, insista le chœur.

— Le fait est que les serviteurs et les cochers, quand le besoin les prenait, venaient uriner ou chier derrière le théâtre, c'est-à-dire dans le passage. Et nous, à cause de la puanteur, nous avons dû verrouiller les fenêtres.

— Verrouiller les fenêtres.

— Et comme ça nous, nous ne nous sommes pas aperçus à temps de ce qui se passait. Encore heureux que mon fils Nenè a eu besoin de boire un verre d'eau, dans le cas contraire, brûlés vifs nous mourions, tous.

— Brûlés vifs nous mourions, tous. Hélas ! Hélas ! gémit le chœur.

Entre-temps étaient arrivés les premiers seaux d'eau de mer, la chaîne avait été vivement organisée par le délégué Puglisi. Maintenant, on pouvait commencer. Comme lors de divers exercices épuisants, les hommes de Hoffer se mirent en position. Deux d'entre eux tenaient solidement le mancheron de la pompe, le dirigeant vers l'embrasure de la porte de la maison en flammes.

— Attention ! cria l'ingénieur. Prêts pour l'extinction !

Il regarda ses hommes et une boule d'émotion se forma dans sa gorge.

— Oufrir !

Nardo Sciascia, en entendant l'ordre, ouvrit d'une main ferme la valve d'eau froide. Immédiatement, un jet violent, qui fit vaciller les deux qui tenaient la pompe, fut projeté vers les flammes. D'émotion, l'ingénieur se mit à danser, tantôt sur un pied, tantôt sur l'autre, on aurait dit un ours.

À force de jurons, de blasphèmes et de coups de gueule, Turiddru Macca parvint à franchir le grand cercle de miliciens à cheval. Il se retrouva, les yeux remplis de larmes, sous l'effet de la peine ou de la fumigation âcre, devant la maison de sa mère qui brûlait. Le feu était encore presque entièrement au rez-de-chaussée, mais de mauvaises langues s'élevaient vers la grande baie du premier, d'où tant de fois sa mère l'avait salué. Il pleurait Turiddru, de peur devant le danger que sa mère courait, mais il pleurait aussi sur le beau logement qui s'en allait en fumée, cet appartement de trois pièces et cuisine, où sa famille et lui, après la mort de la mère Nunzia — mais une mort survenue à l'heure juste et sainte, celle voulue par Dieu —, ils auraient pu aller habiter, plus au large et plus commodément que dans le *catojo* où ils étaient maintenant.

— Ousqu'elle est ma mère, la mère Nunzia ? demanda-t-il, bouleversé, au délégué.

— Nous ne l'avons pas encore vue, assura Puglisi.

— Mais elle est vivante ?

— Et qu'est-ce que j'en sais ? Il faudrait entrer dans la maison, mais tu le vois bien, nous ne pouvons même pas encore nous approcher.

— Arrêtez ! Stop ! Halt ! cria à l'improviste l'ingénieur aux siens et Nardo ferma la valve.

Hoffer s'était aperçu que les seaux arrivaient trop lentement : il sortait beaucoup plus d'eau du mancheron qu'il n'en était apporté et donc le manomètre de la pression montait périlleusement vers le haut. La chaudière menaçait d'exploser.

— *Schnell !* Vite ! Faites plus vite ! Te l'eau, te l'eau ! Plus t'eau ! cria encore l'ingénieur tourné vers la longue chaîne humaine.

Ce fut à cet instant que la porte-fenêtre du logement trois pièces habité par la mère Nunzia s'ouvrit d'un coup et qu'apparut une silhouette de vieille femme en chemise de nuit blanche. L'apparition leva les bras au ciel.

— *Gesuzzu beddru ! Madunnuzza santa !*[1] Le feu, il devait y avoir et le feu fut !

— Maman ! Maman ! appela Turiddru.

La vieille ne fit pas mine d'avoir entendu. Elle disparut de nouveau chez elle.

— *Schnell !* Vite ! lança à grands cris Hoffer, exalté. Il faut saufer la fieille femme !

Il vit que l'indicateur du niveau d'eau était maintenant à bon point ; il eût mieux valu, peut-être, attendre encore un peu ; mais il n'y avait pas de temps à perdre. La joie

1. Beau petit Jésus ! Petite madone sainte !

69

qu'il éprouvait en ce moment, de pouvoir, avec son invention sauver une vie humaine, lui fit commettre une erreur fatale. En fait, Hoffer oublia un instant qu'il se trouvait à Vigàta, en Sicile et ne réussit pas à contrôler la traduction simultanée qu'il était contraint de faire de l'allemand en italien.

— *Schnell ! Kaltes Wasser !* lança-t-il.

Nardo Sciascia, qui était déjà sur le point de rouvrir la valve d'eau froide, s'arrêta d'un coup, et le regarda, étonné ;

— *Kaltes Wasser !* fite ! prezzons ! prezzons ! rugit l'ingénieur.

— Pression ! Il veut la pression, cria alors Sciascia à Cecè Consolo qui se trouvait près de la partie postérieure de la machine. Cecè tourna le bouton de la pression et se rejeta en arrière. Aussitôt un violent jet de vapeur et d'eau bouillante jaillit de l'arrière de la chaudière. Le groupe presque statuaire des Pizzuto, qui s'attardait encore près de la machine, fut d'un coup effacé par une nuée blanche, d'où s'élevèrent de très puissantes lamentations de chœur grec.

— Erreur ! Erreur ! Eau vroide ! Vroide ! s'égosilla Hoffel.

Quand le nuage blanc se dissipa, les Pizzuto gémissaient et se roulaient à terre avec des brûlures de degrés variés. Auprès d'eux accourut le délégué avec deux de ses hommes.

— Vite, dit Puglisi. Faites-vous aider. Allongez-les dans un carrosse et conduisez-les au Dr Gammacurta.

— Le médecin Gammacurta est introuvable, dit quelqu'un.

— Alors, portez-les au Dr Addamo.

— Addamo en a jusqu'au cou des dames qui se sont fait venir le symptôme à cause du bordel qu'il y a eu au thiâtre et aussi de gens qui se sont fait mal quand don Memè s'est mis à tirer.

— Ne me cassez pas les couilles, je veux pas entendre d'histoires. Portez ces personnes chez Addamo, il le comprendra tout seul que ceux-là, c'est grave.

Cependant, à la grande fenêtre, la mère Nunzia était réapparue. Elle tenait à la main une feuille qu'elle commença à déchirer en petits morceaux qu'elle lançait l'un après l'autre le plus loin possible, aidée du vent.

— À vous je vous prie, bulles saintes ! disait-elle en sicilien. Jésus, Joseph et Marie, éloignez le feu de moi !

— Mais kess kelle fait, la fieille tame ? demanda Hoffer, abasourdi.

— Rin. Ce sont des bulles des lieux saints que vendent les frères de Terre Sainte. Elles devraient tenir éloignés le feu et l'eau.

L'ingénieur renonça à avoir davantage d'explications.

— Maman ! cria Turiddru.

De nouveau, la vieille ne parut pas l'avoir vu, ni entendu.

— Il l'avait dit, poursuivait-elle en sicilien, le père Virga, que le théâtre est une chose du diable ! Il l'avait dit que le théâtre c'est une chose de Sodome et Gomorrhe ! Saint est le père Virga ! Le feu il devait y avoir et le feu il y eut !

La bulle terminée, la mère Nunzia se retira. Turiddru remarqua que la machine de l'ingénieur, tant bien que mal, avait un peu dompté le feu. Sans crier gare, il se lança en avant, franchit le porche, disparut dans l'escalier.

Il ne se passa pas cinq minutes avant que Turiddru Macca ne réapparaisse hors de la fumée, en portant sur ses épaules la mère Nunzia inerte.

— Elle s'évanouit ? s'enquit Puglisi.

— Oh que non. Je lui a donné un coup de poing sur la tête.

— Et pourquoi ?

— Elle disait qu'elle ne voulait pas descendre en chemise de nuit au milieu de tous ces bonshommes.

— Dans zette maison, le feu kaputt, dit l'ingénieur qui chantait presque de joie. Ki encore hapiter au-dessus ?

Le délégué regarda vers le haut.

— Au deuxième habite une veuve, Mme Concetta Riguccio. Mais elle ne s'est pas manifestée. Avec tout ce tohu-bohu, à cette heure, si elle était chez elle, elle aurait appelé à l'aide. Je la connais. Peut-être que cette nuit, elle est allée dormir chez sa sœur.

Seuls les jeunes gens connaissent

— Seuls les jeunes gens connaissent de semblables sentiments, pensa don Pippino Mazzaglia, avec une pointe d'envie et une autre de compassion tandis qu'il écoutait discourir Nando Traquandi, le jeune homme arrivé clandestinement de Rome et qu'il gardait caché dans sa maison de campagne depuis une semaine.

Sec, le cheveux roux et bouclé, avec des petites lunettes derrière lesquelles brillaient des yeux exorbités, de temps à autre, comme par tic, il se grattait de la main gauche sa barbichette rare autour du menton, tandis que de la droite, tous les cinq mots, il portait à ses lèvres un petit mouchoir de dentelle pour essuyer l'écume blanche que sa salive, en se condensant, formait aux coins de la bouche.

Traquandi était arrivé en Sicile avec deux billets, un de Napoleone Colajanni et un autre du député Pantano, qui demandaient aux amis mazziniens asile, aide, moyens de se remettre et de subsister, pour ce jeune homme présenté comme l'exécuteur d'une mission aussi secrète que périlleuse. Il avait obéi, mais dès les premières paroles qu'il avait échangées avec lui, Pippino Mazzaglia s'était fait une idée : de cet étranger, de sa présence, ne pouvaient venir que des ennuis. Le jeune homme ne voyait la lumière que d'une seule vérité : le blanc était blanc et le noir, noir. Il lui faudrait encore des années pour comprendre que quand le blanc est tout près du noir, à le toucher, il se forme, entre les deux teintes, une ligne d'ombre, où le blanc n'est plus blanc et le noir n'est plus noir. La nuance de cette ligne s'appelle gris. Et à l'intérieur de celle-ci, où deux couleurs en se mariant en ont formé une troisième, il est difficile que chaque chose trouve un nom et une forme nettement visible. C'est comme quand le soir s'avance, l'obscurité qui n'est pas encore épaisse, qui n'est pas encore la nuit, vous fait prendre une personne pour un arbre. Mais le jeune homme n'avait pas de ces préoccupations, on voyait qu'il savait où poser les pieds même quand la lumière baissait.

« Mais qu'est-ce qu'il est antipathique ! » se dit encore Mazzaglia tandis que l'autre parlait et parlait. « Il me semble me voir moi il y a trente ans devant le tribunal des Bourbons, avant de prendre dans le cul dix ans de prison à régime sévère. L'orgueil me mangeait vivant. Et donc, ça veut dire que moi aussi, à l'époque, j'étais con comme celui-là. »

— J'ai là, avec moi, des documents qui démontrent à quelles extrémités est arrivée aujourd'hui la situation, déclara le jeune homme sans même reprendre son souffle. Je vous lis quelques passages d'un rapport au ministre que nous avons réussi à nous procurer, je ne vous dis pas comment.

Il ajusta son lorgnon, glissa la main au mouchoir dans la sacoche pleine de papiers, se mit à fouiller. Ce fut à cet instant précis que Ninì Prestìa, qui n'avait pas un instant détaché les yeux du Romain depuis qu'ils s'étaient réunis, parla pour la première fois.

— Et moi, je ne vous le demande pas, ce *comment*, étant donné que de ce *comment*, je m'en fous.

Le jeune le regarda, étonné par la violence qu'il sentait dans ces paroles.

— Je n'ai pas bien compris.

— Vous me permettez une question sans rapport avec tout ce qu'on est en train de dire ?

Les yeux de Traquandi devinrent deux fentes, il comprit qu'il devait se mettre en garde et, spontanément, parla en dialecte romain :

— Si vous ne voyez pas *er* rapport avec la question, pourquoi vous me la posez ? demanda-t-il.

— Parce que c'est comme ça que ça me plaît.

— Alors, dites-moi.

— Nous, ici, assis autour de cette table, nous sommes quatre personnes, vous exclu. Pippino Mazzaglia, moi, Cosimo Bellofiore e Decu Garzìa. Si vous, par exemple, vous découvrez qu'un de nous veut aller le dénoncer pour le faire arrêter, vous, qu'est-ce que vous faites en premier ?

— Je lui colle 'ne balle dans la bouche, répondit sans hésiter Traquandi.

— Sans même lui demander la raison pour laquelle il veut le faire ?

— Et moi, qu'est-ce que j'en ai à foutre, pourquoi il veur' le faire ? Ça m'intéresse pas, c'est ses oignons, moi je tire et ça suffit. Mais, si voulez bien m'excuser, pourquoi vous m'avez fait cette dimande ?

— Laissez tomber, peu importe.

Pippino Mazzaglia sentit dans sa poitrine une onde de chaleur, d'une force et d'une intensité à lui mettre les larmes aux yeux. C'était bien là Ninì Prestìa, le vrai ami de toujours, celui avec qui il avait pu parler à cœur ouvert dans toutes les situations, celui qui avait partagé avec lui trente ans et plus de peur, de persécutions, de fuites, de pièges, de prisons et de rares joies. Il sentit de nouveau se poser sur sa main la main chaude de Ninì tandis que les juges des Bourbons lisaient la sentence et coupaient les racines de leur jeunesse, éliminaient des livres à lire, des paroles à prononcer, des femmes à séduire, des enfants à caresser. Comme s'il les avait exprimées à haute voix, Ninì avait suivi pas à pas ses pensées et ses impressions face au jeune Romain. Mazzaglia regarda son ami en gardant les paupières mi-closes pour éviter que quelques larmes s'en échappent : oui, Ninì avait vieilli, ses cheveux avaient blanchi, sa pupille s'était ternie. En un éclair, il comprit qu'il se regardait lui-même dans un miroir. Alors il s'énerva, s'adressa à Prestìa :

— Prenez patience encore une minute, monsieur Traquandi, parce que je veux vous demander une chose, à vous qui semblez tout savoir.

L'étranger romain ôta ses mains de la sacoche, les posa sur la table et se mit, sans un mot, dans la position de quelqu'un qui s'apprête à écouter. Mais il le fit avec condescendance, et l'antipathie de Mazzaglia pour lui augmenta.

— Ce que je veux dire n'est pas une simple perte de temps, comme peut-être il peut vous sembler, à vous. C'est depuis qu'a commencé cette histoire du *Brasseur* que j'en perds le sommeil, à me demander pourquoi le préfet de Montelusa s'est entêté à vouloir inaugurer le théâtre de Vigàta avec cet opéra que personne ne voulait. J'ai su qu'il n'y a pas d'intérêt d'argent, que l'auteur n'est pas de ses parents, qu'il ne couche pas avec une chanteuse. Et alors, pourquoi il a fait ça ? Pour obtenir le résultat qu'il voulait, il a acculé à la démission deux conseils d'administration du théâtre, jusqu'à ce qu'il ait trouvé les bons moutons qui fassent bêêê sous sa baguette. Pourquoi ?

— *Er* pourquoi, je ne peux pas m'en foutre plus complètement.

— Eh non, excusez-moi. Si nous devons tirer prétexte de cette histoire pour lancer une quelconque manifestation de protestation, il faut aussi que nous connaissions les vrais motifs de l'adversaire.

— Alors, je vous dis que *er* préfet, il a voulu montrer son pouvoir et, indirectement, combien *er* gouvernement qu'il représente est puissant.

— Trop facile.

— Vous voyez ? À force de demander et pourquoi si et pourquoi ça, on va finir qu'on ne fait plus rien, qu'on n'agit pas. La vérité est que toute tentative de compendre *er* aversaire est *er* commencement d'une négociation avec *er* aversaire lui-même. Parler, discuter, compendre, c'est 'ne affaire de...

— Vieux ? suggéra Mazzaglia.

— Je regrette, mais, à moi, il me semble que oui.

Il baissa la tête, tira de la chemise une feuille, la montra aux présents.

— Ceci est un rapport secret du questeur[1] de Palerme, Albanese, au ministre de l'Intérieur, Medici. Je me réfère donc aux propres paroles d'un de nos féroces adversaires.

— Non, dit simplement et brièvement Ninì Prestìa qui le tenait toujours en ligne de mire.

— Que voulez-vous dire ?

— Je veux dire que mes féroces adversaires, comme vous dites, vous, ne sont pas des gens comme Albanese, parce que Albanese n'appartient pas au genre humain, mais à la merde que le genre humain produit chaque jour.

— Expliquez-vous mieux.

— Un seul exemple, cher ami. Quand le bourreau des Bourbons, Maniscalco, avec lequel mon cher ami Pippino Mazzaglia et moi-même avions eu à faire, s'en alla crever à Marseille, quatre ans après sa veuve eut le front de demander une pension au gouvernement italien. La Cour des comptes demanda des informations à Isidoro La Lumia qui dirigeait les archives siciliennes. La Lumia, qui était un gentilhomme, commença ainsi sa réponse : « Le soussigné a l'honneur de transmettre les informations suivantes sur le compte de la triste fri-

1. Équivalent d'un préfet de police.

pouille qui, sous le nom de Salvatore Maniscalco fut pendant dix ans la plaie de la Sicile. » Ainsi écrivit La Lumia. Mais votre ennemi à vous, monsieur le jeune Romain, le questeur Albanese précisément, en cette occasion s'empressa de faire savoir que son opinion différait de celle de don Isidoro. On donna la pension à la veuve parce que, et je ne change pas une virgule, Maniscalco, à part les excès justifiés par la situation, et les fautes dont il s'était couvert, avait été de toute façon un fidèle serviteur de l'État, peu importait de quel État il s'agissait. Vous avez compris ? Deux merdes, même issues de culs différents, ont toujours la même odeur, et finissent tôt ou tard par s'entendre.

— Ça me va, à moi, mon ami. Alors, qu'est-ce que je fais ? Je ne lis pas ?

— Lisez, lisez, coupa Mazzaglia.

— Je lis en diagonale. L'esprit public en général — ce sont les paroles mêmes d'Albanese —, et en particulier à Palerme, est hostile au gouvernement, il ne faut pas se faire d'illusions, ou pour le moins, on accuse les gouvernants de la lourdeur des impôts, du désastre des finances, de l'absence de développement de l'industrie et du commerce.

Il marqua une pause, s'essuya les lèvres avec son mouchoir, s'ajusta le lorgnon, reprit.

— Pas une industrie nouvelle — c'est toujours Albanese qui parle — n'a trouvé de développement ni réclamé de main-d'œuvre, et aucuns travaux publics de grande ampleur n'ont donné de pain aux ouvriers. Ici, plus que tout, la question du pain et du travail se pose. Et on commence à penser que la cause de la situation se trouve non pas dans les individus mais dans les institutions elles-mêmes. De sorte que, si d'une part les ennemis de la monarchie avancent leurs poignards, si les fédéralistes mazziniens pensent à la fédération et aux régions, ils ne sont pas rares, ceux qui invoquent la dictature. Et toujours plus d'impôts nouveaux éveillent toujours davantage de mécontentement.

Sa lecture achevée, il replaça la feuille dans la sacoche et en tira une autre.

— Et ceci, en revanche, est un rapport du commandant de la place de Caltanissetta. Voilà ce qu'il dit : tous, en cette terre, placent leurs espérances dans l'anarchie qui se tiendrait derrière le triomphe momentané des sectes mazziniennes et socialistes.

— Je voudrais savoir...

Cosimo Bellofiore qui, durant toute la réunion, était resté muet, avait ouvert la bouche.

— Encore un instant, lui intima le Romain qui avait déjà une autre feuille en main. Je lis une phrase du préfet de Syracuse, textuelle : « la mesure du mécontement est désormais à son comble. » Celui-ci a envahi toutes les classes des habitants parce que des sacrifices, fort nombreux, et très durs que la Sicile a consentis pour l'unité de l'Italie, après plus d'une décennie, aucun bien ne lui en est venu, si l'on excepte celui, moral et abstrait, de faire partie d'une grande nation, maigre réconfort pour qui n'a plus de pain pour se nourrir et nourrir sa famille.

Il remit la feuille en place, ôta son lorgnon, se passa une main sur les paupières.

— Moi, j'ai fini, mais je pourrais continuer encore, toujours avec les mots de nos ennemis qui sont exactement les mêmes que ceux que nous pourrions utiliser, nous. Comprenez bien : l'Italie est un volcan prêt à exploser. Et eux le savent et ils en ont peurr. Ils expénient en prison les nôtres, ils découvrent nos dépôts d'armes, les confisquent ou y mettent le feu, mais *er* lendemain, en surgissent d'autres, autant que ceux qui ont été détruits. Et nous, mazziniens, ici à Vigàta, si nous ne cueillons pas l'occasion de ce soir, nous sommes des couillons.

— Quelle occasion ? s'enquit Cosimo.

— Celle de ce soir, je vous dis, d'il y a 'ne heure. Quand *er* peuple de Vigàta s'est révorté contre *er* préfet.

— Tu parles d'une révolte ! s'exclama Mazzaglia. Ça a été une réaction des gens, une chose momentanée.

— Et puis le peuple, comme vous dites vous, ajouta Prestìa, il était à la maison, il n'était pas allé au théâtre. Au théâtre, il y avait des professions libérales, des commerçants, des patrons de *paranxe*. Le peuple, celui qui besogne sérieusement, il était déjà allé se coucher.

— C'est peut-être comme vous dites. Mais nous, nous devons profiter de la situation, la faire devenir plus grave, sans remède. Je m'explique mieux. Si les choses en restent là, ça revient à dire : au bout de deux jours, ils auront tout oublié. Mais si *er* scandale du théâtre, nous l'aggravons, tout le monde devra en parler, et pas seulement à Vigàta. Je me fais comprendre ? Faut que *er* scandale devienne 'ne affaire nationale.

— Et comment ? demanda Decu Garzìa, tout de suite attentif.

Chaque fois qu'il y avait une occasion de mettre le bordel, il était toujours prêt à se placer au premier rang, même s'il se foutait éperdument des raisons pour lesquelles le bordel était né.

Traquandi s'essuya les lèvres, les regarda un par un.

— On met le feu au théâtre.

Mazzaglia bondit sur son siège.

— Vous plaisantez ? Et puis, faites attention que cette nuit, il y a un vent fort, au cas improbable où nous serions tous d'accord pour brûler le théâtre.

— Qu'est-ce que ça veut dire, qu'il y a du vent ?

— Les flammes risquent de toucher d'autres maisons, où il y a des gens qui dorment.

— Et qu'est-ce que j'en ai à foutre, moi, des gens qui dorment ? S'il y a un mort, tant mieux, *er* bruit sera plus grand.

Vous savez ce que j'en pense

— Vous savez ce que j'en pense, dit durement le préfet Bortuzzi, renfrogné, le visage sombre, en s'appuyant contre le haut dossier du fauteuil.

Il n'aimait pas le discours, tout en pour et contre, que l'autre, courtoisement mais fermement, lui faisait depuis une demi-heure sans bouger d'un demi-millimètre de ses positions.

« Un Piémontais ! pensa Bortuzzi, un Piémontais faux et courtois. »

— Et vous, alors, vous savez tout aussi bien ce que j'en pense, répondit brutalement le colonel Aymone Vidusso, commandant de la place militaire de Montelusa et il poursuivit, fixant Bortuzzi au fond des yeux : Je trouve absolument insensé ce qui est en train de se passer.

— Insensé ?

— Oh que oui, monsieur.

— Et pourquoi ?

— On ne peut risquer un soulèvement populaire seulement parce qu'il vous est venu la lubie de faire représenter à Vigàta un opéra lyrique que les Vigatais, à ce qu'il semble, n'apprécient justement pas.

— Ce n'est pas vrai.

— Qu'est-ce qui n'est pas vrai ?

— Que les Vigatais ne l'apprécient pas. Les Vigatais ne 'omprennent 'e dalle, vous pensez bien s'ils 'omprennent 'elque chose à la musique. Le fait est que quelqu'un

que je ne 'onnais pas encore leur a dit de se 'omporter de
cette manière.

— Et quelle en serait la raison ?

— C'est simple, mon cher 'olonel. S'opposer à tout
prix à la volonté du représentant du gouvernement.

— Quand cela serait, Excellence. Mais vous, en
insistant, vous risquez de provoquer des mouvements de
mauvaise humeur en un moment où il n'en est pas vraiment besoin, vous devriez le savoir au moins autant que
moi. Ce n'est pas à moi de vous rappeler que l'île est
une poudrière, si elle n'a pas explosé encore, c'est grâce
à la prudence, ou si vous préférez, à la peur de Mazzini.
Et donc, moi, je ne mettrai pas l'armée, mes hommes, au
service d'une vétille, d'un acte d'entêtement.

— Entêtement des Vigatais.

— Oui. Mais aussi de votre part.

— De ma part ! Comment vous permettez-vous ?

Aymone Vidusso réussit par miracle à se retenir de lui
balancer une torgnole en plein visage.

— Excellence, essayons de rester calme et de raisonner.

— Moi, je raisonne, savez-vous ? Je vous dis, en rai-
sonnant, que quand il y a danger de soulèvement 'ontre
l'autorité, l'État, toutes les forces, je dis bien toutes, sans
distinction de 'orps et d'armes, doivent, Sainte Mère de
Dieu, rester 'ompactes et réprimer sans perdre de temps
à sodomiser les mouches. Ces Siciliens, là, ce sont des
gens qui puent, vous le savez oui ou non ?

Le colonel ne parut pas l'avoir entendu, il ne répondit
pas à la question, ajusta son monocle.

— Oh que oui, monsieur, ils puent. Et les Vigatais
pire que les autres, insista Bortuzzi.

— Je n'entre pas dans la question des odeurs, observa
diplomatiquement Aymone Vidusso auquel il semblait
depuis longtemps qu'au contraire, celui qui puait, et
comment, c'était Son Excellence le préfet. Mais je me

permets d'insister : je n'ai jamais entendu qu'il soit licite d'imposer à quiconque le plaisir d'une œuvre lyrique à travers un décret préfectoral émis tout exprès.

À peine ces paroles prononcées, il se figea et se tut, ébahi. D'où lui était sortie cette phrase ironique, à lui, inébranlable Piémontais ? Visiblement, le préfet lui tapait sur les nerfs comme jamais. Il se reprit, continua.

— Vous, si vous voulez, vous pouvez le faire. Vous n'en êtes pas seul juge, mais vous pouvez le faire. Et peut-être qu'on verra dans vos façons d'agir un abus d'autorité. Cela vous regarde. Mais l'armée italienne ne peut et ne doit se retrouver mêlée à une question aussi stupide que celle-là. En tous les cas, je demanderai l'avis de qui de droit. Pardonnez-moi.

Il se leva, grand et rigide, se cala mieux le monocle dans l'orbite, porta la main à la visière avec une demi-inclinaison du buste. Bortuzzi observait la manœuvre d'un air toujours plus sombre ; s'il avait pu, il l'aurait carbonisé du regard.

— 'olonel, dit-il. 'olonel, je vous préviens. J'ai dû 'onstater votre net refus de collaborer. Et donc, je me trouverai 'ontraint d'en faire rapport à votre supérieur direct. C'est le général 'asanova, n'est-ce pas ?

— Oh que oui, monsieur, Avogadro di Casanova. Faites comme vous jugerez opportun, Excellence.

Il pivota sur ses talons, ferma la porte derrière lui.

— 'ouillon de mes deux ! murmura Son Excellence. Celle-là, tu me la paieras ! Tu vas te retrouver en plein dans la tempête avec le blizzard glacé contre toi ! Moi, je te plombe 'omme une bécassine !

Bortuzzi pouvait marmonner tant qu'il voulait, le colonel Vidusso était couvert. Quatre jours avant l'invitation à l'entretien avec le préfet, ayant senti quel vent soufflait, et prévoyant une demande d'intervention de l'armée au cas où les choses tourneraient mal, il avait

écrit un rapport long et détaillé à l'intention du lieutenant général Avogadro di Casanova, en poste à Palerme,
dans lequel il expliquait à quel point le préfet était un
incapable et, ce qui était pire, un bouffon prêt à toutes les
bouffonneries. Pire même qu'un clown : un individu
auquel le pouvoir était monté à la tête et qui, pour l'exer-
cer, ce pouvoir, n'avait pas hésité à s'allier avec un per-
sonnage louche, un mafieux notoire. Les dégâts que cet
homme pouvait provoquer, en s'obstinant à imposer aux
Vigatais la représentation du *Brasseur de Preston*, pourraient se révéler incalculables.

Il avait donc convoqué son estafette de confiance.

— Porte ce message au commandant, dit-il en piémontais. Remets-le en main propre au commandant Casanova. Je veux la réponse pour ce soir. Tu y arriveras ?

— *Giüda fauss !* s'exclama le messager, vexé par la
demande de son supérieur : il était certain d'y arriver.

Et de fait, vers dix heures du soir, Vidusso le vit réapparaître, couvert de boue, le regard content. Il lui tendit
une enveloppe. Curieusement, elle ne portait aucun en-
tête ni timbre, de même que la feuille, absolument quelconque, qui se trouvait à l'intérieur. Le message consistait en deux lignes signées du paraphe impossible à
confondre du général Casanova. Elles disaient :

— *Ca y disa al sur Prefet, cun bel deuit y'm racu-
mandu, c'a vada pieslu 'nt cul*[1].

Il ne savait pas s'il avait fait montre de beaucoup de
tact, mais en suivant les ordres et sa propre pente personnelle, il l'avait dit à Son Excellence, d'aller se la mettre
en cet endroit précis.

Le préfet, qui, depuis la sortie de Vidusso, était resté
assis la tête dans les mains, à débiter des blasphèmes

---

1. *Dites à votre préfet, attention, en y mettant les formes, de se la
mettre au cul (d'aller se faire foutre).*

de plus en plus compliqués au fur et à mesure qu'il les inventait, lança un regard sombre sur Emanuele Ferraguto en train de franchir le seuil du bureau avec un sourire qui lui fendait le visage d'une oreille à l'autre.

— Ça va pas fort, Ferraguto. Avec Vidusso, j'ai manqué mon coup. Il ne veut pas.

— Mais qu'est-ce qui fut, Excellence ? demanda don Memè avec empressement.

— Je ne sais pas quoi faire. Ce bûcheron de Vidusso m'a dit et confirmé que l'armée, en 'as de besoin, n'interviendra pas.

— Mais nous, nous pouvons nous en foutre éperdument.

— Vous croyez ?

— Mais certainement, Excellence. À nous, le capitaine Villaroel et ses miliciens à cheval nous suffisent largement. Qu'est-ce que vous croyez que quatre pouilleux de Vigàta peuvent faire comme raffut ? Villaroel s'en occupera, de les calmer.

— Peu m'importe qu'ils fassent peu de raffut, Ferraguto, il faut qu'ils n'en fassent pas du tout ! Et en tout 'as, si 'elque chose devait arriver, l'intervention de l'armée aurait porté la chose à un niveau, comment dire, moins privé. Et en fait, ce 'on de Vidusso m'a laissé tomber !

— Excellence, soyez tranquille comme un pape. À Vigàta, parole d'Emanuele Ferraguto, quand ils représenteront le *Brasseur*, il ne se passera rien de rien. Ce même capitaine Villaroel et ses vingt-quatre cavaliers pourront aller, excusez-moi Excellence, se l'astiquer avant, pendant et après la musique. Ils auront rien à faire ! Écoutez-moi à moi, plutôt, que je vous apporte une belle chose.

Il tira de sa poche une grande feuille pliée en huit, la lissa, la posa sur la table devant le préfet.

— Elle est imprimée de frais. L'encre pègue encore les mains.

C'était une copie de *La Pintade*, l'hebdomadaire satirique de Montelusa, imprimé sur une page unique, qui avait toujours débiné, en gros et en détail, la politique du préfet. Don Memè posa l'index sur un article de tête qui s'intitulait tapageusement : *Lettre sérieuse aux Vigatais*.

Bortuzzi se précipita sur elle avec avidité.

La lettre ouverte disait en substance que « cette fois, il appartenait aux Vigatais d'être courtois », et d'écouter, pour une fois, les propos d'un journal montelusain. L'auteur de l'article, Micio Cigna, le directeur en personne, savait très bien « combien les Vigatais en certaines occasions avaient dédaigné les conseils et exhortations qui, du chef-lieu de Montelusa leur avaient été généreusement prodigués afin de soutenir le progrès civil de ce faubourg, le môle de Vigàta ». Mais, dans l'affaire dont traitait l'article, Micio Cigna les suppliait de faire montre de la vigilance nécessaire. Personne n'ignorait qu'à l'occasion de l'inauguration du nouveau théâtre de Vigàta, « après une discussion de longue durée, qui parfois fut très vive et vit d'honnêtes gentilshommes dressés les uns contre les autres, mais toujours dans le dessein commun et résolu d'offrir aux habitants de la ville ce qu'il pouvait y avoir de mieux dans le domaine, toujours controversé, de l'art », ils en étaient arrivés à décider, à la majorité, la représentation d'un opéra lyrique, malheureusement ni apprécié ni connu de tous, *Le Brasseur de Preston*, de Luigi Ricci, qui a « récolté tant de succès en d'autres théâtres d'Italie ». À l'annonce de ce spectacle inaugural — continuait Micio Cigna — « des mouvements de mauvaise humeur inhabituels, des murmures malveillants, des projets point trop contenus de refus malavisés s'étaient mis en acte afin d'aboutir à une issue de débâcle ». L'auteur n'entendait nullement s'attarder « sur les raisons d'un tel état d'esprit » et moins encore fournir une analyse des « hauts mérites de l'opéra », il entendait seulement faire appel à l'« intelligence et à la civilité » des Vigatais pour qu'ils jugent la « vraie valeur » de l'opéra seulement après la représentation « de ce dernier ».

Il ne demandait rien d'autre aux Vigatais, Micio Cigna : un jugement « même sévère pourvu qu'il soit juste », comme les Vigatais, du reste, avaient su en porter en d'autres occasions « d'un poids bien plus grand ».

La lettre ouverte concluait ainsi :

« Toujours le préjugé entraîne des dégâts et mène à d'incléments hasards beaucoup plus graves que ceux auxquels un jugement judicieux et prudent, quand bien même négatif, aurait pu conduire. »

Sa lecture achevée, le visage de Son Excellence s'éclaira quelque peu. Le sourire de don Memè s'élargit.

— Cette *Pintade*, qui m'a tant cassé les couillons, s'est bien 'omportée. Vous voulez savoir, Ferraguto ? Je ne m'y attendais pas. C'est vous qui leur avez fait entendre raison ?

— Cela n'a pas été bien difficile, Excellence. Don Micio Cigna est un homme qui sait s'en servir, de sa cervelle.

— Il va bien nous arranger, cet article. Merci, Ferraguto.

Don Micio Cigna, c'était connu, n'était pas du genre qu'on pouvait raisonner. Quand il se mettait à déconner, il déconnait et il n'y avait pas moyen de faire changer cette tête de bois calabraise. Connaissant ses projets, à savoir que la *Pintade* allait sortir avec un bel article qui inviterait les Vigatais à pisser sur l'opéra, les chanteurs et le préfet, don Memè avait pris les devants, et sans perdre son temps ni sa salive. Micio Cigna était fiancé à la fille de don Gerlando Curto, ils devaient s'épouser dans l'année. Six jours avant la sortie prévue de l'article contre le

Brasseur, mille moutons appartenant à don Gerlando avaient été volés durant la nuit par des personnes masquées qui avaient étourdi les trois gardiens à coups de gourdins. Curto avait eu beau remuer ciel et terre, des moutons on n'avait pas retrouvé un poil. Deux jours avant la sortie de l'article, devant don Gerlando était apparu un don Memè cérémonieux, onctueux, souriant.

— Don Gerlando, je me suis permis de vous les récupérer, moi, vos moutons.

Curto n'avait manifesté aucune joie, en fait, il s'était inquiété. Qu'allait demander don Memè en échange ? Parce qu'il était très clair que celui qui lui avait fauché les moutons était précisément celui qui était en train de lui annoncer qu'il les avait retrouvés.

— Je ne pouvais permettre qu'il soit fait du tort à une personne méritante et honorée comme vous, monsieur.

— Vous savez qui a fait cela ?

— Des étrangers, des gens qui ne connaissent pas les choses d'ici.

— Merci, fut contraint de dire don Gerlando entre ses dents.

— Je n'ai fait que mon devoir. Vos moutons sont au quartier Infirchena, il y a deux personnes de mes amis qui les surveillent. Envoyez quand vous voulez quelqu'un pour les reprendre. Et soyez sûr que vous ne serez jamais plus tracassé.

— Dites-moi ce que je dois faire pour vous rendre la pareille.

Don Memè se porta vivement une main à la hauteur du cœur, comme si on lui avait précisément tiré une balle à cet endroit, et prit une expression douloureuse.

— Votre seigneurie veut vraiment m'offenser ?

— Sans offense, don Memè. Moi aussi, je veux vous rendre un service.

— Alors, bon. Mais il s'agit d'une sottise. Il faut que votre seigneurie dise deux mots à son futur gendre, qui me semble vraiment un étourdi, qui peut provoquer de gros dégâts.

— À votre disposition.

— Oh, c'est une très humble prière que je vous fais.

Et don Memè expliqua à Curto ce qu'il devait dire à Micio Cigna. L'engueulade entre le futur beau-père et le futur beau-fils tint éveillés leurs voisins toute la nuit.

— Toi, si tu ne fais pas ce que je te dis moi, ma fille, à partir de maintenant, tu ne pourras plus la voir qu'à la jumelle !

— Mais qui croyez-vous être pour me donner des ordres, à moi ? J'écris ce qui me chante.

Un bordel qui ne se calma qu'aux premières lueurs de l'aube. La conclusion fut l'article que Son Excellence avait lu avec une évidente satisfaction.

Caché derrière
les couches de nuages

Caché derrière les couches de nuages, le soleil commença de bon matin à pointer au-dessus de Vigàta, et il ne semblait pas en avoir très envie. Dans l'air stagnait une odeur tête-de-Maure, c'est-à-dire d'un marron obscur qui tirait sur le noir. Le délégué Puglisi avait cette manie de donner une couleur à l'odeur. Et une fois qu'il avait raconté au questeur avoir été frappé, durant un déplacement, par une odeur jaune de blé moissonné, il s'en était fallu de peu que celui-ci ne l'expédie à l'asile.

Le théâtre brûlait encore, avec plus de fumée que de feu, mais seulement à l'intérieur de son enceinte, les murs extérieurs avaient résisté même si le toit s'était écroulé et se consumait lentement dans cette grande fournaise. L'ingénieur Hoffer, avec sa machine et ses hommes morts de fatigue, continuait à projeter de l'eau, le ravitaillement était maintenant assuré par une dizaine de grosses barriques transportées par cinq charrettes mises à sa disposition par le commandeur Restuccia. C'était certes un des conjurés contre la représentation de l'opéra, mais il s'était indigné devant l'incendie, selon lui criminel, du théâtre. C'est pourquoi il collaborait avec l'ingénieur. Les miliciens à cheval, qui n'avaient rien d'autre à faire puisque presque toute la population était allée se coucher, s'occupaient du chargement et du déchargement des barriques. Puglisi ne savait comment résister à la tentation de suivre cet exemple, mais le sens du devoir lui fit choisir une voie médiane. Il se sentait les chairs lourdes, les os brisés, la tête confuse, mais ce qui lui était encore plus désagréable, c'était la sensation de saleté que la fumée et la boue lui mettaient sur la peau. Il pensa qu'il pouvait se permettre de se débarbouiller, pour revenir ensuite surveiller les opérations. Il perdrait au maximum une demi-heure.

— Toi, reste-là, dit-il à l'agent qu'il avait mis de garde devant la maison brûlée de la mère Nunzia et des Pizzuto, pour éviter que quelques fils de truie y entrent pour voler. Moi, je reviens dans pas longtemps. Le temps d'aller chez moi me laver.

Il se dirigea vers son logement : deux chambres avec retrait et une pièce faisant office de cuisine qui lui avaient été louées par Mme Gesualda Contino, septuagénaire qui le traitait comme un fils.

Ruine et désolation régnaient sur la placette devant le théâtre que le maire avait voulu embellir avec un jardinet et une rangée de lampadaires disposés en rond, et tous ces dégâts avaient été provoqués, avant que l'incendie n'éclate, par les chevaux des miliciens et la fuite des gens affolés. Le jardinet n'existait pratiquement plus, trois des six lampadaires étaient tombés à terre, arrachés. À la limite de la placette, gisait un carrosse cassé, les roues en l'air, et, tout auprès, un autre, couché sur le côté, avec son cheval mort encore attelé. Puglisi tourna son regard vers la façade du théâtre : un peu de fumée l'avait souillée, les hommes de Hoffer étaient en train d'entrer par la grande porte pour aller combattre le feu résiduel jusqu'au fond de sa tanière.

Une disproportion, une diversité, quelque chose qui ne cadrait pas se fraya lentement un chemin dans la tête de Puglisi. Les jambes brisées, il retourna en arrière, vers la partie postérieure du théâtre et au fur et à mesure qu'il s'approchait en rasant le mur, il s'apercevait que les signes de la dévastation devenaient plus évidents. Il arriva dans le passage arrière, entre le théâtre et la maison de la mère Nunzia. L'agent le vit réapparaître.

— Vous n'êtes pas allé chez vous ?

— Pas encore. Il m'est venu une idée.

— Qu'y a-t-il, délégué ?

— Il m'est venu l'idée de prendre l'air, ça te va ? répliqua avec brusquerie Puglisi qui aimait les poser, les questions, pas se les entendre poser.

Il fixa attentivement la façade postérieure du théâtre. À hauteur du sol, il y avait six vasistas, de ces fenêtres à vantail mobile qui servent à donner de l'air et un peu de lumière aux lieux placés en dessous du niveau de la rue. Il restait des moignons de châssis sans vitres, le feu les avait avalées. Au milieu des six vasistas, il y avait une porte de bois, ou du moins ce qu'il en restait, toute brûlée. De là partaient six marches de pierre qui descendaient à l'intérieur, vers le dessous de la scène. Sur les côtés et au-dessus de la porte, on distinguait les traces d'un feu rageur et dévorant, beaucoup plus fort qu'ailleurs. Devant cette porte, Puglisi s'arrêta, impressionné. Puis il se rendit compte que la dernière fenêtre à droite avait été par miracle presque épargnée, il s'en approcha, se baissa pour mieux l'examiner. Le verre du vasistas avait été brisé mais les morceaux étaient tombés à l'intérieur. Puglisi se releva et recula lentement, jusqu'à s'adosser presque à la maison de la mère Nunzia. La vision d'ensemble le conforta dans l'opinion qu'il était en train de se former : le feu n'avait pas pris dans le vestibule de l'entrée, où se trouvait la billetterie et le grand escalier conduisant aux loges, au parterre et au poulailler, parce qu'un spectateur avait laissé un cigare allumé près d'un rideau, mais il avait démarré exactement à l'opposé.

Et la faute en devait revenir à un machiniste, venu peut-être fumer sous la scène. Mais alors, pourquoi casser les vitres des vasistas et laisser la porte ouverte ? En fait, il ne faisait pas de doute que la porte arrière était ouverte au moment de l'incendie, les restes du panneau de bois encore fixés aux gonds en témoignaient. Et alors, pourquoi la porte était-elle grande ouverte pour faire naître un fort courant d'air qui attiserait le feu ? Le lévrier de Sicile qu'était Puglisi se réveilla, pointa les oreilles, huma l'air, mais la fatigue était telle qu'il décida qu'il reviendrait après s'être lavé pour étudier ce sujet la tête plus légère et plus libre.

Mais se laver, ce matin-là, n'était pas son destin. Il allait mettre la clé dans la serrure de la porte de chez lui quand une question le paralysa : qu'est-ce qui le rendait si sûr que la veuve Lo Russo, qui habitait au-dessus de la mère Nunzia, était allée dormir chez sa sœur Agatina ? Durant toute la durée de l'incendie et du bordel afférent, elle n'avait jamais donné signe de vie, certes, mais elle pouvait aussi s'être sentie mal depuis le début et se trouver encore là-haut, évanouie ou blessée, et ayant besoin d'aide. Il remit la clé dans sa poche et resta quelques instants sur le palier à réfléchir sur ce qu'il devait faire : défoncer la porte du logement de la veuve ou aller chez sa sœur lui demander si Mme Concetta avait dormi là.

Il trancha pour la deuxième possibilité, peut-être parce que Agatina Riguccio, mariée à Totò Pennìca, pêcheur de son métier, lui avait toujours plu, dès la première fois. Et dire que justement, cette première fois, il l'avait vue dans de tristes conditions : son mari, au cours d'une scène de jalousie, lui avait éclaté une joue.

Appelé par les voisins, le délégué avait trouvé cette Agatina le visage gonflé mais les yeux sombres et vifs qui semblaient toujours demander quelque chose, ses lèvres rouge-violet (elles sentaient le safran et la cannelle, pensa Puglisi) tremblantes, les nénés légers et dansants sous le corset délacé.

— Qui l'appela, à votressellence ? Il n'y eut pas de dispute. Ce fut moi qui tombai et en glissant me cognai contre l'*armuar*[1].

— Et pourquoi, alors, vous poussiez des cris ?

— Votressellence ne pousse pas des cris quand elle se fait mal ?

Pas seulement belle, mais aussi maligne. Six mois après, nouvel appel. Il l'avait trouvée avec une vilaine marque violette autour du cou.

— Ça ? Cette marque-là ? demanda-t-elle en sicilien. Mais qu'est-ce que vous allez pinser, votressellence ! Je me la fis moi, avec une écharpe qui se prit dans la poignée d'une porte.

Mais elle le fixait droit dans les yeux, tandis qu'elle disait ces paroles et il y avait dans ce regard une demande différente, qui lui fit venir un frisson de froid dans le dos.

— Alors, je peux m'en aller tranquille ? demanda-t-il.

— Certes, *diligà*. Et merci.

Et elle lui tendit la main pour lui dire au revoir.

Il ne s'attendait pas à la manière dont elle la lui serra : ce fut comme si elle lui avait enroulé autour des doigts non seulement sa main mais son corps entier et comme si la main de l'homme, devenue autre chose, était entrée à l'intérieur d'elle, dans son intérieur le plus intérieur, jusqu'au cœur de sa féminité.

Il dut frapper trois fois avant qu'Agatina ne réponde, endormie :

— C'est qui ?

— C'est moi, le délégué Puglisi.

En un instant, la porte fut ouverte. Agatina se trouvait devant lui en chemise de nuit, sa peau sentait la chaleur

---

1. Prononcer (et comprendre) « l'armoire » : même origine que *retrè* et *sanfasò*.

du lit, et la couleur que se représenta aussitôt Puglisi fut celle du rouge tremblant d'un oursin à peine ouvert.

— Qu'est-ce qui fut ? Qu'est-ce qui se passa ? Il arriva quarche chose à mon *maritu* ?

— Non. Calmez-vous. Il n'est rien arrivé à votre mari.

Agatina parut soulagée, les nénés se soulevèrent et s'abaissèrent dans un long soupir.

— Rentrez.

Puglisi entra, se laissant étourdir par la couleur d'oursin ouvert qui était devenue plus forte.

— Alors, qu'est-ce qui fut ?

— Votre sœur Concetta a dormi ici cette nuit ?

— Oh que non. Pourquoi ?

Puglisi éprouva une sensation de froid glacial. Si elle était chez elle, pourquoi n'avait-elle pas appelé au secours ?

— Vous en avez une, de clé de chez elle ?

Elle s'approcha d'une commode, ouvrit un tiroir avec précaution pour ne pas réveiller son fils de trois ans qui dormait dans le grand lit pour deux, en tira une petite clé, la lui donna. Puis elle commença à trembler.

— Qu'est-ce qui se passa, diligué ?

— Vous n'avez rien entendu, cette nuit ?

— Non, rien. Nous sommes presque à la campagne, ici, expliqua-t-elle en dialecte. Hier soir, nous nous sommes couchés vers sept heures, après l'Ave Maria. Puis, mon mari s'est levé ce matin avant l'aube parce qu'il devait sortir avec une *paranza*. Mais qu'est-ce qui s'est passé ? Ne me faites pas peur !

Elle chancela, et pour ne pas tomber s'appuya à lui. Instinctivement, Puglisi lui passa un bras sous la taille pour la soutenir. À ce contact, elle se serra un peu plus contre lui. Le délégué éprouva un léger tournis, cette femme était très dangereuse, il devait sortir tout de suite de cette maison.

— Faisons une chose. Vous avez une voisine à laquelle vous pouvez demander de surveiller le petit ?

— Oh que oui.

— Après l'avoir confié, vous me rejoignez chez votre sœur. Mais, attention, ne faites pas de bruit, ne poussez pas de cris devant tout ce que vous allez voir.

— Mais qu'est-ce qu'il y a à voir ?

— Il y eut un incendie, cette nuit.

— Bon, dit Agatina, comme résignée.

Moins de dix minutes plus tard, ayant refait le chemin toujours en courant, Puglisi se retrouva devant l'homme qu'il avait mis de garde devant la maison brûlée. La sentinelle le regarda, perplexe :

— Délégué, à moi, il me semble que vous êtes encore plus sale et plus graisseux que tout à l'heure.

— Ne me casse pas les burnes à faire de l'esprit. Tu as entendu des cris dans la maison ?

— Non. Qui devait parler ? La mère Nunzia est chez son fils et les Pizzuto sont à l'hôpital.

— Écoute, je monte, au deuxième étage.

— Mais pourquoi ? Le deuxième étage n'a pas brûlé. S'il y avait querqu'un, à cette heure, il serait sorti.

— Je t'ai pas demandé ton avis.

L'agent se tut, il était rare que le délégué soit aussi désagréable, cela voulait dire qu'il y avait du sérieux.

— D'ici peu doit arriver une femme. Fais-la monter, mais dis-lui de se tenir contre le mur, dans l'escalier. C'est moins dangereux.

Spontanément, en grimpant, il enjambait trois marches à la fois, mais il devait se déplacer avec précaution parce que, vraiment, l'escalier ne lui inspirait pas confiance.

Par l'effet de la fumée, la porte de la maison de la veuve, du vert était passée au marron. Il ouvrit, entra dans une petite antichambre noire, parce que là-dedans, tout était devenu noir. Il avança de quelques pas et se retrouva dans la chambre à coucher. Il ne réussit à rien voir, l'odeur était devenue couleur de poisson. Une lame de lumière ternie passait par un volet mal fermé. Il s'en approcha, l'ouvrit en grand. La lumière se rua et la première chose qu'il vit, ce fut, sur le lit, deux statues d'ébène, grandeur nature. Elles représentaient les corps nus d'un homme et d'une femme, étroitement enlacés.

En retard, comme d'habitude

— En retard, comme d'habitude, toujours en retard souffla Angelica Gammacurta à son mari qui venait de s'asseoir à ses côtés après avoir dérangé, de retour du vestibule, les quatre personnes qui le séparaient de sa place.

Le deuxième acte était déjà commencé.

— Le deuxième a démarré depuis un moment, confirma, furieuse, Mme Gammacurta. Ça te paraît digne d'une personne civilisée de se conduire comme toi ?

— Je m'en fous. Et puis, qu'est-ce qu'il fait le préfet, demain, il m'interroge comme à l'école ? C'est déjà beaucoup que je sois venu me barber furieusement au théâtre. Les autres te paraissent plus attentifs que moi ?

En fait, à peine revenu dans la salle, le Dr Gammacurta avait eu l'impression de se retrouver dans le marché aux poissons après le retour des *paranze* chargées. Au parterre comme dans les loges ou au poulailler, les gens parlaient à haute voix de leurs affaires, en se fichant éperdument de ce qui se passait sur scène, où les chanteurs s'égosillaient pour se faire entendre par-dessus les cris du public

— Qu'est-ce qui fut ? Je n'ai pas bien entendu ! Vous voulez bien m'expliquer ? lançait un monsieur depuis la seconde rangée de loges à quelqu'un du parterre. Qu'est-ce qu'il dit, dòn Simone ? C'est de Simone Alfano que vous parlez ?

Et l'autre, au parterre, à demi levé, criait :

— Oh que oui, don Simone Alfano. Il dit, poursuivait-il en se référant à ce que lui avait raconté un vieux monsieur assis cinq rangées plus loin, et dont il se faisait le porte-voix, il dit que son petit-fils Tanino s'est coupé un doigt à la scierie.

C'était une grande séance de condoléances pour les deuils et les malheurs et de félicitations pour les mariages, les naissances et les fiançailles. Les gens du coin, réunis en cette unique occasion si insolite, étant donné que l'opéra ne les touchait pas, avaient saisi l'occasion de s'échanger les faits et les nouvelles. Gammacurta apprit ainsi que le prix des amandes, comme du reste celui des fèves, avait monté, alors que celui du blé tombait, que le soufre était stable, que le bateau de France qui devait venir charger le sel avait pris du retard en raison du mauvais temps rencontré à hauteur de la Corse, que Mme Tabbisi avait enfin donné naissance à un enfant mâle, qu'à l'expert agraire Salamone, les cornes avaient poussé depuis un mois, que la fille aînée des Vinci était sans équivoque possible une radasse, que le capitaine Cumella avait été rappelé à Dieu et que Dieu avait, selon l'opinion générale, un peu trop réfléchi avant de se décider à le rappeler.

Dans sa loge royale, qui lui revenait de droit en l'absence du roi, le préfet Bortuzzi était blanc comme la craie alors que sa dame était devenue rouge comme un poivron. Le maire Bennici, lui, était d'un jaune tirant sur le jaunâtre ; les seuls de la bonne couleur étaient, semble-t-il, don Memè Ferraguto, au sourire dangereusement large, et le capitaine des miliciens à cheval, Liborio Villaroel, une ordure finie aux yeux de Dieu et des hommes, et même des vers. Bortuzzi s'agitait sur son fauteuil doré aux armes de la Savoie, il semblait avoir de la braise au cul, il tournait la tête tantôt à droite, tantôt à gauche, parlait sans arrêt, tantôt avec le mafieux, tantôt avec le représentant de la loi en uniforme. Tout allait de travers pour Son Excellence, et sans que les opposants déclarés à l'opéra fussent intervenus avec des sifflements de gardiens de chèvres et des sons variés, du ricanement au bruit de bouche. Ça tournait mal parce que le *Brasseur* tombait dans l'indifférence générale, ne prenait pas. Il regarda don Memè et celui-ci écarta les bras. Contre dix, il y serait arrivé, mais contre un pays entier ?

Une fois assis, Gammacurta décida de s'intéresser un peu à ce qui se passait sur la scène.

Le décor avait changé, à présent il représentait le mur extérieur d'une auberge de campagne, devant lequel étaient disposés des tables, des chaises et des bancs. Au fond, était peinte une vue sur un campement militaire, et de fait quelques officiers et soldats se tenaient devant la porte de l'établissement et chantaient.

— Qui est-ce ? demanda-t-il en dialecte à sa femme.

— Des soldats anglais, répondit-elle de même.

— Ça, je le vois, mais qu'est-ce qu'ils font ? insista-t-il en italien.

— Ils cherchent après le frère jumeau du brasseur, rétorqua-t-elle en revenant aussi à la langue officielle. Ce jumeau, il s'entendait avec une certaine Anna, sœur d'un capitaine de bateau. Mais ensuite, il s'est échappé. Il me semble que ça va finir par une erreur.

— Explique-toi mieux, dit-il en revenant au dialecte.

— Une erreur sur la personne, précisa-t-elle en tenant bon sur l'italien. Les soldats qui cherchent le jumeau vont arrêter le brasseur en le prenant pour l'autre.

Une erreur. Si l'histoire était vraiment ce que pensait Angelica, sa crétine de femme, un opéra de ce genre ne pourrait jamais avoir aucun succès. Quelle était, en Sicile, la proportion de ce qui arrivait par erreur par rapport à ce qui arrivait sans erreur sur les personnes ou sur les choses ? Pour s'en tenir à Vigàta, et se limiter aux

100

trois derniers mois, durant une nuit sans lune, Artemi-
doro Lisca avait été tué par erreur à la place de Nirino
Contrera ; Turiddruzzu Morello s'était marié par erreur
avec Filippa Mancuso qu'il avait trombinée de nuit sans
se rendre compte qu'il ne s'agissait pas de sa sœur Lucia
qui lui était destinée ; Pino Scicchitano était mort parce
que son épouse avait confondu la mort-aux-rats avec le
fortifiant que son mari prenait après chaque repas. Et il
venait aussi le soupçon que toutes ces confuses confu-
sions n'étaient que feintes, qu'il n'y avait nulle erreur,
que le quiproquo n'avait été qu'un alibi, ou carrément
une façon de faire. Et alors, en quoi un quiproquo plus
faux que les autres pouvait-il faire rire des gens qui, au
contraire, vivaient chaque jour dans le quiproquo ?

Après ces réflexions, Gammacurta ramena ses regards
sur la scène.

Il y avait là un certain Tobia, Daniel le brasseur et sa
fiancée Effy.

Ce Tobia voulait apprendre à Daniel comment passer
pour un vrai militaire, avec le port rigide d'un qui a avalé
un manche à balai, la tête pétrifiée sur le cou, le pas d'un
qui marche avec des jambes de bois. Tobia imitait de la
voix le son du tambour, rataplan, rataplan, mais Daniel
ne paraissait pas capable d'apprendre, alors que sa fiancée Effy, en revanche, était toute prête à marcher au pas,
cela lui venait sans mal, car elle était fort masculine. De
cette valeur d'Effy, Tobia se réjouissait beaucoup :

Elle a appris bien promptement
On dirait un soldat du régiment.

« Mais alors, se demanda Gammacurta dans un accès
soudain d'intérêt, c'est lui, Daniel, qui veut être pris
pour son frère, le militaire. Et pourquoi ? »

Il se tourna vers Angelica qui lui semblait hypnotisée
par ce qui se passait sur scène.

— Pourquoi Daniel veut-il se faire prendre pour son
jumeau ?

— Je l'ai pas compris.

— Mais putain, qu'est-ce que tu regardes, alors, avec les yeux hors de la tête que t'as l'air complètement enchantée ?

— Les vêtements.

À cette réponse, Gammacurta sentit son estomac se soulever. Il comprit qu'il n'y arriverait pas, à rester au théâtre jusqu'à la fin.

— Moi, je m'en vais.

— Où ça ?

— Où tu veux que j'aille, à cette heure de la nuit ? À la maison, je vais.

— Et tu ne passes pas d'abord à ton cabinet médical ? lui demanda Angelica avec un petit sourire.

Une provocation, à laquelle il réagit promptement.

— Non, ce soir, personne n'a besoin de soins. Au revoir.

Il s'en fut, s'excusa pour le dérangement auprès des quatre personnes qui le séparaient du couloir et qui, cette fois, se levèrent en le regardant de travers et en murmurant des jurons. Comment avait-elle fait, sa femme, pour comprendre que depuis un certain temps, il avait une liaison avec la sage-femme du bourg et que, quand il rentrait tard chez lui en disant qu'il était resté au cabinet, c'était de la blague ? Cela, il ne l'avait pas encore compris. Au moins deux fois par semaine, les cuisses fraîches et les lolos durs d'Ersilia Locuratolo, sage-femme, le consolaient des souffrances quotidiennes, mais peu de gens étaient au courant de cela. Mais, apparemment, parmi ces quelques-uns, il y avait eu un cornard qui avait informé sa propre femme, laquelle, à son tour, s'était empressée d'en parler à Angelica. Mais ce soir-là, la fatigue lui pesait vraiment, il n'avait qu'une envie, c'était d'aller se coucher sans compagnie.

Il allait soulever la lourde tenture de velours qui dissimulait la porte du parterre donnant dans le salon d'entrée, quand une voix très forte s'éleva par-dessus les bavardages de la salle, les chants des chanteurs, la musique de l'orchestre, et l'arrêta.

— Monsieur le préfet ! Monsieur le préfet ! appelait désespérément la voix qui provenait du poulailler.

D'un coup, un silence étonné s'installa, même les chanteurs restèrent paralysés dans leur élan, la bouche ouverte, et le chef d'orchestre se figea, le bras à demi levé.

— Monsieur le préfet ! poursuivit la voix. Comment dois-je me comporter devant cette scène ? Il faut rire ? Je dois rire ? Donnez-moi vos ordres et moi, j'obéirai. Faites-nous connaître votre pensée, monsieur le préfet !

Gammarcurta souleva le rideau, le laissa retomber derrière lui, étouffant l'éclat de rire du public et les sons de l'opéra reparti sur son chemin de croix. Tirant le ticket de sa poche, il le tendit à l'employé.

— Manteau, chapeau.

Ninì Nicosia, le responsable du vestiaire, qui était de ses patients, les lui remit promptement en souriant.

— Comment tu te sens, Ninì ? Tu as encore mal au ventre ?

— Oh que non.

Il approcha son visage de celui du médecin.

— *Duttù*, dit-il doucement, faites attention.

— Attention ? s'étonna Gammacurta. Attention à quoi ?

— Faites attention, *duttù*, répéta l'autre sans plus s'expliquer.

Le médecin enfila son manteau, se dirigea vers la porte de verre et de bois du théâtre, sortit. Mais il n'avait pas fait trois pas qu'il fut arrêté par deux miliciens armés de mousquetons.

— Où allez-vous ? lui demanda l'un d'eux avec cette voix typique des argousins qui tapait sur les nerfs de Gammacurta, bien qu'il n'eût jamais rien à voir avec la loi et ses représentants. Il répondit donc sur un ton désagréable :

— Je vais m'occuper de mes oignons.

— Vous ne pouvez pas, dit le deuxième milicien.

Mais qu'est-ce qui leur prenait, à ces deux cons ? Du coin de l'œil, il vit qu'approchait un autre homme en uniforme, avec des galons de lieutenant. Celui-ci le salua avec correction, en portant la main à la visière.

— Excusez-nous, mais c'est par ordre de Son Excellence le préfet. Nul ne doit quitter le théâtre avant la fin de l'opéra.

— Vous voulez *babiare ?* cria Gammacurta et, pour donner plus de force à sa question, il la traduisit en italien : Vous voulez plaisanter ?

— Oh que non. Et vous allez rentrer tout de suite ou je serai obligé de vous ramener en prison. Et pour une bêtise pareille, ça ne me semble pas la peine de passer une nuit au trou.

C'était clair, le lieutenant ne voulait pas discuter. Abasourdi, le médecin lui tourna le dos, rentra. Ninì Nicosìa, qui avait suivi la scène derrière les vitres, lui fit signe de garder son calme. Mais une colère aveugle faisait maintenant frémir Gammacurta comme un arbre sous une rafale de vent. Il devait forcément y avoir une autre sortie dans ce putain de théâtre. Poussé par une espèce d'instinct et résolu à ne pas capituler devant les miliciens et le préfet, au lieu de retourner dans la salle et de s'asseoir à sa place (par ailleurs, ceux qu'il devait chaque fois déranger, cette fois, lui flanqueraient des coups de bâton), il remonta à moitié le couloir en fer à cheval qui contournait ce côté du parterre, se retrouva devant une petite porte, la poussa, la franchit. Elle donnait sur un étroit palier duquel partaient deux escaliers de bois : l'un montait sur la scène, l'autre descendait au-dessous. Il choisit ce dernier, il ne pouvait pas se retrouver au milieu des chanteurs, il aurait provoqué une émeute. Une rage sourde le tenaillait, il voulait rentrer chez lui et il y rentrerait. Il se retrouva dans une très vaste salle, tant bien que mal éclairée par quelques lampes à pétrole : il y avait des décors enroulés, des cordes, des poutrelles, des costumes, des casques, des barils, des sabres. Vers le mur du fond, il entrevit une porte fermée. Les voix et les pas des chanteurs lui arrivaient d'en haut, étouffés. La porte était en haut de six marches, il les grimpa, tira le verrou, se retrouva dehors, dans le passage derrière le théâtre. Il sourit, ils l'avaient dans le cul, les miliciens et le préfet. Il essaya de refermer la porte dans son dos mais n'y réussit qu'à moitié, quelque chose bloquait le jeu des gonds. Il la laissa entrouverte et fit quelques pas. Et ce fut à ce moment qu'une voix cria :

— Arrête-toi ! Voleur !

Il regarda autour de lui, vraiment effrayé cette fois. Au coin du passage, un milicien à cheval le tenait en joue avec son mousqueton.

— Haut les mains, voleur !

Un quiproquo. Le milicien était persuadé d'avoir affaire à un voleur qui s'était introduit sous la scène pour voler quelque chose. Il sourit, mais au lieu de s'arrêter et de donner une explication, il s'enfuit. Il se mit à courir, perdant son chapeau, avec dans le dos le bruit des sabots du cheval qui se rapprochait.

— Arrête-toi ou je tire !

Il continua à fuir, hors d'haleine, dépassa la maison de la mère Nunzia, se retrouva derrière celle-ci, dans le grand dépôt de sel. Il y entra résolument, en pensant que le cheval du milicien ne pourrait pas s'enfoncer dans cette mer de sel fin comme du sable. De fait, le milicien n'y pénétra pas : il arrêta sa monture, visa soigneusement la silhouette noire qui, malgré l'obscurité, se détachait sur la blancheur du sel, et tira.

J'aurais voulu que mon père

— J'aurais voulu que mon père ou ma mère, ou les deux, y réfléchissent à deux fois avant de m'engendrer, dit Decu Garzìa doucement, comme s'il se parlait à lui-même.

Il marqua une pause, inspira, reprit.

— Je le dis pour de bon. En conscience.

Ils étaient restés tous les deux, Traquandi et Garzìa, dans le bureau de Pippino Mazzaglia. À la proposition de mettre le feu au théâtre, Ninì Prestìa s'était retiré avec une expression indignée et s'était fait raccompagner chez lui par Cosimo Bellofiore, qui avait la même opinion tranchée.

À présent, tous deux attendaient le retour de don Pippino qui était allé prendre ce que le jeune Romain lui avait demandé. Aux paroles de Garzìa, Nando Traquandi avait manifesté de l'intérêt, mais seulement par courtoisie envers le seul allié qui lui était resté.

— Pourquoi ?

— Parce que je le sais pas moi-même, ce qui me prend dès que j'entends qu'il y a moyen de flanquer le bordel. On veut brûler le théâtre ? Brûlons-le, y'a Decu qui est prêt ! On veut mettre le feu au pays ? Donnez une torche à Garzìa ! On veut envoyer le monde entier se faire foutre ? Me voilà au premier rang ! Mais pourquoi ? Mais comment ? Pour quelle raison ? Rin de rin qui compte pour moi. Dès qu'il y a moyen de faire du dégât, de la ruine, des conneries, il m'en vient l'envie, il faut que j'en sois moi aussi.

— Tu es en train de me dire que tu veux venir avec moi sans qu'il y ait une raison claire pour faire ce que tu te sens de faire ? Tu n'es pas poussé par une autre idée que celle de mettre *er* bordel ?

— Tu as deviné.

— Je dois te le dire en toute sincérité, ami : moi, je m'en fous de pourquoi tu fais 'ne chose, moi, il me suffit que tu la fasses.

— Je la fais, je la fais, tu peux y mettre tes couillons sur le feu. Ce n'était pas pour me défausser que je t'ai dit ce que je t'ai dit.

Don Pippino entra, avec à la main un bidon qui puait le pétrole et le posa sur la table, en même temps qu'une courte barre de fer.

— Ce bidon de pétrole suffit ?

— Je pense que oui.

— Alors, d'accord. Demain matin, j'enverrai un domestique chez Decu Garzìa avec la valise de vos vêtements. Ici, chez moi, après la chose, vous ne devez plus mettre les pieds.

Traquandi le regarda fixement.

— Je sais que vous êtes 'n homme de courage, remarqua-t-il. Et donc vous ne me chassez pas parce que vous avez peurr des conséquences. Alors, pourquoi vous le faites ? Moi, j'ai 'ne idée : vous me méprisez.

— Oui, dit fermement Mazzaglia.

— On peut savoir pourquoi ou vous voulez plaisanter ?

— Non, je ne plaisante pas, figurez-vous si c'est le moment. Moi, j'ai vu l'armée italienne, en plusieurs occasions, et toujours plus fréquemment, tirer sur des gens qui protestaient parce qu'ils en étaient à mourir de faim. Ils ont tiré aussi sur des femmes et des minots. Et moi, j'en ai éprouvé de la rage et de la honte. Rage parce qu'on ne peut pas rester tranquille comme Baptiste à regarder assassiner des gens innocents. Honte parce que moi-même, avec mes paroles, mes actes, avec les années de prison, avec l'exil, j'ai donné un coup de main pour faire cette Italie qui est devenue comme elle est, une partie qui étouffe l'autre et, si elle se rebelle, lui tire dessus. C'est pourquoi, maintenant, je n'ai plus envie d'éprouver une autre honte en donnant de l'aide à des personnes comme vous, qui peut-être pensent comme moi, mais qui n'éprouvent pas de scrupules à verser encore du sang. Voilà tout. Fin du sermon.

Nando Traquandi se leva de son siège sans répondre, suivi de Decu Garzìa.

— Vous auriez un bout de corde ?

D'un caisson, don Pippino tira un rouleau de gros câble, le déroula, en coupa un long morceau. Traquandi en fit passer une extrémité dans la poignée du bidon, la noua à l'autre extrémité, se mit le bidon en bandoulière. Ils s'approchèrent de la porte, enfilèrent leurs manteaux. Don Pippino ouvrit, regarda autour de lui, vit qu'il n'y avait personne, fit signe aux deux hommes de sortir. Dehors, il faisait toujours sombre.

— Vous avez besoin d'une lampe ?

Garzìa allait acquiescer, il avait peur de se casser la figure dans la draille pleine de pierres et de trous, mais Traquandi fut plus rapide que lui.

— Non merci, il vaut mieux qu'on aille dans l'obscurité.

Ils se mirent en route, sans même saluer don Pippino.

Ils firent les premiers pas en silence, il y avait vraiment une obscurité nocturne à se casser non seulement la figure, mais aussi les jambes. Ils marchèrent encore un moment, avec précaution, craignant de mettre un pied en porte-à-faux, puis lentement leurs yeux s'habituèrent à l'obscurité. Alors le jeune Romain demanda :

— Il y a querqu'un au pays qui vend des *dindaroli ?*

— Et qu'est-ce que c'est ? demanda Garzìa, ébahi.

À la grande stupeur de Decu, Nando se mit à parler en vers.

Le dindarolo *est de faible dimension*
Il est en terre cuite et presque rond
Dedans il est vide et en haut a un bouton
et un large pied bien droit sur le fond.
Il a une fente à la tête ou environ
d'autant de spiaccianti *qu'y glisser se pourront*
là les gamins leurs dépôts feront
quand viendra l'époque des dons[1].

— J'ai compris, dit Decu. Vos *dindaroli* sont nos *carusi*, ceux où les minots mettent leurs *surdareddri*, leurs sous... leurs *spiaaccianti*, comme tu dis.

— Mais les *carusi*, chez vous, ce ne sont pas les jeunes ?

— Oui, mais ça signifie aussi les tirelires.

— Où est-ce qu'on peut les trouver, ces *dindaroli*, ces tirelires ?

— Je vais te le dire. Mais avant, une question, par pure curiosité. Tu es du genre à écrire des poésies ?

Traquandi fit entendre son rire phtisique, en portant son mouchoir à ses lèvres.

— Ça m'aurait plu, mais je sais vraiment pas le faire. Ce sont les vers de Giuseppe Berneri, un poète romain qui a écrit *er Meo Pattaca*. C'est lui qui m'a donné l'idée de la façon de mettre *er feu ar* théâtre. Berneri dit que quand à Rome, on attaquait *er* ghetto où vivaient les Juifs, on se prenait des *dindaroli*, on les remplissait de poudre à canon, on mettait 'ne mèche allumée dans la fente et puis on les jetait dans les maisons des Juifs. Les *dindaroli* se cassaient, la poudre se répandait et prenait feu. Vraiment 'ne belle idée.

Ils se turent, la draille était très difficile, parler les distrayait.

---

1. Modeste tentative de transposition d'un poème en dialecte romain.

Ils jurèrent, glissèrent, se cognèrent, tombèrent, vacillèrent, firent des détours, et enfin laissèrent la draille pour arriver sur une route de terre battue. Nando s'appuya à un lampadaire allumé pour reprendre un peu son souffle. Il suait, son lorgnon était embué.

— Comment est organisé l'éclairage du pays? demanda-t-il.

Decu répondit aussitôt, content de ne pas s'être cassé le cou en chemin.

— Dans les routes alentour, il y a quelques lampes à huile comme celle-là, dans celles du centre, les lampadaires sont plus nombreux et fonctionnent au pétrole.

— Quel est l'horaire de l'allumage et de l'extinction?

— Ça dépend.

— Qu'est-ce que ça veut dire, ça dépend?

— La concession de l'éclairage, c'est un de mes oncles qui l'a obtenue, et je peux donc t'expliquer la chose. L'été, on le garde allumé jusqu'à tard, parce que les gens, ils aiment rousiner et traînasser, étant donné qu'il fait chaud; l'hiver, au contraire, on éteint avant.

— D'accord, nous sommes en hiver, qu'est-ce que ça signifie « avant »?

— Selon ce que doivent gagner mon oncle et Vanni Scoppola, qui est l'élu adjoint à la commune. Maintenant, je vais m'expliquer. Mettons que Scoppola a besoin d'argent, et alors, il dit à l'oncle : on déclare que les lumières s'éteignent à neuf heures et toi, en fait, tu les éteins à sept. Ces deux heures de pétrole non consommé, on se les garde pour nous. C'est clair?

— Lumineux, répondit Traquandi et il sourit de son involontaire jeu de mots. Et l'éclairage du théâtre, comment il est?

— À pétrole.

— Il y a des lampes fixes? Pas sur la place du théâtre, je m'entends, parce que là, il y en a 'n paquet.

— Il y a des réverbères devant les maisons des deux médecins, de la sage-femme, du maire, du délégué Puglisi.

— Ce délégué Puglisi, m'a dit Mazzaglia, il en veut à mort au préfet, parce que Bortuzzi a fait ouvrir une information sur lui, sous l'accusation qu'il protégeait *er* jeu de loto clandestin.

— La vérité, c'est.

— Donc, ce Puglisi, c'est un avec qui on peut raisonner ?

— Je me suis mal expliqué. C'est vrai que le préfet l'a dénoncé, mais c'est aussi vrai que Puglisi s'en est tiré le nez propre. Mais ça ne signifie pas.

— Ça ne signifie pas quoi ?

— Que Puglisi te laissera t'en sortir comme ça si tu brûles le théâtre. C'est toujours un argousin, et un bon. Voilà, ça c'est la maison de Pitrino qui fabrique des choses en terre cuite.

Traquandi examina la construction à peine plus grande qu'une niche.

— Mais lui, où il dort ?

— Et où tu veux qu'il dorme ? Là-dedans.

— Et les choses qu'il vend, elles sont où ?

— Derrière.

Et de fait, sur l'arrière de la cahute, il y avait un espace réduit entouré d'une palissade basse. L'escalader fut un jeu pour Decu. Il prit en main deux tirelires de taille moyenne, les montra à Nando qui dit que ça allait. Ils reprirent leur chemin.

— Quel est le réverbère le plus proche du théâtre ?

— Celui de la sage-femme.

— Allons-y.

Avant d'y arriver, ils durent se replier derrière une charrette bancale au passage d'une patrouille de deux miliciens à cheval. Mais il n'y eut pas de vrai danger.

Puis ils virent la lumière de la sage-femme. Ils s'arrêtèrent à la limite du cône de lumière, et s'installèrent sous un porche. Avec beaucoup de patience, Traquandi versa le pétrole dans les deux *carusi*, à travers la fente où passaient les sous, puis il déchira un morceau de sa chemise qu'il répartit en deux mèches, et les enfonça dans chacune des fentes. Enfin, il trempa de pétrole les deux bouts d'étoffe qui dépassaient.

— On peut y aller, dit-il.

Ils se remirent en route avec beaucoup de prudence, car sur la placette devant le théâtre, ils entendaient, s'ils ne voyaient pas, que des soldats étaient restés de garde. Ils prirent une venelle parallèle au mur latéral de l'édifice et se retrouvèrent sur son arrière. Là, on n'entendait ni ne voyait âme qui vive.

— Nous y sommes, dit Traquandi à voix basse. Toi, tu vas vers *er* côté droit. Casse toutes les vitres des vasistas, puis jette à l'intérieur *er dindarolo*. Moi, je fais pareil de l'autre côté. Attends, que je te l'allume.

Il mit le feu à la mèche de Garzìa, puis alluma la sienne.

— Au galop.

Avec la barre de fer, Traquandi avait cassé la première vitre en cherchant à faire le moins de bruit possible, quand il entendit la voix étouffée de Decu.

— Nando, viens là, cours.

Traquandi arriva en un instant. Decu lui indiqua, sans mot dire, la porte entrouverte qui donnait sous la scène.

— Donne-moi aussi ton *dindarolo*, demanda le Romain, et toi, pendant ce temps, casse les vitres, ça fera du courant d'air.

Avec les deux *carusi* dont la mèche fumait en main, Traquandi descendit le petit escalier de pierre et se retrouva sous la scène. Dans un coin, il entrevit quatre paniers de costumes et sans hésiter, lança contre eux la première tirelire qui, aussitôt, éclata. En un instant, les paniers prirent feu. À la lumière plus forte du début d'incendie, le Romain regarda calmement autour de lui. Dans un autre coin, il aperçut, posés contre le mur, un grand nombre de décors roulés. Le deuxième *caruso* lancé avec force commença à les transformer en une gigantesque torche. Il remonta les marches, essoufflé.

— On file.

— Où ça ?

— Chez toi, Garzìa. Il m'est venu faim et aussi sommeil. Tu as du bon vin ?

Tous désormais l'appelaient

Tous désormais l'appelaient don Ciccio, et du reste, lui-même ne s'y opposait pas, quoiqu'il se prénommât Amabile et se nommât Adornato, Amabile Adornato dit don Ciccio. Une dizaine d'années avant les événements entourant l'inauguration du théâtre, il était arrivé de Palerme, où il exerçait le métier de menuisier et s'y était fait connaître comme maître en ébénisterie.

Resté veuf, il avait déménagé à Vigàta pour être près de son fils unique, Minicuzzo, instituteur. Comme, à Palerme, grâce à son art, il avait gagné des sous, ceux qui lui avaient permis de payer les études de Minicuzzo, quand il arriva au pays, il put s'acheter un magasin, une espèce d'entrepôt où il pouvait continuer sa besogne, et aussi une maisonnette où il pouvait rester seul sans déranger son fils qui s'était entre-temps marié et avait deux petits enfants. Il ne lui fallut pas longtemps pour faire estimer son talent, non seulement à Vigàta mais aussi à Montelusa, à Fela, à Sfiaca. Ainsi la besogne ne lui manquait jamais.

Don Ciccio présentait une particularité : non content d'avoir étudié la musique et de savoir déchiffrer une portée, il était capable de jouer de la flûte traversière aussi bien que les anges, à ce qu'on racontait, quand le Père éternel leur ordonnait de lui faire un petit concert. Devant les prières incessantes de ceux qui avaient découvert sa particularité et ses capacités, il s'était décidé à donner chaque dimanche après déjeuner deux heures seulement de musique pour quelques vrais amis : le receveur des Postes, un pêcheur, le capitaine du vapeur pour Palerme qui, chaque dimanche, faisait justement escale à Vigàta, un paysan qui, lui aussi, savait jouer de la flûte, mais de celle des chevriers, en roseau, et quelques autres qui, en passant près du magasin, car c'était là que don Ciccio tenait sa séance dominicale, avaient envie d'écouter de la musique.

Cependant, il ne faisait pas de doute que don Ciccio était une personne qui faisait naître, à y bien raisonner, quelques questions. Et une, par-dessus tout : où, et comment donc, avait-il appris à jouer et à s'y entendre en musique ? Car, indubitablement, don Ciccio était compétent en matière musicale, d'une très solide compétence. Mais lui, à toutes les demandes, il faisait comme le porc-épic qui, à peine effleuré, se met en boule. Au maximum, s'il se décidait à ouvrir la bouche, il répondait par des monosyllabes variables : oui, mais, si, non. Mais un jour, le jour de ses soixante ans, où ses amis le fêtèrent jusqu'à l'enivrer, le capitaine du vapeur le lui demanda carrément :

— Don Ciccio, comment ce fut ?

Et lui, sans que personne s'y attende, expliqua comment il se faisait que la musique était entrée dans son existence pour n'en jamais plus sortir. Ce fut un conte très beau, qu'on écouta bouche bée, les yeux écarquillés, un conte qui semblait de ceux qu'on raconte à n'en plus finir aux enfants pour les endormir. La rumeur se répandit ; de temps en temps quelqu'un demandait :

— Don Ciccio, comment ce fut ?

Et don Ciccio, après cette fois-là, n'avait plus de réticences à raconter, en embellissant, d'un récit à un autre, les faits, les situations, les personnes. Il y gagna une 'ngiuria, un surnom : « Don Ciccio Comment-ce-fut ».

Une semaine avant l'inauguration du théâtre, on était dimanche et don Ciccio allait porter la flûte à ses lèvres pour commencer son petit concert quand il vit entrer dans son magasin l'état-major du cercle Famille et Progrès au grand complet, du marquis Coniglio della Favera au Dr Gammacurta, du chanoine Bonmartino au proviseur Cozzo. Il n'y eut pas assez de chaises pour tout le monde. Don Ciccio se sentit ému et honoré, il ne savait que dire ni que faire, et jetait des regards interrogatifs. Premier par la noblesse et par la richesse, le marquis attaqua sans perdre de temps.

— Don Ciccio, vous devez nous excuser pour l'invasion, mais nous avons un urgent besoin de votre éminente opinion.

Confus, don Ciccio s'inclina deux ou trois fois vers les présents.

— À votre disposition, messieurs.

— Don Ciccio, vous le connaissez, cet opéra que M. le préfet de Montelusa veut à tout prix nous faire entendre ?

— Oh que oui, messieurs, je l'ai entendu voilà une vingtaine d'années à Palerme.

— Qu'est-ce que vous en pensez ?

Il se fit un silence de tombe, don Ciccio semblait prendre son temps. Au milieu de ce silence, seul le marquis eut le courage de le relancer :

— Voulez-vous nous donner votre opinion, și cela ne vous dérange pas ?

Très lentement, don Ciccio se baissa vers le sol, en tenant son bras gauche derrière son dos douloureux, de la main droite il ramassa un copeau de bois, se redressa. Il montra à tous le débris, comme un prestidigitateur ou un prêtre à l'église, qui fait voir l'hostie consacrée.

— Cet opéra est comme ça, dit-il.

Il serra le copeau entre ses doigts, l'émietta, en jeta les minuscules fragments en l'air.

— Voilà l'opéra, sa consistance.

Le lendemain matin, don Memè arriva à la préfecture de Montelusa à la vitesse d'une balle lancée, grimpa deux à deux les grandes marches, pénétra avec fureur dans l'antichambre et, sans même frapper, ouvrit la porte et se rua dans le bureau du préfet. Bortuzzi, qui était en train d'examiner à la loupe le dessin d'un temple de la Concorde, en eut presque peur et s'inquiéta de voir que Ferraguto avait la moitié du visage qui riait et l'autre moitié sérieuse.

— Dieu du ciel, Ferraguto, 'est-ce qui se passe ?

— Il se passe que ce grand cornard de menuisier de Vigàta, don Ciccio Adornato, n'est pas d'accord. L'opéra ne lui plaît pas, il l'a dit à ceux du Cercle et maintenant, il le répète à tous.

Son Excellence se tranquillisa, sourit.

— Oh, allez, Ferraguto ! Un menuisier ! 'est-ce que vous voulez que ça 'ompte, un menuisier ? On n'est 'and même pas à Bethléem !

— Votre Excellence, pardonnez-moi, se trompe. Ce menuisier s'y connaît beaucoup en musique. Beaucoup, beaucoup. Quand il parle de musique, il est convaincant, et tous sont là à l'écouter comme la Sybille de Cumes.

— Ah bon ?

— Oh que oui.

— Et alors, qu'est-ce qu'on fait ?

— Il faut le retirer de la circulation.

Bortuzzi jaunit, le cigare qu'il avait en main répandit de la cendre sur son gilet.

— Madone de la chemise, Ferraguto, qu'est-ce que vous venez me ra'onter ? Je me sens un peu abusé.

Don Memè le prit mal.

— Personne ne veut abuser de vous, Excellence.

— Oh, mon Dieu, Ferraguto, pas d'équivoque ! Chez nous, abusé, ça veut dire, comment dire, désorienté. Entre nous, Ferraguto : il est vraiment nécessaire de re'ourir à ces moyens extrêmes ?

— Mais qu'est-ce que vous allez imaginer, votressellence ?

Ferraguto réunit enfin la moitié rieuse du visage avec la sérieuse, la rieuse s'imposa.

— Je parlais de le retirer quelque temps de la circulation, avec l'accord de la loi. Votressellence doit parler au capitaine Villaroel et lui dire de faire ce que je lui demande, sans discuter.

— S'il en est ainsi, d'accord.

— Une dernière prière, Excellence. Où en est la procédure pour la concession de l'appel d'offres au commandeur Lumìa ?

Bortuzzi chercha parmi les dossiers qu'il avait sur la table, en tira une chemise, l'ouvrit, l'étudia, releva la tête, fixa don Memè.

— Ferraguto, de cet appel d'offres, je ne me souviens pas bien.

— Et alors ?

— C'est une chose très difficile. Ce Lumìa n'y a pas droit, vous savez ?

— Excellence, parlons clair. La question se présente comme ça : le maire de Vigàta avait déjà donné son accord pour que l'appel soit remporté par Lillo Lumìa, avec lequel il joue à la tressette et à la brisque un jour sur deux. Mais vous avez bloqué la concession en disant qu'il y avait des irrégularités. Juste ?

— Juste.

— Bon. Maintenant, moi, je voudrais pouvoir aller chez Lumìa pour lui dire ces paroles précises : don Lillo, je dois vous donner une bonne nouvelle. M. le préfet m'a dit que pour ce qui regarde l'appel, il est en train d'y réfléchir de nouveau. Pas un mot de plus ni de moins.

Bortuzzi continua de le regarder d'un air dubitatif. Don Memè jugea le moment venu de mettre les points sur les i.

— Excellence, si je ne lui dis pas ça, je ne peux pas

faire ce que j'ai en tête et donc Ciccio le menuisier peut continuer à couvrir l'opéra de merde et à remonter les Vigatais. Pensez-y bien, Excellence. Moi, à Lumìa, je lui dis seulement que votressellence y réfléchit, et c'est tout : si ensuite, d'ici quinze jours, vous décidez différemment de ce qu'attend don Lillo, entre-temps, l'opéra a été joué et bonjour chez vous.

Le préfet poussa un long soupir.

— C'est bon. Mais agissez avec pré'aution, Ferraguto, je vous en prie.

Toucher le cul des poules pour sentir si elles étaient en train de pondre était le passe-temps préféré du commandeur Lillo Lumìa, et c'est ce qu'il était en train de faire dans le poulailler de sa villa à mi-côte au-dessus de Vigàta quand un domestique vint en courant lui dire qu'au mas, il y avait *u zu* Memè arrivé au galop de son cheval.

— Don Memè ! Quelle belle surprise !

— Commandeur révéré !

Ils s'embrassèrent, puis tendirent les bras pour se regarder à peu de distance, l'air heureux, et ils s'embrassèrent de nouveau.

— Don Lillo, je viens en personne vous porter une bonne nouvelle.

— Je ne veux même pas l'écouter, cette nouvelle, si avant, vous ne me faites pas l'honneur d'entrer chez moi, de vous rafraîchir un peu et de boire un verre de vin.

— Don Lillo, l'honneur est toujours pour moi, et très grand, assura don Memè en suivant sans faute le cérémonial. Mais je dois m'échapper vite de nouveau. J'avais seulement plaisir à venir en personne vous dire la bonne nouvelle.

— Et alors, écoutons-la, dit don Lillo en ouvrant les bras, résigné à ce que don Memè ne puisse lui faire honneur.

— Il ne manquera pas d'autres occasions, le réconforta don Memè. La bonne nouvelle c'est que ce matin, j'ai parlé, comme ça, par hasard, avec le préfet de votre réponse à l'appel d'offres. Et j'ai dit un mot en votre faveur, étant donné que le préfet a de la considération pour moi. Au point que Son Excellence m'a dit de vous dire qu'il est en train de reconsidérer toute l'affaire. Ayez, il a dit, un peu de patience et tout s'arrangera en votre faveur.

Lillo Lumìa en sauta littéralement de joie, il se frotta les mains, avoua :

— J'avais perdu l'espoir.

— Ne perdez jamais l'espoir quand il y a ce détail que moi, je m'en mêle ! le réprimanda doucement don Memè, en dressant un index réprobateur.

Ils se jetèrent encore dans les bras l'un de l'autre. Puis don Lillo reprit le chemin balisé du cérémonial.

— Pour rien au monde, je ne voudrais vous offenser, don Memè. Mais y a-t-il querque chose que moi, modestement, je puisse faire pour vous ou pour un ami à vous ?

— Vous voulez *babiare*, don Lillo ? Je n'ai besoin de rin. Honorez-moi toujours de votre amitié et je serai largement payé.

Il avait utilisé le verbe payer. Et cela signifiait que don Lillo devait insister.

— Mon amitié sera éternelle, de cela inutile même de parler. Mais là, maintenant, que puis-je faire ?

Le sourire de don Memè se transforma en un grand rire cordial.

— Vous me faites penser à quelque chose. Si vraiment, vous y tenez, vous pourriez me donner un coup de main pour une connerie, une blagueu à un ami.

— J'en serais très heureux, il suffit que vous vous expliquiez.

Et don Memè s'expliqua. Puis, pour plus de sûreté, il s'expliqua de nouveau.

À trois heures de l'après-midi, alors que don Ciccio rouvrait son magasin, il vit arriver un domestique de la maison Lumìa. Don Lillo, qui aimait avoir chez lui du beau mobilier, avait été en diverses occasions de ses bons clients.

— Besoin de moi ? demanda-t-il.

— Oh que oui. Don Lillo veut que vous veniez prendre une *tanger*.

— *Étagère* [1], corrigea le menuisier.

— Comme vous voulez. Il veut que vous veniez chez lui tout de suite, sans perdre de temps.

— Eh, qu'est-ce que je suis ? Un *dutturi* ?

Deux heures plus tard, don Ciccio, aidé des domestiques de Lumìa, chargea avec toutes les précautions possibles la *tanger* sur sa charrette et se l'emporta au magasin. Il avait expliqué à don Lillo qu'il avait besoin d'au moins deux semaines de besogne, et don Lillo s'était déclaré d'accord.

À sept heures du matin, le lendemain, don Ciccio, qui venait à peine d'ouvrir, vit entrer dans le magasin le lieutenant Pillitteri des miliciens à cheval avec deux de ses hommes. Sans mot dire, les argousins le plaquèrent contre le mur, pendant que Pillitteri s'approchait d'un air assuré de la *tanger*. Il l'ouvrit, souleva un petit carré de bois qui dissimulait un angle mort, y glissa la main, tâta, tira au-dehors deux bagues ornées de brillants et un *colliè* dont Mme Lumìa avait déclaré la disparition la veille au soir. Pillitteri lui mit les fers aux mains et lui fit traverser tout Vigàta à pied entre les deux miliciens à cheval.

— Voleur, non ! Voleur, non ! criait désespérément don Ciccio et il pleurait, il se sentait mourir de rage et de honte.

1. En français dans le texte.

Le vent se leva de l'Occident

Le vent se leva de l'Occident, du côté de Montelusa, un vent enragé parce qu'il n'arriverait jamais à balayer les nuages lourds qui stagnaient sur Vigàta. Une bourrasque plus furieuse que les autres souleva de quelques millimètres la poutre de bois, le pesant madrier que le mort inconnu avait posé comme une passerelle entre la montagne de sel et le toit de la maison pour rejoindre l'appartement de Concetta Lo Russo, puis le laissa retomber avec un coup sourd sur les tuiles. À la fenêtre, le délégué Puglisi cessa d'observer la poutre pour diriger son regard à l'intérieur de la chambre à coucher et ce qu'il vit le troubla. Le vent avait détaché la suie des murs, du sol et de tous les recoins de la chambre, et maintenant un mauvais nuage de poudre grise planait dans l'air et donnait l'impression que les deux morts sur le lit avaient repris vie et recommencé à faire l'amour, en tournant très lentement. Laissant les volets ouverts pour mieux voir, le délégué ferma les carreaux et juste à ce moment, le vent abandonna, baissa d'un coup pour laisser place à une pluie dense et serrée qui rebondissait sur le toit en tambourinant. Puglisi eut froid, un frisson dans le dos, puis un autre, le firent trembler.

De l'escalier, une voix s'éleva, c'était celle d'Agatina.

— *Diligatu ! Diligatu !*

Il sortit en courant de la chambre, traversa en deux pas l'antichambre, s'arrêta sur le palier.

— Je suis là, madame Agatina. Montez et faites attention à l'escalier.

Quand la jeune femme arriva devant lui essoufflée, il la prit par une main, la fit entrer dans l'antichambre. La première chose que fit Agatina fut d'ouvrir grands les yeux en demandant :

— Pourquoi elle a peint la maison en noir ?

— Elle n'a pas été peinte, c'est la fumée qui s'est collée. C'est une émanation qui intoxique et qui tue.

Il cherchait à lui dire les choses avec des ménagements et de la prudence, mais Agatina était maligne et elle arriva vite à la conclusion.

— Et ma sœur, où elle était, dans sa chambre ?

— Oui.

— Elle dormait ?

— Oui.

Il n'était pas humainement possible à une créature d'écarquiller davantage les yeux, et pourtant elle y réussit et ouvrit la bouche pour crier. Mais c'était justement cela que Puglisi, par nature, n'était pas capable de supporter, les cris et les larmes des femmes. Violente et soudaine, la gifle du délégué fit pivoter entièrement d'un côté le visage d'Agatina et envoya la jeune femme contre un mur. En même temps, Puglisi fonça sur elle, l'écrasant de tout son corps.

— Tais-toi. Ne t'agite pas, ne crie pas. Arrête, ou il t'arrive une autre mornifle que je t'arrache la tête. Tu m'entends ? Tiens-toi tranquille ou je t'éclate le visage. Regarde-moi, tu me comprends ?

Pétrifiée, elle le regarda un moment, puis hocha plusieurs fois la tête pour montrer qu'elle avait compris, qu'elle ne bougerait pas.

— Fais attention : je vais te porter dans l'autre pièce pour te faire voir ce qui s'est passé, mais toi, tu ne parles pas, tu ne fais rien.

Il la retourna comme une poupée privée de vie propre,

visage vers le mur, l'étreignit sous les flancs par derrière, la souleva, la porta dans l'autre pièce. Agatina eut à peine le temps de voir les deux statues sur le lit qu'un jet de vomi lui jaillit de la bouche, souilla les chaussures du délégué. Elle se mit à dire des paroles incompréhensibles. La tenant toujours soulevée, Puglisi se la porta dans la cuisine, la fit asseoir sur l'unique chaise près de la table, saisit un pot de terre cuite, le plongea dans la jarre, le remplit d'eau et entreprit de laver soigneusement le visage et la bouche d'Agatina.

— Tu te sens mieux ?

— Oh que oui.

— Alors, écoute-moi : ta sœur est morte contente, dans son sommeil, pendant qu'elle faisait l'amour. Tu m'entends ?

— Oh que oui.

— Elle a pas vu venir la mort, crois-moi, elle n'a pas souffert et elle n'a pas eu peur. Je te l'assure, parce que moi, j'ai de l'expérience pour ce genre de chose.

Elle parut se calmer, au point qu'elle se leva de sa chaise et se lava de nouveau le visage, mais elle tremblait des pieds à la tête.

— Lui, qui c'est, tu le connais ? demanda Puglisi.

— C'est un de la famille des Inclima. Celui qui n'a qu'un œil.

— S'il avait eu les yeux ouverts, je l'aurais reconnu, observa le délégué. Il s'appelait Gaspàno Inclima. Depuis quand ça durait ?

— Quoi ?

— Depuis quand ils s'étaient mis ensemble ?

— Ils étaient pas ensemble.

— Ah oui ? Et alors, comme tu me l'expliques que ta sœur et Gaspàno Inclima étaient nus sur le lit à baiser ?

— Ça devait être la première fois, *diligà*. La première et la dernière fois.

La première fois. La première, après cinq années de

veuvage strictement observé, un peu de bonheur payé de sa vie.

« Mais merde quelle justice il y a dans les affaires de Dieu et de la terre ? » se demanda Puglisi sans ouvrir la bouche.

Comme si elle avait lu ses pensées, Agatina lui fit écho.

— Mais qu'est-ce que c'est comme justice ? Maintenant, ma sœur, elle paie non seulement de sa vie mais aussi de son honneur !

Et cette fois, elle se mit à verser des pleurs lents et désolés, d'autant plus pitoyables qu'ils étaient silencieux, sans une plainte, avec juste, de temps à autre, un reniflement.

— Qu'est-ce que c'est cette justice ? continuait-elle à murmurer. L'honneur, aussi ?

Puglisi leva une main et la lui posa sur les cheveux. Il la tint appuyée, sans esquisser une caresse, seulement pour qu'elle sente qu'il était là, à côté d'elle. Alors Agatina fit une chose étrange. Elle se redressa, prit dans la sienne la main qu'elle avait sur la tête, la regarda, la vit noire de fumée, sale, se la porta aux lèvres, la baisa, la regarda de nouveau, se l'approcha des lèvres, se mit à la lécher, longuement, consciencieusement, comme un chien. Quand elle l'eut toute nettoyée, elle se la posa sur le visage, la tint serrée entre ses mains. Ils restèrent ainsi sans mot dire puis Puglisi se secoua.

— Toi, reste ici, dit-il. Ne t'agite pas, même si tu entends du bruit, ne te laisse pas prendre par la curiosité. Je t'appelle, moi, quand tout est réglé.

Revenu dans la chambre à coucher, il s'approcha des deux morts, allongea une main et toucha les corps. Ils étaient encore mous et maniables, visiblement, la chaleur de la fumée avait retardé la rigidité cadavérique. Il ôta sa veste, son pantalon, sa chemise, ne gardant que le caleçon et le tricot de laine. Il poussa un profond soupir et se mit au travail.

125

Il revint dans la cuisine moins d'une demi-heure plus tard, s'arrêta devant Agatina en boutonnant sa chemise puis, quand il eut fini, l'obligea à relever la tête en la prenant sous le menton.

— J'ai tout arrangé, dit-il. Prends courage et viens avec moi. Tu dois raconter à tous ce que tu vas voir, tu dois dire que c'était comme ça quand tu es entrée.

La jeune femme se leva mais se rassit aussitôt, ses jambes se dérobaient, elle n'arrivait pas à tenir debout seule. En la saisissant aux aisselles, qu'il sentit trempées de sueur, Puglisi la redressa, la tourna, la poussa vers la chambre, la forçant à marcher, malgré cette sensation qu'éprouvait Agatina, d'avoir des jambes en bois, après avoir été en coton.

— Regarde, dit-il simplement, en lui mettant à tout hasard une main devant la bouche.

Dans la chambre, la scène avait complètement changé. Sur le lit, non plus nue mais en combinaison, il y avait Concetta, et c'était comme si elle était tranquillement en train de dormir. Le jeune homme, en revanche, était recroquevillé à terre, entièrement vêtu, les pieds tournés vers le balcon et un bras sur le lit. Il tournait la tête vers le sol.

— Tu vois ? Souviens-toi de ce que tu es en train de voir, dit le délégué, les lèvres contre l'oreille d'Agatina. Le garçon, qui passait par hasard par là, s'est aperçu qu'il y avait un incendie et, ne pouvant entrer par la porte principale à cause du feu, il a eu la géniale idée d'entrer par derrière. Il a lancé une planche entre la colinette de sel et le toit, il s'y est hissé, il a sauté sur le balcon, a ouvert les volets que ta sœur avait laissés mi-clos, a pénétré dans la chambre à coucher mais a pris en plein la fumée. Il a manqué d'air, il est tombé et malheureusement, à cause du vent, les vitres se sont refermées, la chambre est redevenue étanche et le jeune homme s'est

126

étouffé. Tu as tout compris ? Je t'explique mieux : Gaspàno n'était pas en train de baiser avec ta sœur, il s'est retrouvé dans cette chambre seulement parce qu'il voulait lui porter secours. Tu as tout compris ? Je peux être tranquille ?

Elle ne répondit pas, Puglisi s'inquiéta, il pensa que cette femme avait perdu la tête.

— Écoute-moi bien. Si tu n'as pas compris ce que je t'ai dit, et que, quand on te questionne, tu donnes une autre histoire, à moi, on me fout en l'air ma carrière. Et moi, toute cette comédie, je la fais parce que ça ne me paraît pas juste et parce que tu me l'as demandé, toi.

Agatina tourna brusquement la tête et lui mordit les lèvres jusqu'au sang. Instinctivement, Puglisi la lâcha, pris par surprise. Et alors, ce fut elle qui l'agrippa par le bras, et le poussa en arrière vers la cuisine.

— Viens là ! Viens là !

Elle tremblait, mais de l'intérieur, comme font parfois les chats. Dans la cuisine, elle se hissa sur la table et attira à elle Puglisi en le tenant par les revers de sa veste.

— S'il te plaît ! S'il te plaît ! l'implora-t-elle, le souffle court.

— Non, dit Puglisi et il tenta de lui faire ouvrir les mains.

Il y parvint mais ce fut pire, car Agatina, lâchant prise, suspendit les bras à son cou, haletante.

— Laisse-moi tranquille, dit Puglisi qui sentait ses jambes trembler, et pas seulement à cause de la position où il se trouvait.

Elle commença à le couvrir de baisers sur le visage et le cou, comme un oiseau qui picore : un coup de bec, la tête en arrière, un autre coup de bec, la tête de nouveau en arrière.

— S'il te plaît, dit Puglisi.

— Non, répondit-elle, non.

— Maintenant, j'appelle Catalanotti et je te fais raccompagner chez toi, annonça Puglisi. Et toi, entretemps, arrange-toi.

Agatina, après l'affaire entre eux, où ils s'étaient mordus et strié la peau de griffures et étaient tombés de la table par terre en continuant à baiser, paraissait un peu calmée.

— C'est bon, dit-il.

Puglisi passa sur le palier, appela son homme de garde. Catalanotti arriva comme l'éclair, il était rongé de curiosité pour ce qui avait pu se passer depuis que le délégué d'abord, la femme ensuite étaient montés à l'appartement. Et il s'en était passé, du temps ! À peine vit-il les deux morts qu'il blêmit, la couleur qu'ils avaient sur le visage et les mains l'impressionna, on eût dit deux poupées.

— Oh, merde !

Puis il jeta un coup d'œil dans la cuisine où il vit Agatina appuyée à la table, la tête entre les bras.

— Le jeune homme, je ne sais pas encore qui c'est, expliqua calmement Puglisi, il a essayé de sauver la veuve mais il est mort suffoqué par la fumée.

— Les pôvres ! Les pôvres tous les deux, les plaignit Catalanotti qui, en même temps, ne manquait pas, en brave argousin qu'il était, de regarder autour d'eux. Quelque chose ne le convainquait pas, mais il ne savait pas dire quoi.

— Eh oui. Il a été courageux mais infortuné, le jeune homme, il a mis un madrier entre la collinette de sel et le toit de la maison, il est monté, a cassé la vitre pour ouvrir la fenêtre...

— Arrêtez là, intima Catalanotti à voix basse.

— Pourquoi ? demanda le délégué, étonné.

— Parce que toutes les vitres sont entières, et si elles sont entières, il ne pouvait pas entrer dans la chambre, à moins que la femme ne lui ouvre de l'intérieur.

Puglisi se sentit comme un minot surpris en train de monter un bobard ; n'était ce qui s'était passé avec la femme, il ne se serait pas laissé prendre comme un débutant la main dans le sac.

— Ah oui, fit-il, pâteux. Et alors, comment ça s'explique ?

— La quistion se pose pas, dit Catalanotti. Ça s'explique comme ça.

Il fit quatre pas, contourna le mort, arriva à la hauteur des vitres, les ouvrit, sortit sur le balcon sous la pluie battante, un vrai déluge, tira de sa poche un mouchoir à carreaux rouges et blancs, s'en entoura la main droite, donna un coup de poing contre le carreau le plus près de la poignée de manière que les débris tombent à l'intérieur, rentra dans la chambre.

— Continuez, *diligà*, dit-il, sournois. Maintenant, votre discours coule tout seul, que c'en est une merveille.

Puglisi n'eut pas le temps de recommencer à parler parce que Catalanotti, changeant d'idée, le visage soudain assombri, était de nouveau ressorti sur le balcon et regardait fixement un point sur le tas de sel.

— Qu'est-ce qu'il y a ? demanda le délégué en sortant à son tour sous la pluie battante.

— Là, fit Catalanotti en montrant un endroit à mi-pente de la collinette. Là. Je l'ai vu d'abord du coin de l'œil et je n'y ai pas fait attention. Après j'y ai repensé. Matez là.

Puglisi regarda dans la direction que l'autre lui indiquait, bras tendu. Au milieu de la blancheur aveuglante du sel, émergeait une espèce de boule colorée en rouge et noir.

— Avant, ça n'y était pas, observa Puglisi.

— Avant quand ?

— La première fois que je me suis mis à la fenêtre, ça n'y était pas. Visiblement, la pluie fait apparaître cette chose, la révèle à la vue. D'après toi, qu'est-ce que c'est ?

Mais comme il connaissait déjà la réponse, le délégué l'anticipa :

— D'après moi, c'est...

— Une tête, *diligà*. C'est la tête d'un *catafero*[1], dit Catalanotti qui, dans les occasions solennelles, se piquait de parler dans ce qu'il pensait être de l'italien. La tête d'un *catafero* mis dans la saumure.

Tandis que Catalanotti, avant de raccompagner chez elle Mme Agatina qui lui paraissait d'un calme étrange face au malheur, passait au bureau demander au collègue Burruano de courir avertir le juge de la découverte, le délégué Puglisi, qui ne s'attendait pas à cette nouvelle fatigue, entama l'ascension de la collinette sous le déluge.

Il se couvrit de saumure, qui entrait sous les vêtements, de la tête aux pieds ; les morsures et les éraflures d'Agatina lui brûlaient comme le feu, il glissa plusieurs fois jusqu'à la base du tas, recommençant chaque fois la montée toujours plus difficile, ses yeux pleuraient sous l'effet du sel, mais enfin, il réussit à arriver à portée de la tête. Il reconnut le médecin Gammacurta.

— *Dottore ! Dottore !* appela-t-il, sans espoir.

Et en fait, une espèce de miracle se produisit. Gammacurta ouvrit les yeux, le fixa, le reconnut.

— Ah, c'est vous ? articula-t-il avec difficulté mais clairement. Bonjour.

Puis il inclina la tête sur le côté, ferma les yeux et mourut.

Puglisi l'examina : on ne voyait pas de blessure. Alors, il se mit à gratter le sel tout autour de la tête et puis de la poitrine et enfin, il vit apparaître une tache rouge, faite d'eau, de sel et de sang.

---

1. *Catafero :* « Un cadavre », en réalité c'est de l'italo-sicilien. En italien, on dit *cadavere*.

En entreprenant de raconter

En entreprenant de raconter les événements, véritablement douloureux, qui ont provoqué tant de dégâts et de bouleversements dans la petite ville de Vigàta qui fait corps avec la province de Montelusa, province où je revêts indignement l'uniforme de représentant préfectoral de l'État, il me revient l'obligation de remémorer à Votre Très Illustre Seigneurie quel a toujours été mon sentiment eu égard aux problèmes qui affligent la Sicile. Parmi les préfets de cette île qui, au mois d'août dernier furent interpellés et spécialement parmi les quatre d'entre eux qui furent réunis à Palerme, je ne fus certes pas de ceux qui, en majorité, s'avérèrent favorables au maintien des moyens ordinaires pour obtenir la pacification de cette île tant et si vainement désirée et recherchée. Car, fort de l'expérience qui me fut transmise par mon prédécesseur dans la haute charge, l'éclairé commandeur Saverio Foà, qui longtemps présida au sort de cette province, je voyais avec désespoir que de fait, je la retrouvais en tout point égale à ce qu'il m'avait raconté, après qu'elle eut déçu les efforts et usé la réputation de fonctionnaires si habiles et zélés envoyés pour la gouverner. En conséquence, Votre Excellence, qui connaît bien ma pensée et qui, en qualité de ministre de l'Intérieur a voulu mettre sur mes épaules une si haute charge, ne s'étonnera pas que moi, qui, de pratique directe et indirecte, connais la perversion morale de cette population, pour laquelle les idées du juste, de l'honnête et de l'honneur sont lettre morte, et qui par conséquent est rapace, sanguinaire et superstitieuse, je sois de l'avis, comme je le suis toujours davantage, de ne renoncer à aucune des lois restrictives extraordinaires que le Gouvernement propose ponctuellement mais sans jamais les mettre en application avec la fermeté due et nécessaire.

L'affaire survenue hier soir à Vigàta est la confirmation, même si elle est douloureuse, de ce que depuis longtemps je ne cesse de penser car, hors toute autre considération, ce qui est arrivé à l'occasion de l'ouverture au public du nouveau théâtre de Vigàta touche précisément à un soulèvement populaire véritable et authentique, déclenché par quelques factieux, contre ma personne de représentant de l'État. Il s'est agi, quoi que d'autres puissent en dire autrement et soutenir seulement par de vaines vociférations, d'un mouvement séditieux destiné à révolutionner et à renverser l'autorité de l'État dans la susdite province italienne. J'en viens aux faits dans toute leur simplicité, et puissent-ils s'imposer avec la force de la vérité.

Quand je pris possession de ma haute charge, le théâtre de Vigàta avait déjà été presque construit, n'y manquaient que quelques embellissements de peu d'importance. Comme me revenait la désignation des membres du Conseil d'Administration, je tranchai pour la nomination de deux personnalités de Vigàta et de quatre de Montelusa, estimant que la contiguïté du chef-lieu certainement contribuerait à la prospérité du théâtre lui-même d'une façon certainement plus importante que ce que les Vigatais, personnes peu intéressées aux choses de l'art, auraient pu faire. En apprenant la composition du Conseil, les deux membres de Vigàta démissionnèrent aussitôt, en avançant de misérables raisons marquées par l'esprit de clocher. Afin d'éviter des retards dommageables et de vaines diatribes, je remplaçai les deux membres nommés de Vigàta par deux personnalités exemplaires de Montelusa. Le président du Conseil d'Administration, le marquis Antonino Pio di Condó, personne de sens élevé et d'exquise sensibilité, vint un jour me demander en toute cordialité si j'avais quelques suggestions quant à l'opéra à choisir pour la soirée inaugurale, soirée qui aurait certainement un caractère solennel. Il advint alors, tout à fait par hasard, que je formulai un titre, celui du *Brasseur de Preston*, œuvre goûtée par moi en de plus vertes années et précisément lors de sa première exécution triomphale advenue à Florence en l'an 1847. J'avançai ce titre, non pour des raisons personnelles, mais parce que je considérai que cet opéra, dans sa vague légèreté, dans la simplicité de ses paroles et de sa musique, était adapté à la compréhension retardée des Siciliens, et des Vigatais en particulier, à l'égard de toute supériorité manifestée dans l'art. Il s'agissait, j'insiste, d'une simple suggestion amicale, mais le marquis, bon patriote et membre connu du Parti du gouvernement, prit sur lui de l'interpréter, à tort, comme un ordre, ordre que moi, en vérité, je n'avais ni le pouvoir ni l'intention de donner. Quelques membres du Conseil d'Administration, francs-maçons et mazziniens de mèche avec les francs-maçons et mazziniens de Vigàta, ayant appris que la suggestion venait de moi, s'opposèrent fièrement et par pur parti pris, en répandant avec mauvaise foi le bruit qu'il s'agissait non d'un humble avis de ma part, mais d'un ordre précis venant de moi. Le marquis Antonino Pio di Condó, indigné devant les viles accusations d'être un homme prêt à courber l'échine devant les autorités, démissionna irrévocablement. À sa place fut élu le commandeur Massimo Peró, personne de sens et d'équilibre. Ce fut alors le professeur Artidoro Ragona, membre du Conseil, qui reproposa l'opéra, que par ailleurs, il avait eu l'occasion d'apprécier lors d'un sien séjour à Naples. Cela advint, il convient de le répéter, sans aucune intervention de moi. Sur cela aussi on commença à médire, en soutenant qu'il y avait un rapport non contingent entre la proposition du commandeur Peró et la victoire remportée par son fils, le dottor Achille Peró, au concours de premier secrétaire auprès de la préfecture de Montelusa. Je dois, à ce point, déclarer avec fermeté que, au succès mérité du jeune et vaillant Achille Peró, est tout à fait étranger l'appui rencontré auprès de moi par M. Emanuele Ferraguto, comme la malveillance a voulu le laisser croire. M. Ferraguto, personne d'esprit élevé, aux manières très civilisées, à l'âme généreuse...

À M. le préfet Bortuzzixcillence
Montelusa
Cher profet, t'es une grosse tête de con. Pourquoi tu te retournes pas à Florence ? Tu n'es pas un profet mais un con qui pue et un âne. Tu as trois morts sur la cocience pour le feu au thriâtre. C'est toi la pire dilinquance. Tu n'as pas de cocience. Signé un citoyen.

À Son Cillence Bortuzzi prifet de Montelusa
Ne nous casse pas les couilles, aux Vigatais. L'opra que tu veux se fera pas. Laisse tomber, c'est mieux pir toi. Les Vigatais.

« Mes très chers enfançons, mes paroissiens très chers dans le sein du Seigneur. Comme celui de Jésus clouvé sur la croix, mon thorax aussi perd ces jours-ci plus de fiel que de sang, croyez-moi. Un conseil communal athée et blasphémateur a fait fabriquer dans cette petite ville laborieuse et honnête de Vigàta un thriâtre et demain il l'ouvre avec une raprésintation d'un opéra. N'y allez pas, mes très chers enfançons ! Parce que, à l'instant même où vos pieds entreront dans cette construction, votre âme viendra à se trouver perdue pour l'éternité ! Vous, peut-être, vous ne croyez pas à ce qu'est en train de vous dire votre vieux curé, vous pensez certainement que je blague ou que je suis gâteux. C'est peut-être vrai que je n'ai plus toute ma tête, mais alors, moi, je ne parle pas avec mes paroles, mais avec les paroles de gens qui ont plus de tête que moi et que vous tous ensemble. Je vous le dis et vous le répète : le thriâtre est la maison préférée du diable ! *Sant'Austinu*, saint Augustin, qui pourtant avait été du genre à faire une mauvaise vie, qui allait dans les bordels avec des femmes sales et se saoulait comme un cochon, sant'Austinu, donc, raconte qu'une fois, à Carthage, qui est un pays pas loin d'ici, vers l'Afrique, une fois il rentra dans un thriâtre et vit la raprésintation de femmes et d'hommes nus qui faisaient des choses dégueulasses et quand il s'en retourna à la maison, il ne put pas trouver le sommeil de toute la nuit, tellement il était enragé ! Et je veux vous raconter aussi une chose que raconte Tertullien, qui n'est pas une crotte de bique mais une très grosse tête. Il raconte, Tertullien, qu'une fois une femme dévote, honnête et bonne mère de famille, s'entêta à tout prix à aller au thriâtre. Ni le mari, ni le père, ni la mère, ni les fils n'y purent rien. La femme testarde regarda le spictacle, mais quand elle en sortit, elle était plus la même. Elle jurait, disait des gros mots, voulait que tous les mâles qu'elle rencontrait dans la rue la trombinent en pleine rue. Par la force, le père et ses fils la portèrent à la maison et appelèrent vite le curé. Le prêtre baigna d'eau bénite la femme et dit au diable d'en sortir. Et vous savez ce qu'il répondit, le diable.

"Toi, le curé, te mêle pas d'une chose qui m'appartient ! Moi, cette femme, je me la suis prise parce que de sa propre volonté elle est venue dans ma maison à moi, qui est le thriâtre ! "

« Et la femme mourut damnée parce que le saint curé n'y put rien. Et vous, mes paroissiens, vous voulez vous faire prendre par le diable ? Vous damner l'âme ? Le thriâtre est la maison du diable ! C'est le lieu du diable ! C'est ce lieu qui mérite le feu que Dieu déchaîna contre Sodome et Gomorrhe ! Le feu ! »

Très révérend chanoine
G. Verga. Église mère. Vigàta.
J'étais hier dans l'église à écouter votre sermon contre le thriâtre. Et je ne peux retenir une quistion : la femme que votre seigneurie a gardée à la cure et dans son lit pendant vingt ans et avec laquelle vous avez eu aussi un fils mâle dénommé Giugiuzzo âgé de quinze ans, à quelle catégorie de radasses elle appartient ? Femme de thriâtre, femme de Sodome, femme de Gomorrhe ou simple salope ? Un paroissien qui croit aux choses de Dieu.

« ... et concernant la compagnie des miliciens à cheval, employée à Vigàta par S. E. le préfet Bortuzzi à une œuvre de répression non légale, mon opinion ne peut que concorder avec celle de la majorité du peuple sicilien qui estime que ledit corps est depuis toujours de connivence avec la mafia et la criminalité des campagnes. Dans une situation déjà en elle-même délicate, l'intervention de la compagnie des miliciens à cheval a principalement excité les esprits des Vigatais qui l'ont considérée comme un abus supplémentaire, d'autant plus que ni l'Armée, étant donné les ordres si clairement adressés à moi par Vous, M. le lieutenant général Casanova, ni les forces de la Sécurité Publique, représentées dans la région par le délégué Puglisi, homme apprécié de tous pour la rectitude de son comportement, et encore moins l'Arme des Carabiniers Royaux, prudemment consignés à la caserne depuis trois jours par ordre du major San-thià, leur commandant, n'avaient participé au service d'ordre jugé indispensable par le préfet.

Il ne me revient pas d'exprimer une opinion quelconque sur l'action de Son Excellence Bortuzzi avant et durant les douloureux événements de Vigàta.

Mais je ne puis me dispenser de signaler qu'à côté du préfet s'est toujours retrouvé une personne, un certain Ferraguto Emanuele auquel l'Armè des Carabiniers a plusieurs fois proposé d'imposer la relégation administrative, sans jamais pouvoir l'obtenir par la volonté expresse du Préfet et de la magistrature locale.

Je fais en outre observer, malgré que la quistion ne soit pas de notre ressort, qu'au même Ferraguto Emanuele a été accordé, sur intervention directe du Préfet auprès du Questeur en personne, le permis de port d'armes.

Colonel Vidusso Aymone, Commandant de la place militaire de Montelusa.

À S. E. dott. Vincenzo Spano
Président du Tribunal de Montelusa

Vous le savez que l'impresario de l'opéra *Le Brasseur de Preston* qui sera représenté après-demain à Vigàta est M. Spadolini Pilade, fils d'une sœur du beau-frère du préfet Bortuzzi ? Ceci pour toutes mesures qu'il conviendrait de prendre.

Un groupe de loyaux habitants de Vigàta.

À Son Excellence le Préfet Bortuzzi
Préfecture de Montelusa
Réservée personnelle

Me rendant ce matin sur Vigàta pour une reconnaissance aux fins de disposer au mieux le service d'ordre pour la soirée de demain, j'ai eu l'occasion de m'aperce-

ɔir que quelques murs des immeubles donnant sur le
ɔours étaient souillés de l'inscription suivante, plusieurs
fois répétée :

Le préfétide va puer
Envoyons le chier

J'ai déduit du deuxième mot que l'inscription inju-
rieuse avait comme objet Votre Très Excellente Personne.

J'ai donc veillé à faire passer une couche de blanc sur
les honteuses inscriptions.

Je suis, Votre Excellence, votre tr. dév. Villaroel

À M. le dott. chev. Everardo Colombo, Questeur
Montelusa

Excellence, j'ai reçu ce matin votre billet par lequel
vous m'ordonnez un rapport détaillé et précis concernant
les événements survenus hier soir à Vigàta. Pour une
enquête sérieuse et scrupuleuse, il me faudra au moins
une semaine. Comme vous devez déjà le savoir, pour le
moment, les morts certains sont au nombre de trois
(deux à la suite de l'incendie, un par arme à feu). Les
blessés sont vingt-cinq, entre les personnes brûlées et
celles qui ont subi de graves contusions lors de la rixe
survenue au théâtre. Mais la quistion, à mon humble
avis, ne concerne pas tant l'enquête que la façon d'en
rendre compte. Il me faut donc de votre part les indica-
tions préalables indispensables, étant donné que l'affaire,
à mes yeux, apparaît fort compliquée et susceptible de
porter préjudice aux Hautes Autorités de l'État. Toujours
fidèlement à vos ordres.

Délégué Puglisi

Au tilicué Puglisi
qui commande la flicaille de Vigàta.
T'es un homme de merde qui se profite des femmes.

À Totò Pennìca, Vigàta.

À côté de l'école. Celui qui fait le pêcheur.

Totò, ta belle-sœur était une radasse qui est morte brû-lée sous un homme lui aussi brûlé chez elle. Ta femme, que tu lui donnes de temps en temps des coups de bâton et que tu fais bien, est une radasse pareil comme sa sœur. Et alors le matin qu'elle est allée chez sa sœur et la trouva brûlée avec un homme à la maison, pourquoi au lieu de crier et de s'évanouir comme toutes les femmes au monde, elle a rien dit et elle est restée deux heures enfermée dans la chambre avec le diligué ?

Un ami qui te veut du bien.

Ah, quelle belle journée !

— Ah, quelle belle journée ! Quel ciel de printemps !
se trouva à dire à haute voix Everardo Colombo, questeur de Montelusa, dès qu'il eut tiré les rideaux de la
chambre à coucher.

Depuis neuf mois qu'il habitait dans l'île, il avait plu
presque sans arrêt, tantôt à verse comme au temps de
l'arche de Noé, tantôt en crachin si léger qu'on eût dit de
l'eau d'arrosage. Et la chose l'avait beaucoup dérangé,
bien qu'à Milan la pluie fût une affaire de famille. Voilà,
justement : à Montelusa, l'eau du ciel semblait complètement étrangère, les maisons, les campagnes, les
hommes et les animaux eux-mêmes, on voyait qu'ils
étaient faits pour profiter du soleil et de la lumière.

Se tournant vers le lit où dormait Mme Pina, il
savoura d'un œil plein de désir les collines et les vallons
que formait le corps de sa femme sous la couverture. Il
décida de tenter le coup : si par miracle, sa tentative
réussissait, il avait bien une demi-heure de temps avant
de descendre à l'étage au-dessous, où se trouvait son
bureau. Il s'assit à côté du lit, à la hauteur du visage de
sa femme, lui fit sur la joue une caresse très très légère,
comme si son doigt était une plume, un souffle de vent.

— Pina ! Mon étoilounette !

La dame, qui l'observait par-dessous ses paupières
depuis un quart d'heure, joua le réveil avec une lenteur
étudiée, ouvrit un œil, fixa un moment son mari, eut une

moue de ces lèvres qui l'auraient durcie à un mort, se tourna du côté opposé sans mot dire. À cause du mouvement, de cette couverture soulevée puis retombée, arriva aux narines du questeur une odeur de femme d'une intensité telle qu'il en transpira.

— Lève-toi, petite cochonne ! dit Everardo en milanais, avec une petite voix de fond de lit.

— *Lendenatt !* (crétin)

Le questeur ne releva pas.

— Allons, ma chérie, bouge-toi le *coo* ! Tu n'as pas entendu la *pendola* ? Il est dans les neuf heures et tu es encore au *lett*.

— *Cagon !* (connard)

Une fois encore, le questeur fit mine de rien, il s'inclina pour lui effleurer une joue de ses lèvres. Cette fois, la dame tourna un peu la tête vers lui.

— *Coppet* (va te faire foutre), crétin d'homme.

Malgré la nette opposition qu'il rencontrait, Everardo décida de procéder à une dernière tentative. Il commença à caresser l'ample derrière de sa femme qui s'offrait tout entier, d'abord d'une main légère puis toujours plus adhérente, avec une lenteur d'escargot.

— Ma chérie, mon âme !

— *Quest l'è el cuu, minga l'alma :* ça c'est le cul, pas l'âme rétorqua froidement Mme Pina en faisant tomber d'un coup de rein la main de sa croupe.

— Je le mérite ! Oui, je le mérite, pour avoir épousé la fille d'une lavandière ! déclara, indigné, le questeur en se levant.

Et pour faire bon poids, il ajouta en milanais :

— Va pisser !

Il sortit de la chambre à coucher en claquant la porte. Dans le retrait, peut-être parce qu'il se retrouvait dans l'espace réduit d'un cabinet, sa rage parut croître en proportions inverses. Il bourra le mur de coups de poing. La dispute avec sa femme durait maintenant depuis une dizaine de jours, depuis qu'il lui avait communiqué que tous deux n'iraient pas à l'inauguration du nouveau théâtre de Vigàta.

— Et pourquoi ?

— Qu'est-ce que ça peut *te fottet* ? J'ai mes raisons.

— Mais comment ça ? Je me suis fait faire une robe exprès ! Tu le comprends ça, espèce de salaud ?

— Il faut avoir du jugement, Pina. Cette histoire que le *prefett* a avec les gens de Vigàta ne me pias pas. Tenons-nous à l'écart de ses persécutions, de ses *intrigh* ! Bortuzzi est dingue. Avec lui, comme c'est parti, je vais me retrouver entre le chiotte et l'égout. Laisse tomber.

— Ah oui ?

— Oui. Et ça suffit.

La dame, qui était assise à se vernir les ongles, s'était levée très lentement. De l'index de la main droite, elle lui avait indiqué cet endroit de son corps où Everardo Colombo trouvait, deux fois par semaine, l'or, l'encens et la myrrhe.

— Ça, c'est à moi, avait dit dona Pina, haute, ferme et terrible comme un oracle. Et moi, je te le *doo* jamais plus. Pour moi, à partir d'aujourd'hui, tu peux rester les couilles en l'air.

Et elle avait tenu parole.

La colère du questeur commença à s'évaporer tandis qu'il descendait le grand escalier qui conduisait du quatrième étage de la Questure royale, au troisième où l'attendaient des emmerdements, c'est vrai, mais aussi les symboles tangibles de son pouvoir, de celui qui avait su renaître en quelques années.

— Bonne journée, chevalier, le salua au pied de l'escalier l'agent Salamone Alfonso, assigné au service de protection de l'appartement privé du questeur pour deux raisons : primo, parce qu'il avait eu les jambes brisées par quelques coups de mousqueton tirés par un repris de justice et secundo parce que Mme Pina, depuis six mois, s'entêtait à le vouloir lui, et lui seulement comme planton. La dame soutenait en fait que, qui sait pourquoi, avec Salamone, elle était certaine qu'aucun individu malintentionné ne réussirait à entrer dans son logement.

— Mais qui tu veux qui vienne là ? Un voleur à la questure, figure-toi !

Rien à faire, elle voulait Salamone et elle l'avait eu.

— Comment vont les *gamb*, les jambes, Salamone ?

« Et tes cornes, comment elles vont ? » aurait voulu rétorquer l'agent, mais il se retint :

— Aujourd'hui, mieux, chevalier.

Sur le palier, le questeur tourna à droite, où se trouvaient l'antichambre, le secrétariat et son très vaste bureau. À sa vue, cinq ou six personnes qui attendaient depuis l'aube d'être reçues se levèrent aussitôt et s'inclinèrent.

— Bonjour, Excellence, lancèrent-elles en chœur.

Colombo leva la main avec trois doigts ouverts, on ne sait si c'était pour saluer ou pour bénir paternellement, il entra dans le secrétariat où il n'y avait pas âme qui vive, ouvrit en grand la porte mi-close de son bureau. Il prit en plein visage un éclat de lumière, les rideaux des hautes portes-fenêtres avaient été tirés, le soleil se déversait par les carreaux.

— Quelle matinée splendide !

— Si ça ne se gâte pas, chevalier.

Le ton de la voix et la phrase de son premier secrétaire, le *dottor* Francesco Meli, toujours vêtu de noir, toujours avec une tête comme si sa famille tout entière avait été effacée la veille par un tremblement de terre, droit à côté de sa table, lui interdirent de poursuivre son hymne à la journée. Cet homme, qui paraissait un abrégé du jour des morts, se référait-il seulement au temps ou faisait-il allusion à quelque mauvaise nouvelle ?

— Qu'y a-t-il ? demanda le questeur en s'asseyant et en changeant d'expression.

— À Fela, un individu que personne n'a réussi à reconnaître est entré au siège du cercle local et a abattu Peritore Nunzio, arpenteur, qui jouait à la tressette avec trois autres personnes.

— Vous êtes en train de me dire que les autres n'ont pas reconnu celui qui était là à le tuer ?

Le premier secrétaire poussa un long soupir avant de répondre, il semblait affligé d'une souffrance encore pire que d'habitude.

— Chevalier, l'un était sous la table parce qu'il s'était aperçu qu'il avait un lacet de chaussure défait et il était en train de le renouer, le deuxième ramassait, toujours sous la table, une carte qui lui était tombée par terre et le troisième, juste à ce moment, s'était pris un *muschitta* dans l'œil.

— Un *muschitta* ?

— Un moustique, chevalier.

— Tous siciliens, hein, les joueurs ?

— Oh que non, chevalier. Celui à la chaussure défaite s'appelle Vendramin Giulio, il est vénitien, il fait le commis voyageur.

— Qu'est-ce qu'il y a d'autre ?

Meli exhala un autre soupir angoissé.

— Il y a que le délégué Puglisi de Vigàta nous a signalé la présence au pays d'un dangereux républicain romain, Traquandi Nando, pour lequel il y a un mandat de capture émis par le ministère.

— Ce *fioeul* de pute de Mazzini a été signalé à Naples. Visiblement, il veut venir dans l'île pour déclencher la rébellion et en attendant, il envoie en éclaireur quelqu'un pour tâter le terrain. Puglisi a découvert qui donne asile à Traquandi ?

— Oh que oui, monsieur. Il habite chez don Giuseppe Mazzaglia, qui ne cache certes pas ce qu'il pense.

— Dites à Puglisi de les arrêter tout de suite, Traquandi et Mazzaglia. Qu'on se débarrasse de ces emmerdeurs.

Meli parut s'enfoncer dans un abîme de désespoir.

— Qu'y a-t-il, Meli ?

— Faites attention, chevalier, que don Pippino Mazzaglia n'est pas n'importe qui. C'est quelqu'un que tout le monde aime, à Vigàta. C'est un homme toujours prêt à donner ce qu'il possède pour faire le bien. On va dresser Vigàta contre nous. Et à Vigàta, ça sent le roussi, ces jours-ci, grâce au préfet Bortuzzi. Voulons-nous encore jeter de l'huile sur le feu ? On pourrait plutôt arrêter seulement Traquandi.

— *Ghe semm nun chi al busilles* (nous y voilà dans les tracas), observa le questeur, pensif.

Il se leva, plongea une main dans sa poche, s'approcha de la vitre, se baigna tout entier de soleil.

— Faisons comme cela, articula-t-il ensuite en se retournant. Dites à Puglisi d'arrêter Traquandi le lendemain de la représentation de l'opéra à Vigàta. Le lendemain, je me suis bien fait comprendre ?

— Très clairement, dit Meli. Mais, si vous me permettez, pourquoi le lendemain ? Ça risque d'être tard, peut-être que ce bonhomme-là il va aller dans une autre région, et nous, nous allons le perdre de vue.

— Tard, crétin ? Ces avortons de Vigatais, si on leur donne une autre occasion, ils feront encore plus de bordel. Répétez : qu'est-ce que je *v's aiai dittt* ?

— Arrêter Traquandi le lendemain de la représentation de l'opéra à Vigàta. Pour l'instant, ne pas toucher don Pippino Mazzaglia.

— Très bien. Autre chose ?

— Oui, chevalier. Mais je demande bien pirdon pour 'insistance : pourquoi faire arrêter Traquandi d'ici trois jours ?

— Tu comprends que dalle, coupa le questeur.

Vers dix heures de ce matin-là, devant l'agent Salamone se présenta Tano Barreca, jeune représentant de la maison palermitaine de parfums et cosmétiques La Parisienne[1].

Depuis six mois, il venait une fois tous les quinze jours.

— Je peux monter ? Madame est à la maison ?

— Elle est à la maison. Monte.

— Et attention, hein, en cas de danger, siffle.

— Je siffle, je siffle, tu peux y aller tranquille comme Baptiste.

Le signal convenu avec Salamone, qui se trouvait abondamment payé par Mme Pina, aurait épargné aussi bien à la questeuse qu'au jeune Barreca une scène pour le moins embarrassante.

La rencontre bimensuelle se déroulait toujours de la même manière. Barreca, sans même frapper à la porte, entrait dans la chambre de Mme Pina qui, préparée, l'attendait cuisses ouvertes, nue sur le lit. Barreca portait à la *sanfasò* dans la toilette les parfums et les crèmes qu'il avait apportés, ôtait chaussures, pantalon, veste, chemise, tricot et caleçon et en un éclair s'enfonçait dans les chairs dures et tendues de la femme. En silence, ils se faisaient un premier tour de deux minutes, que le jeune dédiait mentalement à son père Barreca Santo, arrêté une vingtaine de fois par des gens comme le mari de Mme Pina qu'en ce moment-même il était en train de foutre, puis il s'étendait à côté d'elle en respirant fort et en lui tenant la main sur la chatte, main qui ne restait pas immobile mais se démenait sans repos, comptait jusqu'à deux cents et se réinstallait de et à nouveau entre les cuisses de la dame et se faisait le deuxième tour de trois minutes, en le dédiant cette fois à son frère Barreca Sarino qui avait été tué en s'enfuyant de la prison de la Vicaria, à cause de gens comme le mari de Mme Pina qu'en ce moment-même il était en train de foutre, puis il

1. En français dans le texte.

s'étendait à côté d'elle en respirant fort et en lui tenant la main sur la chatte, main qui ne restait pas immobile mais se démenait sans repos, comptait jusqu'à trois cents et se ré-installait de et à nouveau entre les cuisses de la dame, dédiant la troisième baise à lui-même qui un jour ou l'autre finirait en taule par la faute de gens comme le mari de la dame qu'en ce moment il foutait. Elle était, la troisième, longue, insistante, haletante. Puis arrivait le moment où Tano commençait respectueusement à demander :

— Madame, vous allez jouir ? Vous allez jouir, madame ?

Et jamais la dame n'avait voulu lui répondre. Mais ce matin-là, épuisée d'abstinence conjugale, à la demande haletante et répétée qui rythmait les entrées et les sorties :

— Oui... oui... Je vais jouir... Je vais... jouir... *Ghe sont !* (j'y suis), répondit la malheureuse[1].

À midi pile, le chevalier signa un dernier formulaire, posa sa plume, leva les bras et s'étira avec un long soupir. La matinée de besogne était enfin finie. Il échangea un coup d'œil avec Meli.

— Alors, moi, j'y vais, dit le secrétaire. Vous avez des ordres, chevalier ?

— Nous nous voyons à trois heures, cher Meli, le congédia le questeur.

Tandis que Meli s'éloignait, Colombo l'observait. Il était même un peu boiteux. Une semaine après avoir pris sa charge, le questeur avait été tenté de l'envoyer se faire foutre, mais ensuite, il avait compris toute l'utilité de cet homme. Et en fait, en une occasion, comme il lui avait donné un ordre en milanais, Meli avait compris tout de

---

1. Répondit la malheureuse : citation détournée d'un passage fameux des *Fiancés* de Manzoni.

travers et avait donc fait le contraire de ce qui lui avait été ordonné. Sur le moment, Colombo s'était mis en fureur mais, ensuite, il s'était rendu compte que le secrétaire lui offrirait en tout cas un alibi parfait : il pouvait toujours décharger sur lui la faute de ne pas comprendre ce qu'il disait. Il se leva, traversa le secrétariat et l'antichambre déserts, se retrouva sur le palier devant l'agent Salamone.

— Comment va ?

— Bien, Excellence. Et Votre Seigneurie ?

— Bien, bien.

« Et heureusement, pensa Salamone, que tes cornes ne sont pas encore arrivées à la hauteur du lustre ».

À table, le questeur s'aperçut que sa femme avait les yeux brillants et le teint vif. Elle paraissait de bonne humeur. Alors, pour lui montrer qui il était, il se mit à lui raconter l'histoire du mazzinien Traquandi. Il ne l'avait pas fait arrêter tout de suite, expliqua-t-il, parce que lui, le questeur, il pouvait y trouver profit. Et de fait : si l'opéra imposé par le préfet aux Vigatais devait tourner mal, il pouvait marquer deux points aux dépens de l'autre représentant de l'État en faisant arrêter le dangereux agitateur. Si, au contraire, l'opéra marchait bien, il pourrait toujours égaliser en envoyant en prison, et à grand fracas, ce rat mazzinien. En somme, Traquandi représentait un véritable as dans sa manche, à jouer au moment opportun.

— Qu'est-ce que tu en *pens*, Pina ?

La réplique arriva, violente, brutale.

— Moi, je ne pense pas. Je sais seulement que quand je te vois, il me vient l'envie de dégueuler. Va te faire *fott* !

Combien de temps
cela va-t-il durer ?

— Combien de temps cela va-t-il durer encore ? Jetons un coup d'œil à la montre, dit le commandeur Restuccia.

À vue de nez, étant donné l'heure, il se convainquit qu'il manquait peu de temps avant la fin du deuxième acte. Il se tourna vers sa femme qui avait sombré dans un sommeil profond, la secoua par un bras. La dame sursauta, ouvrit les yeux.

— Qu'est-ce qui fut ? demanda-t-elle, effrayée.

— Rin, Assunta. Dès qu'ils ont fini de chanter, entre le deuxième et le troisième acte, on se lève, on prend nos manteaux et on s'en retourne à la maison.

Juste à ce moment, du poulailler, s'éleva la voix furieuse de Lollò Sciacchitano.

— À moi, pirsonne me prend pour un con, compris ? Pirsonne, ni au ciel ni sur terre ! Il doit encore naître, l'homme capable de me baiser ! 'gardez-moi ça ! Quatre cons qui chantent et qui veulent me prendre pour un con !

Il en avait après ceux qui, sur la scène, chantaient et qui, de leur côté, le fixaient avec des yeux écarquillés.

Rapide comme l'éclair, le délégué Puglisi passa du parterre où il se trouvait quand l'autre avait crié, au couloir, dans l'intention de monter au poulailler pour comprendre qu'est-ce qui lui passait par la tête, merde, à Lollò. Mais il buta littéralement contre un milicien de Villaroel qui le saisit vivement et le colla au mur.

— Lâche-moi tout de suite ou je te casse les cornes, lança Puglisi, tremblant de rage. Je suis le délégué.

— 'Scusez-moi, je vous avais pas raconnu, dit l'autre en retirant promptement ses mains.

Cependant, Puglisi s'était rendu compte qu'une dizaine de miliciens armés montaient la garde dans le couloir qui tournait autour du parterre.

— Qu'est-ce que vous faites là ?

— Ordre du préfet, pirsonne ne doit sortir du thriâtre.

— « Oh Seigneur, ce con de préfet va provoquer une émeute ! » se dit Puglisi et il s'élança, grimpant quatre à quatre l'escalier conduisant au poulailler. Arrivé au paradis, lui aussi cerné de miliciens, comme les couloirs derrière les loges, il se précipita vers Lollò Schiacchitano qui braillait et s'agitait toujours, tandis que des amis essayaient de le calmer.

— Qu'est-ce qui se passe, Lollò ? On t'a fait du tort ? demanda Puglisi qui savait comment prendre ce fou furieux.

En le voyant, Lollò parut se calmer un peu, ils avaient de la sympathie l'un pour l'autre, même s'ils ne se le disaient pas.

— Oh que si, monsieur ! Ils veulent me prendre pour un con !

— Mais qui ça ?

— Ceux-là du thriâtre. Ils disent qu'il y a deux frères jumeaux, un qui s'appelle Giorgio, et l'autre Daniel ! C'est pas vrai, *diligatu*, que j'en perde la vue de l'œil ! C'est toujours la même pirsonne qui se change d'habit et qui fait semblant d'être tantôt l'un, tantôt l'autre ! Mais moi, j'ai bon œil !

— Excuse-moi, Lollò, mais à toi, qu'est-ce que ça te fout ?

— Comment, qu'est-ce que ça me fout ? Moi, j'ai payé un billet pour voir deux jumeaux ! Et en fait, c'est toujours le même qui fait semblant ! Vous le croyez pas ?

Appelez-les, votre seigneurie, appelez-les sur la scène tous les deux ensemble et vous verrez qu'il y en a qu'un qui se présente !

Puglisi allait répondre, cherchant une solution qui fût à la hauteur de la logique de fer de Lollò quand, sur un ultime zim boum boum de l'orchestre, le deuxième acte s'acheva.

Le rideau était encore en train de se refermer et les gens déjà se préparaient à se lever, qui pour rentrer chez soi, qui pour aller fumer un cigare, les dames pour bavarder un peu, quand sur la scène apparut, telle une marionnette, le capitaine Villaroel en grand uniforme, avec son plumet, ses gants, son sabre de parade. Il leva une main pour bloquer le mouvement général.

— Un instant d'attention, je vous prie, commença-t-il.

L'apparition paralysa tous les spectateurs, qui restèrent figés dans le geste qu'ils étaient en train de faire en cet instant précis.

— Par ordre de Son Excellence le préfet Bortuzzi, afin d'éviter des désordres publics, il est prescrit à tous ceux qui se trouvent ici de continuer à s'y trouver. C'est-à-dire, je veux dire, qu'on ne peut pas sortir, même dans les couloirs. Chacun a l'obligation de rester à sa place.

Cette fois, Puglisi s'inquiéta vraiment. Du parterre, des loges, du poulailler, commença à s'élever une rumeur étrange. On eût dit qu'une marmite gigantesque, fermée d'un couvercle également gigantesque, était arrivée au point d'ébullition. Il comprit qu'il s'agissait du murmure menaçant du public.

Villaroel leva encore la main.

— Son Excellence le Préfet invite tous les citoyens de Vigàta à écouter cette...

Et il s'arrêta. Épouvanté, il s'aperçut que le mot lui échappait.

— Connerie ? suggéra avec un zèle fraternel une voix au poulailler.

— Merde ? relança une autre du parterre.

Mais la mémoire était revenue à Villaroel et il put reprendre du début, d'une voix plus ferme.

— Son Excellence le Préfet invite tous les habitants de Vigàta à rester écouter cet opéra lyrique avec attention, sans se mettre à faire ou à dire des choses qui peuvent offenser la haute et suprême Autorité de l'État qui est ici présente en personne.

Et il tourna le dos pour s'en aller. Au même instant, Puglisi bondit comme une sauterelle par-dessus deux rangées de sièges pour se précipiter sur Mommo Friscia qui, il l'avait noté du coin de l'œil un instant auparavant, était en train d'emmagasiner de l'air dans ses poumons tandis que son visage s'arrondissait comme un melon. Le délégué réussit à lui mettre une main sur la bouche pour l'empêcher de faire ce qu'il avait l'intention de faire.

Les pets de bouche de Mommo Friscia étaient légendaires dans tout le pays et au-delà. Ils avaient la force, la consistance et la brutalité d'un tremblement de terre dévastateur, d'une calamité naturelle. L'honorable Nitto Sammartano s'était vu brûler une brillante carrière politique qui l'aurait sûrement porté à un fauteuil de ministre, par un pet de bouche inattendu de Friscia au milieu d'un comice très nombreux. Non que Mommo fût de ses adversaires, il l'avait fait comme ça, par amour de l'art. Plus les paroles étaient ailées, proclamatoires, vibrantes et plus lui venait, irrésistible, son bruit de bouche. Et de ce mémorable pet buccal émis durant l'assemblée électorale Sammartano ne s'était jamais remis ; à l'instant d'ouvrir la bouche en public, il se retrouvait dans une espèce d'état de choc, il devenait débile et balbutiant.

À ce moment précis, au théâtre, avec l'agitation qui y régnait, un bruit de Friscia aurait été comme le son d'une trompe appelant à la révolution. Puglisi lui tint la main sur la bouche jusqu'à ce qu'il le vît virer au violet sous l'effet du manque d'air, puis il le libéra, avec une sensation de brûlure dans la paume de la main, comme s'il avait éteint la mèche d'une bombe. Et cependant, montait à ses oreilles un chœur puissant, composé non par les chanteurs, mais par les spectateurs eux-mêmes.

— C'est froid ! Froid ! Chaud ! Ça brûle ! Ça brûle !

Il tourna un regard éberlué vers la scène. Villaroel n'arrivait pas à repérer la fente centrale du rideau qui lui aurait permis de sortir.

Il allait tantôt à droite (froid ! froid !), tantôt à gauche (froid ! froid !) et c'est seulement quand il se tenait au milieu, qu'il entendait les gens crier : « Tu brûles ! Tu brûles ! » Mais s'il tentait de séparer de la main le velours pesant, celui-ci ne révélait que des plis abondants, sans la moindre ouverture. Enfin, un machiniste vint l'aider et lui maintenir les deux pans du rideau écartés. Villaroel sortit tandis que le public éclatait en chaleureux applaudissements, les premiers et les derniers de la soirée, mêlés de cris : « Bien ! Bravo ! ». Le maire de Vigàta, qui s'effrayait de l'ironie de ses compatriotes plus que d'une fusillade se leva, jaune comme un mort.

— Mes amis, mes compatriotes, commença-t-il d'une voix tremblante. Je vous en prie, je vous en supplie, au nom de Dieu...

Il ne put finir. Sous les yeux de tous, le préfet l'agrippa par une manche, l'obligea à se rasseoir.

— Merde, 'est-ce qui vous prend ? 'est-ce que vous les priez ? Ces gens-là, il faut les passer par les armes ! Restez tranquille et ne nous 'assez pas les 'ouillons.

Derrière le rideau, on changeait le décor à grande vitesse. Malgré l'épaisseur du velours, arrivaient de grands cris, des jurons, des bruits de course, des coups de marteau frénétiques. Dans la salle, tout paraissait s'être calmé, quand de nouveau l'on entendit la voix très haute de Lollò Sciacchitano.

— Je veux pisser ! Je veux aller pisser et y me laissent pas sortir, ces cornards de miliciens ! Maintenant, je vais me mettre à pisser sur le parterre !

Aussitôt, comme sur un ordre donné, tout le public, hommes et femmes, éprouva le besoin de satisfaire un besoin. Deux ou trois dames commencèrent à se tortiller sur leurs sièges, une main sur le ventre.

Voyant que sa dame allait se mouiller, le commandeur Restuccia se leva, empoigna la canne de promenade dont il ne se séparait jamais et ordonna à son épouse :

— Viens avec moi !

Dans le couloir, surgit un milicien.

— Où allez-vous ?

— J'emmène pisser ma dame. Vous avez quelque chose contre ?

— Oui. Le préfet ne veut pas.

— Discutons-en, dit calmement le commandeur Restuccia et de la main droite, il tira sur la poignée de la canne : une lame d'une quarantaine de centimètres en sortit. Il s'agissait non d'une canne de promenade, mais d'une canne-épée très aiguisée.

— Je vous en prie, dit le milicien en se mettant sur le côté.

Cependant, sur la suggestion du préfet, le maire s'était de nouveau relevé et invitait du geste à l'écouter.

— Mes compatriotes ! lança-t-il. Tous ceux qui ont un besoin, qu'ils l'expliquent aux miliciens qui les accompagneront aux toilettes.

La moitié du théâtre se vida d'un coup, et des disputes et des bousculades éclatèrent, sur les priorités, devant les cabinets d'aisances. Puis, enfin, le troisième acte commença. Le décor montrait la galerie d'un château, avec au fond la salle du trône qu'on entrevoyait à travers une porte ouverte. Tous, en chantant, disaient qu'ils attendaient l'arrivée du roi.

— Quel roi ? demanda Mme Restuccia qui, s'étant soulagée, éprouvait de l'intérêt pour les choses de l'art et de la vie.

— Mais putain, qu'est-ce que tu viens me demander ? Quel roi ! Qu'est-ce que j'en sais, moi ! Qui c'est qui y comprend quelque chose ? explosa le commandeur, et il ajouta : Rendors-toi, ça vaut mieux.

Honneur ! Honneur !
Au preux vainqueur !
Grâce à lui l'Angleterre
A cessé la longue guerre

chantaient pendant ce temps, sur la scène, les mêmes qui avaient chanté en brasseurs, puis en soldats et qui maintenant apparaissaient vêtus des riches habits de la noblesse, mais toujours avec les mêmes têtes. Inquiet, Puglisi leva les yeux vers le poulailler, du côté de Lollò Schiacchitano, mais celui-ci s'engueulait avec un voisin et ne s'apercevait pas de ce qui se passait sur la scène.

Dans le théâtre, va savoir pourquoi, tout s'était fait calme et serein. Peut-être les gens s'étaient-ils fatigués de parler et de rire, ils attendaient avec une patience d'ange que la chose finisse. Le préfet paraissait un petit peu moins enragé. Villaroel était revenu à côté de lui et se tenait le buste à demi penché, à cause de son plumet si haut qu'il touchait le plafond de la loge royale. De l'autre côté du préfet se tenait don Memè, avec un sourire qui lui fendait le visage d'un bord à l'autre et le faisait ressembler de manière frappante à un *granato*, une grenade. Mais entre lui et Son Excellence se trouvait donna Giagia, la préfète, immobile comme une statue. Le maire, dernier hôte de la loge royale, se tenait la tête entre les mains et bougeai les lèvres en silence. Il priait.

Puglisi quitta le parterre, sans être arrêté par les miliciens qui maintenant le reconnaissaient, remonta la moitié du couloir, franchit une porte et aboutit sur un palier duquel partaient deux petits escaliers, un conduisant sur la scène et l'autre au-dessous. Il prit le premier et arriva dans les coulisses, à un pas de ceux qui chantaient. Un homme en costume de soirée, nerveux, transpirant, se passait sur le front un mouchoir qui avait été blanc.

— Bonsoir, dit-il. Je suis le délégué Puglisi. Il y a encore beaucoup avant que ça finisse ?

— Disons une demi-heure. Mais je suis très inquiet.

— Moi aussi, assura Puglisi.

— Moi, je m'inquiète pour Maddalena, la soprano qui fait le rôle d'Effy. Elle s'est beaucoup énervée, vous voyez ? Pour ce qui se passe dans la salle. À l'entracte, elle s'est évanouie et j'ai dû lui faire respirer des sels. Après, elle ne voulait pas rentrer en scène. Elle ne va pas tenir jusqu'à la fin.

— Nous voilà bien partis. Vous, pardonnez-moi, vous êtes qui ?

— Je suis l'impresario. Je m'appelle Pilade Spadolini. Je suis le neveu de Son Excellence Bortuzzi, le préfet.

« Tout en famille », pensa Puglisi, mais il ne dit rien.

— Voilà, regardez, poursuivit Spadolini, maintenant, c'est le moment le plus délicat, le duo entre Effy et Anna : là, Maddalena doit s'engager au maximum.

— *Eh bien*, *que dites-vous ?* chantait sur la scène, Effy tournée, l'air moqueur, vers l'autre femme, Anna, et puis lui tournant le dos et fixant le public : *Je veux m'amuser un peu.*

Mais à la tête qu'elle faisait, au tremblement de ses mains, il était clair qu'elle ne s'amusait nullement.

— *Que moi, je serai sa femme !* lui répondit Anna, résolue, en la fixant d'un œil enflammé, les mains sur les hanches.

— *Peut-être que oui, peut-être que non. Ah ! Ah !*

— *Vous riez ?* demanda Anna, mi-ébahie, mi-furieuse.

— *Oui, je ris parce vous n'êtes pas encore sûre de vous*, chanta Effy qui semblait toujours plus décidée à rendre sa rivale folle de rage.

— *Non ! Non !* dit en fait celle-ci d'une voix désespérée.

— *Je vous donne un conseil pour votre...*

Le mot qu'Effy devait encore dire était « bien » : « pour votre bien ». Mais comme la musique le lui permettait, entre « votre » et « bien », elle s'arrêta, se remplit les poumons d'air pour se lancer dans les aigus, et rouvrit la bouche.

À ce moment précis, le milicien Tinuzzo Bonavia, qui souffrait d'accès de sommeil aussi imprévus qu'incoercibles, s'endormit d'un coup, debout, là où il montait la garde, c'est-à-dire devant la porte entrouverte, entre la scène et l'escalier descendant au-dessous. À l'instant où il s'endormit, ses mains qui tenaient le mousqueton s'amollirent, l'arme glissa, heurta de la crosse le sol, tira. Le coup de feu soudain, amplifié en vertu des lois de l'acoustique théâtrale, fit sauter en l'air chanteurs, musiciens, public, tandis que la balle effleurait le nez du même Bonavia qui commença à perdre du sang comme un cochon égorgé et à crier comme le même animal juste avant l'égorgement. Sauf qu'Effy, qui avait maintenant dans ses poumons assez d'air pour faire naviguer un bateau à voile, lâcha son « bien » une fraction de seconde après le coup de feu. Sous le coup de l'épouvante, à la place du « bien », de sa gorge sortit une espèce de hurlement de sirène de vapeur, rauque, très puissant, au point que certains des présents, qui avaient navigué dans les mers du Nord, eurent l'impression d'entendre le terrifiant sifflement que fait la baleine qu'on vient de harponner. Mme l'épouse du commandeur, réveillée au milieu d'un sommeil profond et ne comprenant pas ce qui se passait, en rajouta. Elle cria. Or, avec le cri, le hurlement de Mme Restuccia, il n'y avait pas de quoi plaisanter : quand on lui annonça que madame sa mère était morte, la femme du commandeur poussa un cri, un seul, mais qui suffit à briser les vitres des maisons voisines.

La somme du coup de feu, du cri du milicien blessé, du terrorisant « bien » de la soprano, du cri de Mme Restuccia, déclencha une panique incontrôlée, parce que, en outre, aucun des présents ne regardait vers la scène : s'ils l'avaient fait, ils auraient pu comprendre et se raisonner, mais ainsi cet ensemble les prit par surprise. Tous se levèrent de leur place, impressionnés, puis il suffit que l'un d'eux se mette à courir pour que tous l'imitent Criant, blasphémant, hurlant, pleurant, suppliant, priant, quelques-uns se précipitèrent en courant hors de la salle, se heurtant à l'opposition des miliciens.

Cependant la soprano qui avait fait un couac tombait sur les planches avec un bruit sourd, privée de sens.

Je suis un maître d'école
élémentaire

— Je suis un maître d'école élémentaire et j'ai de la famille, dit Minicuzzo Adornato, le fils du menuisier. Une femme et deux enfants, précisa-t-il.

Le commandeur Restuccia alluma le cigare avec une lenteur qui parut volontaire à Minicuzzo.

— Et c'est pour cela que vous n'avez pas ouvert la bouche contre l'arrestation de votre père, le sachant innocent comme un christ ? demanda-t-il après la première bouffée.

— Oh que oui, monsieur, c'est pour cela, répondit l'instituteur en rougissant de colère contenue. Moi, commandeur, je n'ai pas de pouvoir, je ne suis rien, un vermisseau. Et le fait que j'ai de la famille signifie qu'à peine je bouge, je la ramène, à peine je proteste ou je pousse des cris, l'État me le fait payer en gros et en détail, il me fait bon poids, il met le paquet, il fait ce qu'il veut. Et moi, le lendemain, je me retrouve à enseigner comment on écrit le mot « Italie » dans un trou perdu de Sardaigne. Vous me comprenez ?

— L'État ? reprit calmement Restuccia en le fixant dans les yeux.

— L'État, l'État. Ou vous croyez que le préfet représente la Société pour le Développement Agricole ? La Coopérative d'Assainissement ? L'Association de Bel Canto ? C'est l'État, commandeur, avec ses lois, les carabiniers, les magistrats, la force. Et tous ensemble, ils me la mettent au cul. Et même s'ils comprennent que Bortuzzi est un fils de la dernière des radasses, ils pourront jamais lui donner tort, parce que c'est un d'entre eux, un de ceux qui font l'État.

— Vous avez raison, mais permettez-moi une question. Votre père fait partie de votre famille ?

— Certainement.

— Et alors, pourquoi est-ce que vous ne le défendez pas comme vous feriez, que sais-je, pour vos enfants ou votre dame ?

Minicuzzo Adornato ne répondit pas, cueilli à froid par cette demande. Et le commandeur n'en eut pas de peine pour lui, il continua :

— Une famille est une famille, très estimé ami. Et elle doit se défendre. Et moi, je suis là, je suis venu vous trouver pour vous donner un coup de main.

— Pourquoi ?

— D'abord, à cause de mon petit-fils Mariolo. Et ensuite, parce qu'il ne me plaît pas que, si quelqu'un pense que l'État c'est, sauf votre respect, de la merde, il se décide à rester dans cette merde jusqu'au cou.

— Laissons tomber l'État, dit le maître. Mais quel rapport avec votre petit-fils ?

— Vous vous en souvenez, quand je suis venu, il y a cinq ans, vous remercier de ce que vous aviez fait pour lui ?

— J'ai fait mon devoir. C'était un enfant vif et moi...

— Vous, de tordu qu'il était, vous l'avez fait devenir droit. Il avait perdu son père et sa mère dans un malheur et nous, les grands-parents, nous ne savions pas comment l'aider. Certaines fois, il me venait l'envie de lui mettre la tête dans le bassin et de le laisser se noyer, comme on fait des chiots qu'on veut pas garder.

— Mais qu'est-ce que vous dites ?

— La vérité, très cher ami, la vérité crue et nue.

— Ne dites pas de conneries ! Votre petit-fils Mariolo est un très brave gamin !

— Certes, très brave. Mais c'est vous qui l'avez rendu tel, d'abord en lui donnant des radées et puis en le faisant raisonner, avec de la patience, de la transpiration et de la besogne. Et ce n'était ni votre fils ni votre petit-fils.

— C'est mon travail.

— En matière de travail, pardonnez-moi, je connais la question beaucoup mieux que vous. Moi, je suis à la tête de la société qui fournit les trimardeurs du port. Il n'y a pas de besogne dans le port, aussi bien le chargement du soufre, des amandes, des fèves, que le déchargement des machines et des marchandises, que ne fassent pas mes hommes. Et donc, sur la question de savoir qui travaille bien et qui travaille mal, moi j'en sais beaucoup plus que vous.

L'instituteur tira de la petite poche de son *gilé* sa montre et la regarda.

— Merci de votre solidarité. Mais il s'est fait tard et je dois retourner en classe.

— Pardonnez-moi encore un moment. Je suis là parce qu'il m'a été rapporté que l'autre jour, quand on a arrêté votre père, vous vous êtes mis à pleurer devant toute la classe.

— C'est vrai. Et j'ai aussi présenté mes excuses à mes élèves qui en étaient restés mal. Je ne devais pas le faire.

— Vous deviez le faire, au contraire. Vous avez ainsi démontré que votre père fait partie de votre famille. Et c'est pour ça que je suis là. Maître, votre père don Ciccio est un parfait gentilhomme qui s'est mis contre lui une merde, avec tout le respect que je dois à qui m'entend, comme le préfet Bortuzzi, simplement pour avoir dit en public ce qu'il pensait de cette connerie de *Brasseur de Preston*. Et moi, je me suis pris la liberté de m'en occuper. J'ai écrit deux lignes sur la quistion au député Fiannaca.

— À Fiannaca ? Mais le député ne voudra même pas m'écouter, à moi !

— À vous non, mais, à moi si.

Le maître se rembrunit, il ouvrit deux ou trois fois la bouche comme pour parler, la referma.

— Qu'y a-t-il ? demanda le commandeur.

— Pardonnez ma question, et ce n'est pas une simple façon de parler, pardonnez-la moi vraiment. Mais *u zu* Memè ne le prendra pas mal ?

Les yeux du commandeur devinrent très très froids.

— Memè est la mouche qui se pose sur la merde. Ne vous inquiétez pas pour Ferraguto. Vous, demain matin, prenez le train de cinq heures pour Misilmesi. Il arrive à sept heures et demie, à huit heures, vous frappez à la porte du député et il vous recevra tout de suite.

— Qu'est-ce que vous avez écrit sur cette lettre ?

— Rien. J'ai écrit que vous êtes une personne méritante, qui a subi une injustice, et un ami à moi.

À huit heures pile, Minicuzzo Adornato se trouva à Misilmesi, dans l'antichambre de maître Paolino Fiannaca, député. À peine se fut-il présenté que l'*onorevole*, très maigre, très grand, moustaches à la tartare, œil fou derrière son pince-nez, veste d'intérieur, pantoufles aux pieds, leva les bras et les tint devant lui comme pour mettre une distance entre Minicuzzo et lui.

— Excusez-moi, mais un préambule est tout à fait nécessaire. La lettre de l'ami Restuccia ne précisait pas. À qui voulez-vous parler ?

Minicuzzo le regarda, ébahi, il s'était levé de bon matin et se sentait la tête confuse.

— Je voudrais parler...

— Avec maître Fiannaca, avocat ? l'interrompit vite l'autre.

— Avec M. Fiannaca, oui, mais pas avec l'avocat, dit Adornato en retrouvant une certaine lucidité.

— Avec le député Fiannaca, alors ?

Minicuzzo resta incertain. Fiannaca décida de l'aider.

— C'est une quistion politique ?

— Oh que non, monsieur. Du moins, je crois pas.

Le visage du député s'éclaira.

— Alors vous voulez parler avec Fiannaca, président de la Société de Secours Mutuel Honneur et Famille ?

— Avec lui, répliqua Adorno qui n'était pas si con.

— Dans ce cas, nous devons sortir d'ici. Ici, c'est le bureau du député.

Il brandit une petite clé qu'il avait prise parmi tant d'autres accrochées au mur et fit signe à Minicuzzo de le suivre. Vêtu comme il l'était, le député passa la porte palière et tourna à droite. Il ne s'arrêta pas devant une petite porte à côté de laquelle une plaque portait l'inscription « PAOLO FIANNACA, AVOCAT », et devant laquelle attendaient cinq ou six personnes qui, au passage de l'*onorevole*, s'inclinèrent dévotement en murmurant des saluts et des bénédictions. Quelques mètres plus loin, près d'une autre petite porte, une plaque annonçait : « SOCIÉTÉ DE SECOURS MUTUEL HONNEUR ET FAMILLE ». Appuyé contre le chambranle, un homme de deux mètres était habillé en chasseur, avec casquette, fusil à l'épaule, cartouchière autour du ventre.

— Donnez-la-moi, dit-il dès que le député fut à sa portée.

Fiannaca lui tendit la clé. L'homme déverrouilla la porte, entra, ouvrit la fenêtre de l'unique salle qui constituait le siège de la Société.

— Besoin d'autre chose, 'xcillence ?

— Rin, attends dehors.

Hors une dizaine de chaises, deux bureaux— dont l'un derrière lequel s'assit le député, et quelques lampes à pétrole, la salle était vide. On ne voyait pas une feuille de papier, un dossier, un classeur : dans cette Société, tout passait par la parole.

163

— Mon très cher ami Restuccia m'a écrit que vous souffriez d'une injustice. Et alors, pourquoi ne vous êtes-vous pas adressé à la justice ?

— Parce que si la justice commet une injustice, la même justice ne peut se mettre à faire la justice en se baisant elle-même.

— Le raisonnement se tient, observa le député. L'injustice, c'est vous qui la subissez ?

— Oh que non, monsieur le député, c'est mon père. Qui a été arrêté sous l'accusation de vol par ordre du préfet Bortuzzi.

— Ah ! commenta sèchement Fiannaca.

— Et cette fable du vol, le préfet l'a fait sortir seulement parce que mon père, il n'aime pas l'opéra que le préfet veut faire represénter au nouveau théâtre de Vigàta. Il a mis dans le coup le capitaine Villaroel et don Memè Ferraguto.

— Arrêtez là, intima le député, soudain très attentif et il cria : Gaetanino !

Le chasseur se matérialisa comme par un tour de prestidigitation.

— Qu'y a-t-il ?

— S'il vous plaît, répétez à Gaetanino ce que vous venez juste de me dire.

Minicuzzo sentit la rage s'emparer de lui, qu'est-ce qu'ils voulaient de lui, ces deux-là ? C'était une menace ?

— Je le répéterais même devant le Christ. Le préfet a envoyé en prison mon père en lui tendant un piège avec la complicité du capitaine Villaroel et de ce grand cornard de don Memè Ferraguto.

— J'ai bien entendu ? demanda calmement le député. Vous avez dit que don Memè est un cornard ?

Minicuzzo comprit que sa vie, celle de son père et de sa famille entière étaient suspendues à la réponse qu'il allait donner. Il se découvrit un courage qu'il ne croyait pas posséder et ce fut plus cette découverte que la tension, qui le fit transpirer.

— Oh que oui, monsieur. Don Memè est un grand cornard.

Le député le fixa un moment puis se tourna vers le chasseur.

— Gaetanino, tu as entendu de tes propres oreilles. Ce monsieur, qui m'a été présenté par le commandeur Restuccia, est des nôtres. À partir d'aujourd'hui si, par exemple, il sort un jour de pluie et qu'il glisse dans une flaque, je veux qu'il ne touche pas terre, je veux qu'à côté de lui, il y ait quelqu'un qui le rattrape au vol. Je me suis expliqué ?

— Parfaitement.

Gaetanino porta deux doigts à sa casquette et sortit.

— Et maintenant, à nous, dit Fiannaca. Reprenons tout depuis le début. Cela fait trois mois que je suis absent de Sicile, j'ai été sans arrêt occupé au Parlement. Et sur cette affaire ne me sont arrivées que des rumeurs auxquelles, moi, honnêtement, je n'ai compris que dalle. Voulez-vous m'expliquer ce qui se passe à Vigàta ?

Vers trois heures de l'après-midi, don Memè, furieux au point qu'on avait l'impression qu'il lui sortait de la fumée et du feu du nez, était en train de surveiller ceux qui collaient sur les murs de Vigàta les affiches de la prochaine représentation. Car, alors qu'à Montelusa et dans les villages voisins, les affiches restaient collées, celles qu'on apposait à Vigàta avaient disparu après même pas une heure et on ne savait pas où elles étaient passées. Don Memè avait décidé de suivre en personne le collage (le troisième ! fils de putes), jusqu'à ce que la colle ait pris, car une fois celle-ci séchée, arracher les affiches, pour ceux qui en avaient l'intention, aurait été beaucoup plus difficile. Sa concentration sur la besogne fut troublée par un trot de cheval qui s'arrêta à sa hauteur. Don

Memè leva la tête et vit que sur la monture, il y avait Gaetanino Sparma, le fermier du député Fiannaca de Misilmesi. Fermier, c'était une façon de parler, parce qu'il était connu *urbi et orbite* premièrement, que Gaetanino n'était pas capable de distinguer entre un olivier et une vigne et, secundo, que le député n'avait pas même un jardin. C'était un euphémisme : cela signifiait que Sparma était employé dans les autres « domaines » dont s'occupait Fiannaca. Et cela, don Memè le savait très bien.

— Don Gaetanino ! Quel plaisir ! Comment se fait-il que vous soyez par chez nous ?

— Je suis pressé et de passage.

— Descendez un moment, que je vous offre un verre de vin.

L'autre descendit, en redressant le fusil qu'il portait à l'épaule et ils se serrèrent énergiquement la main.

— Votre Seigneurie, don Memè, doit me pardonner si je n'accepte pas. Mais vraiment, je n'ai pas le temps. Je me suis trouvé ici de passage.

Et il ne dit plus un mot, se limitant à arranger les rênes. Aussitôt, don Memè comprit que la chose était sérieuse et qu'il lui revenait de parler.

— Qu'y a-t-il ? Le député...

— Le député, coupa l'autre, me disait justement ce matin que si j'avais le plaisir de rencontrer Votre Seigneurie, je devais vous dire un mot.

— À ses ordres.

— Des ordres ? Toujours de très humbles prières. L'*onorevole* veut faire savoir que pour l'affaire du menuisier arrêté, il y a eu une erreur. Une erreur de Votre Seigneurie, don Memè.

— Ah oui ?

— Oui. Et qu'il y a aussi une erreur dans votre trop grande amitié avec le préfet.

Don Memè blêmit.

166

— Je voudrais expliquer, commença-t-il.

L'autre se figea et le regarda.

— À moi ? Votre Seigneurie veut expliquer à moi ? Moi, j'y comprends rin à ces choses, je fais seulement ce qu'on m'ordonne. Si Votre Seigneurie veut expliquer quelque chose, elle doit le faire au député.

D'un bond, il remonta à cheval et repartit au galop.

Après que don Memè, pâle mais résolu, eut fait un discours concis aux Lumìa, mari et femme, celle-ci fit appeler Villaroel. À son tour pâle mais tout autant résolue, elle expliqua au capitaine comment saint Antoine, apparu en rêve, l'avait illuminée, en lui rendant la mémoire : c'était elle qui avait caché les bijoux, dans la crainte qu'une nouvelle servante ne les lui vole. Il convenait d'intervenir tout de suite, un innocent comme le menuisier, accusé à tort, ne devait pas rester une minute de plus en prison. Elle était prête à payer réparation pour la fausse accusation.

— Je suis heureux que votre innocence ait été re'onnue, dit Bortuzzi au vieux tremblant qui se tenait devant lui. Mais avant que vous rentriez chez vous, je voudrais vous demander une chose sans importance.

— Je suis votre très humble serviteur, réussit à balbutier le menuisier.

— Voulez-vous m'expliquer pourquoi vous êtes si opposé à la représentation du *Brasseur de Preston* ?

Le menuisier lui lança un regard ébahi, il s'attendait à tout sauf à cette dimande, il se convainquit rapidement que le profet condescendait à faire une blagueu avec quelqu'un comme lui.

— Votressellence parle sérieusement ?

— Tout à fait, mon ami.

Le menuisier y réfléchit un instant puis il attaqua, rassuré.

— Xcillence, je naquis en 1805. Mon père était pauvre ; à la maison, des fois, on mourait de faim. Dès l'âge de six ans, je fus pris comme apprenti du menuisier Foderà, qui était un lointain parent de ma mère. Foderà était un maître charpentier connu dans tout Palerme, un artiste. Il me prit en affection et m'emmenait toujours avec lui. Une fois, j'avais une dizaine d'années, maître Foderà me conduisit au palais d'un Allimand qui de son nom s'appelait, il me semble, Marsan et qui avait besoin qu'on lui répare deux *armuar* anciennes. Mais de ses meubles, il était très jaloux et il se mit en tête que la besogne fût faite dans son palais, même si cela venait à lui coûter plus cher. Comme, à lui, cela lui plaisait de venir nous regarder, nous autres, pendant que nous besognions, l'Allimand se mit à jouer de la flûte dans la pièce où nous étions et un jour vint le trouver un baron qui avait pour nom Pisani. Ce baron racontait toujours que, quelques années avant, il avait écouté au Real Teatro Carolino un opira, il me semble que ça s'appelait *Fannu tutte accussi*[1], d'un certain Mozzat et que cet opira, qui, à lui, au baron, lui avait paru magnifique, n'avait plu à aucun Palermitain. Alors, le baron, il avait résolu d'en faire représenter un autre du même Mozzat, appelé *U flautu magicu*[2], entièrement à ses frais. Il fit venir chanteurs, orchestres, décors et tout le reste de Naples en payant de sa poche.

Et comme ça, le baron dit à l'Allimand que le lendemain, il y avait cette reprisintation et qu'au thriâtre, il ne voulait personne de Palerme, seulement l'Allimand. Aujourd'hui encore je sais pas pourquoi mais moi, laissant en plan la besogne, je me plantai devant M. Marsan et lui demandai de m'emmener moi aussi à la reprisintation. L'Allimand se mit à rire, fixa le baron et lui fit oui

1. En italien : *Così fan tutte*.
2. En italien : *Il flauto magico (La Flûte enchantée)*.

168

de la tête. Le lendemain, dans le thriâtre, il n'y avait que nous trois : le baron et M. Marsan étaient installés à l'intérieur de la loge la plus grande qu'y avait, moi je me cachai tout en haut, près du toit. À peine cinq minutes après que l'orchestre a commencé à jouer et les chanteurs à chanter, à moi, il est commencé à venir certainement une forte fièvre. Le cœur me battait fort, j'avais tantôt très très chaud, tantôt très très froid, la tête me tournait. Je dirais plus, comme si j'étais devenu une bulle d'eau savonneuse, de celles légères et transparentes que les minots font avec une paille pour jouer, je commençai à voler. Oh que oui monsieur, à voler. Xcillence, vous devez me croire : je volais ! Et d'abord, le thriâtre m'apparut du dehors, puis la place avec toutes les personnes et les animaux, puis la ville entière qui me parut petite petite, puis je vis les campagnes vertes, les champs de blé du Nord, les déserts jaunes qu'on dit qui sont en Afrique, puis tout le monde entier, je vis, une petite boule de couleur comme celle qui est à l'intérieur de l'œuf. Après, j'arrivai près du soleil, je montai encore et me trouvai au paradis, avec les nuages, l'air frais peint en bleu clair, querques étoiles encore allumées. Puis la musique et le chant finirent, je rouvris les yeux et je vis que dans le thriâtre, j'étais resté seul. Je n'avais pas envie de sortir, je m'entendais encore la musique à l'intérieur. Je m'endormis et me réveillai, m'évanouis et revins à moi, je ris et pleurai, je naquis et je mourus, toujours avec cette musique qui jouait dans moi. Le lendemain, alors que je souffrais encore de la fièvre, je demandai à M. Marsan de m'apprendre à jouer de la flûte, et il le fit. Et c'est tout, xcillence. Après ce jour-là, moi, je vais écouter de la musique et des opiras, je prends même le train, et je cherche, je cherche sans jamais trouver.

— Qu'est-ce que vous cherchez ? demanda le préfet, qui sans s'en rendre compte, s'était mis debout.

— Une musique, xcillence, qui me fasse éprouver le
même bonheur, qui me fasse voir comme est fait le ciel.
Or ce *Brasseur*, xcillence, c'est une musique peut-être
bonne, je dis pas le contraire, mais...

— Laissez tomber, dit brusquement Bortuzzi.

Un jeune homme
à l'air simple

Un jeune homme à l'air simple et commun se présenta au bureau de Puglisi vers trois heures d'après-manger, quand le délégué avait encore les burnes cassées et fumantes de la discussion qu'il avait eue avec le fils du médecin Gammacurta une demi-heure plus tôt.

— Mais pourquoi ni toi, ni ta mère, vous vous êtes pas inquiétés du fait que ton père, *u dutturi*, cette nuit, n'est pas rentré à la maison ?

— Maman, elle a conclu que mon père était allé passer la nuit avec la radasse, la sage-femme, comme il faisait souvent.

— Bon, mais moi je sais que la sage-femme, et non pas la radasse comme tu dis, vu que le docteur n'était pas allé la trouver dans la nuit et que dans la matinée, il ne s'était pas montré non plus au cabinet médical, elle s'est inquiétée et elle est venue chez vous demander si par hasard Gammacurta était malade. C'est vrai, ou pas ?

Oh que si, c'est vrai, la radasse est venue.

— Et alors ?

— Maman a répondu à la radasse que où se trouvait mon père ça ne regardait pas une radasse comme elle.

— Mais, Seigneur, si ton père avait disparu et que même la rad... la sage-femme s'inquiétait, comment se fait-il que vous ne vous soyez pas précipités ici, pour me dire que vous n'aviez pas de nouvelles du docteur ?

— Excusez, diligué, mais si moi et ma mère on venait avant chez vous, mettons ce matin à l'aube, mon père, on le sauvait ?

— Non. Quand je l'ai trouvé, il était encore vivant, mais il avait perdu trop de sang.

— Et alors ?

Puglisi donna un coup de poing sur la table, se fit mal à la main, jura, se leva de sa chaise, fit deux fois le tour de la pièce, réussit à se calmer.

— Excusez, diligué, mais ça veut dire quoi, ce que vous faites ?

— Ça veut dire, mon enfant, que ton père a très bien fait de se faire tirer dessus, étant donné qu'il était condamné à vivre à côté de gens comme toi et ta mère. Bonjour chez toi.

Le jeune homme à l'air simple et commun qui entra dans le bureau après le fils de Gammacurta, dès qu'il eut dit une dizaine de mots, ne parut plus aux yeux de Puglisi ni si simple ni si commun.

— Je m'appelle Mario Filastò, se présenta-t-il, et je suis expert des Assurances Foncières de Palerme.

Puglisi l'examina, il avait les vêtements froissés, une poche qui pendait toute chopinée hors de la veste, les mains et le visage couverts de noir de fumée. Filastò comprit la curiosité du délégué.

— Excusez-moi pour l'état dans lequel je suis réduit, mais en examinant le théâtre, je me suis sali de cette manière.

— Et moi, comment je suis ? rétorqua brusquement Puglisi qui n'avait pas réussi à se changer et dont les habits, trempés de sel, au fur et à mesure qu'ils séchaient, se péguaient à lui et se solidifiaient comme s'ils avaient été en ciment à prise rapide.

— Vous voyez, délégué, dès mon arrivée à Vigàta, tout le monde m'a raconté que le théâtre avait acciden-

172

tellement pris feu, peut-être parce que quelqu'un avait jeté à terre un mégot de cigare encore allumé. Si les choses se présentent comme dit la voix du peuple, la société que je représente doit payer les dégâts, pas moyen de faire autrement, les dégâts on doit les payer direct, argent sur la table, comme quand on joue à la *zecchinetta*. Mais si par hasard, les choses ne sont pas ainsi, et qu'on a mis le feu au théâtre avec l'intention d'y mettre le feu, alors le problème change et ma société n'est pas tenue de payer le moindre sou, même pas un pois chiche. Je me suis fait comprendre ?

— Oui. Et vous, qu'est-ce que vous en pensez ?

— Qu'au théâtre, on a mis le feu intentionnellement.

— Cela, vous êtes tenu de le penser, excusez-moi, parce que cette pensée, si elle est démontrée, ferait économiser à votre société une montagne de sous. La question est qu'il ne suffit pas d'une pensée.

— Délégué, moi, j'ai pas de pensée. J'ai une opinion précise et bien ancrée, confortée par certains faits. C'est pour cela que je viens vous voir, pour vous prier de m'accompagner au théâtre. Il y a quelque chose que je dois vous faire voir. Vous verrez que je ne parle pas en l'air.

— À l'instant ?

— À l'instant même, dit, implacable, le jeune Filastò.

Il pleuvait à trempe-croquant, de cette bruine faible qu'on dirait même pas qu'il pleut et le paysan, le croquant, continue à besogner au champ jusqu'au soir et à la fin il se retrouve plus trempé qu'après un déluge universel. Tandis qu'ils se dirigeaient vers le théâtre, Puglisi sentait ses vêtements s'amollir, son pantalon maintenant lui permettait un pas plus délié.

— Croyez-moi, dit Filastò. Moi, j'ai beaucoup d'expérience en ce qui concerne le feu. Je sais comment il naît, comment il croît, comme il est capricieux, et qu'il suffit d'un rien à le faire changer d'idée, de direction, de force. Le feu du théâtre a commencé de la partie arrière, de derrière, et non dans la salle où étaient les gens.

— Sur la question de l'endroit où a démarré le feu, moi aussi, j'y ai un peu réfléchi, dit Puglisi.

Ils étaient arrivés devant la petite porte qui donnait sous la scène, entièrement brûlée et avec la marque noire et blanche d'une flamme qui s'allongeait sur le mur, au-dessus de l'embrasure.

— Le feu, comme on peut voir, venait de là, dit l'expert. C'est de là qu'il a pris corps. Puis il a fait un demi-tour et il a commencé à attaquer l'arrière de la scène. De là, il s'est déplacé vers la salle. Tout le contraire de ce que croient les gens. Celui qui a mis le feu a aussi cassé les vasistas pour qu'il y ait plus de tirage. Vous voyez, délégué ? Les vitres cassées des vasistas sont tombées à l'intérieur, et pas dehors. Maintenant, venez avec moi.

Ils entrèrent en descendant les marches qui avaient résisté. Et à peine entré, Filastò alluma une lampe à pétrole qu'il avait auparavant, lors de la première inspection, disposée au pied de l'échelle.

— Regardez, là, dit-il en indiquant un endroit juste à côté de la porte. Ici, les machinistes m'ont dit qu'il y avait les décors enroulés et placés près de la porte, prêts à être emportés dehors et chargés après le spectacle. Regardez. Qu'est-ce que c'est, ces morceaux de terre cuite, selon vous ?

— Ça me semble un reste de cruchon, je ne sais pas, une jarre. Certainement, quelque chose où on met de l'eau à boire.

— Oh que non, monsieur, vous vous trompez. Regardez bien.

Le jeune homme posa la lampe, s'accroupit, entreprit de remettre ensemble les bouts de terre cuite, les faisant coïncider. Quand il eut fini, tenant entre ses mains la chose d'argile qui menaçait à chaque instant de retomber en morceaux, il se tourna vers le délégué :

— Ce n'est ni un cruchon, ni une jarre. Ce n'est pas fait pour contenir de l'eau, regardez bien.

— C'est un *caruso*, une tirelire, dit Puglisi, étonné.

— Exact. Et il y a d'autres morceaux d'une autre tirelire par là, où se trouvaient les costumes de la compagnie.

— Certes, il est curieux qu'à tous ces gens de théâtre, il vienne d'un coup une envie d'économie, commenta Puglisi qui n'y comprenait goutte.

Filastò laissa tomber à terre les morceaux de tirelire ; dans les mains ne lui en restèrent que deux qu'il mit sous le nez de Puglisi.

— Sentez, dit-il.

Puglisi approcha le nez, huma, une ride lui apparut sur le front.

— Ça sent le pétrole, dit-il.

— Et vous me croyez si je vous dis que les autres morceaux du deuxième *caruso* puent aussi le pétrole ?

— Je vous crois. Qu'est-ce que ça signifie ?

Filastò ne répondit pas, il remit en place les deux morceaux, s'essuya les mains sur son habit dont à présent on ne pouvait deviner la couleur.

— Il y a querqu'un au pays qui fabrique ou vend des choses en terre cuite ?

— Oui, il y a don Pitrino.

— Allons le voir.

— Au point où on en est, dit Puglisi, résigné, en écartant les bras.

En route, le délégué sentit la nécessité de féliciter le jeune homme.

— C'est sûr qu'il fallait avoir l'œil, pour comprendre que ces bouts de terre cuite n'étaient pas des débris de choses brisées par l'incendie.

— Il faut avoir l'œil, oui. Mais c'est comme un jeu, un pari. On regarde tous les dégâts que le feu a faits, on regarde attentivement, on regarde et on reregarde et puis on dit :

175

il y a quelque chose qui ne va pas. Et on reregarde encore un bon coup jusqu'à ce qu'on découvre ce qui ne va pas.

Le père Pitrino salua le délégué d'un sourire, Puglisi lui était sympathique.

— Mon ami ici présent, dit le délégué, voudrait acheter un *caruso* pour son fils qu'est minot.

— J'en ai de toutes les tailles.

— Lui, il en voudrait un à peu près comme ça.

Et il lui montra la taille avec les mains.

— J'en ai une demi-douzaine de ce genre, dit le vieux, venez dans la réserve.

Derrière la maisonnette, la réserve débordait de *bummola*, *bummoliddri*, *quartare*, *quartareddre*, *cocò*, *giarre*, *giarriteddre*, *graste*, *tannùra*, *canala*[1]. Le vieux, tandis qu'il leur indiquait l'endroit où étaient alignés les *carusi*, se figea soudain.

— Qu'y a-t-il ? demanda Puglisi.

— Il y a que les *carusi* comme ceux que veut votre ami, hier, après-déjeuner, je les ai comptés, et il y en avait six, maintenant, il n'y en a plus que quatre. Vous voyez l'espace vacant et ces deux cercles par terre qui montrent l'endroit où ils étaient ? Ça se voit qu'un fils de sale putain, cette nuit, a escaladé la palissade et me les a piqués.

Filastò et Puglisi échangèrent un rapide coup d'œil entendu. Le vieux se baissa pour prendre un des quatre *carusi* qui restaient.

— Comme ça, ça va ?

---

1. Liste de récipients traditionnels : la *bummola* est une cruche qu'utilisaient les paysans pour emporter à boire (et garder l'eau fraîche) aux champs, la *bummoliddri* est une petite *bummola* ; les *quartare* et *quartareddre*, plus grands, ont la même forme (qui rappelle l'amphore romaine) et servaient au transport de l'eau à dos d'âne ; *giarre* et *giarriteddre* : jarres et petites jarres ; le *cocò* est une cruche munie d'une sorte de filtre à travers lequel l'eau fait, à l'oreille sicilienne « *cocò, cocò* » ; *graste* : vases ; *tannùra* : cuvette vernissée servant à faire la vaisselle. *Canala* est un régionalisme pour « *tuile* ».

Ça allait. Alors Filastò demanda que le *caruso* soit rempli de pétrole, marchandise qu'on vendait aussi dans la boutique. Le père Pitrino, en dépit de l'étrangeté de la demande, ne posa pas de question et se limita à l'exécuter avec quelque difficulté. Filastò se fit aussi donner un bout de chiffon. Puglisi paya et ils sortirent. À une dizaine de pas de la cahute du vieux, on était déjà en pleine campagne. Filastò fit voir pratiquement au délégué comment fonctionnait le *caruso*, le pétrole et le bout de chiffon. Ensuite, ils s'en furent, tandis que dans leur dos les herbes, les branchages et les broussailles que le jeune homme avait allumés en jetant contre eux le *caruso* brûlaient malgré la pluie qui les détrempait.

— Comment y êtes-vous arrivé ?

— Vous voulez dire aux deux *carusi* utilisés de cette manière ? Je n'y suis pas arrivé moi, je m'en suis seulement souvenu. Notre compagnie d'assurances est grande. Elle a des bureaux dans toute l'Italie et ces bureaux s'échangent des informations sur les différentes manières dont les gens baisent l'assurance. J'ai pensé que notre agent de Naples, et aussi celui de Rome nous avaient signalé deux cas qui...

— De Rome ? l'interrompit Puglisi, tout à coup très attentif.

— Oui, de Naples et de Rome.

— Excusez-moi, je voudrais votre opinion. Pourquoi, selon vous, ont-ils mis le feu au thriâtre ?

— Bah, je ne saurais dire. Ou peut-être parce qu'à Vigàta, il y a querqu'un qui veut foutre le préfet plus que ce qu'il s'est déjà foutu lui-même.

— Excusez-moi encore, mais vous êtes vraiment convaincu que l'incendie a éclaté quelques heures après que tout était fini et que les gens étaient rentrés chez eux ?

— Il n'y a pas de doute : l'incendie a été déclenché à froid, quelques heures après que le calme est revenu à Vigàta.

177

— Ça ne me convainc pas.

— Quoi ?

— Qu'un Vigatais quelconque, après que tout est redevenu calme, se ravise en cachette comme un cornard et met le feu au thriâtre. C'est pas dans la manière des gens d'ici, ça c'est une main étrangère.

Quand ils furent de retour dans le centre, Filastò quitta le délégué.

— Je retourne au théâtre, chercher d'autres confirmations. Vous, en tout cas, vous êtes d'accord que l'incendie est criminel ?

— Je suis d'accord.

Ils se saluèrent avec des regards de sympathie. Puis le délégué lui tourna le dos et se mit presque à courir vers son bureau.

— Sellez-moi le cheval, en vitesse.

À mi-trajet sur la route de Montelusa, avec la pluie qui avait recommencé à tomber à verse, il tomba de cheval sous le poids de la fatigue, se salit encore davantage les vêtements, se fit mal à une épaule, remonta et remit sa monture au galop, pour autant que le terrain trempé le lui permettait. À la questure, son état attira des regards étonnés et curieux et le *dottor* Meli, surnommé *u tabbutu*, le cercueil, exprima l'opinion que les autres avaient gardée pour eux.

— Comme vous vous êtes mis, vous ne pouvez vous présenter devant le questeur.

— Et alors, à M. le questeur, vous y parlerez vous, pour moi.

— Je dois vous avertir que le questeur est très irrité contre vous à cause du billet que vous lui avez envoyé. Vous demandez trois jours pour les enquêtes, et cela va bien, mais vous avez ajouté que ces enquêtes pourraient impliquer de hautes personnalités. Cela vous paraît des choses à mettre noir sur blanc, sans aucune précaution ?

178

Puglisi rougit de fureur.

— Eh bien, tant que vous y êtes : faites savoir au questeur que quand j'ai écrit « hautes personnalités », j'utilisais le pluriel pour ratisser large mais que je pensais seulement au préfet. Maintenant, je me suis convaincu que le pluriel est justifié.

— Il y aurait d'autres hautes personnalités impliquées ?

— Oh que oui, monsieur.

— Par exemple ?

— Par exemple, la personne avec laquelle vous allez parler d'ici un instant.

Le *dottor* Meli fit un saut en l'air, un saut véritable, au point que quand il retomba, un carreau de la fenêtre tinta. Il pâlit, serra avec violence un bras du délégué, lui chuchota tout contre son visage :

— Vous rendez-vous compte de ce que vous êtes en train de dire ?

— Parfaitement. Pourquoi vous ne m'avez pas donné tout de suite l'ordre d'arrêter le mazzinien venu de Rome ?

— Silence ! intima Meli. Venez dans mon bureau !

Ils quittèrent l'antichambre où il y avait un caravansérail de gens qui allaient et venaient et s'étaient faits tout oreilles. Dans le bureau, Puglisi, sans même attendre l'invitation, s'assit sur une chaise, crevé.

— Expliquez-vous, mais essayez de rester calme et n'élevez pas la voix.

— Pourquoi vous ne m'avez pas donné tout de suite l'ordre d'arrêter le mazzinien ? redemanda Puglisi qui s'était un peu calmé.

— Moi, l'affaire, je l'ai dite au chevalier.

— Et lui ?

— Il m'a dit d'attendre quelques jours, au moins jusqu'après l'inauguration.

— Et pourquoi ?

179

— Je ne sais que vous dire.

— Quelle belle idée il a eue M. le chevalier. Si vous me l'aviez fait arrêter à temps, cet individu n'aurait peut-être pas réussi à brûler le thriâtre.

— Vous êtes convaincu que c'est lui ?

— De certitude, pour l'instant, je n'en ai pas. Mais dès que je l'attrape, je me fais tout raconter et vous verrez que j'ai raison. Donnez-moi l'ordre écrit et daté.

Meli se leva lentement comme si son cul ne pouvait plus se détacher du siège, frappa à la porte du questeur, entra.

— Chevalier, dans mon bureau, il y a Puglisi.

— Qu'est-ce qu'il *voeur* ?

— Il veut tout de suite l'ordre d'arrestation pour ce mazzinien caché à Vigàta, Traquandi.

— Faites-le-lui.

— Oui monsieur, mais la difficulté est que le délégué pense que, celui qui a mis le feu au théâtre, ce fut justement Traquandi.

— Et alors ?

— Chevalier, si c'est le Romain, et Puglisi se trompe rarement, nous serons accusés par le même Puglisi de ne pas l'avoir fait arrêter avant.

— Oh merde ! s'exclama le questeur qui avait enfin compris.

— Et il y a aussi deux morts dans l'affaire.

— Mais ils n'étaient pas trois ?

— Oh que si, mais le troisième mort, le médecin Gammacurta, n'est pas sur notre compte. Sur celui-là, c'est un homme de Villaroel qui a tiré. Celui-là il va sur le compte du préfet.

Le questeur fixa Meli puis battit des paupières et prit une expression interrogative.

— Écoutez, Meli, vous êtes vraiment sûr que c'est moi qui ai donné l'ordre de retarder l'arrestation ? Est-ce que vous n'auriez pas mal compris ce que je vous ai dit ?

Vieille histoire, mais cette fois, Meli ne voulait pas marcher, le risque était trop grand.

— Chevalier, excusez-moi, mais cette fois, je m'en souviens bien, parce que le copiste avait déjà préparé l'ordre de capture et que je lui ai dit de le déchirer, étant donné que vous aviez décidé autrement.

Le chevalier avait essayé. Il changea de tactique.

— Qu'est-ce qu'on peut faire ?

— Raisonner un peu là-dessus avant de recevoir Puglisi.

Le peu de raisonnement se transforma en deux heures de paroles murmurées et de vastes silences pensifs, au point que quand le *dottor* Meli alla chercher Puglisi pour un entretien avec le questeur, il le trouva qui dormait, le front appuyé à la table, les bras pendant entre les jambes.

Si par une nuit d'hiver

Si par une nuit d'hiver, déjà mauvaise par elle-même, avec pluie tonnerre éclairs et vent, un voyageur était passé sur la place où surgissait le nouveau thriâtre de Vigàta, en voyant les dégâts au milieu desquels il se retrouvait, réverbères arrachés, plates-bandes ravagées, vitres cassées, miliciens qui couraient en tous sens dans la rue, carrosses qui allaient et venaient avec des personnes blessées ou des dames évanouies, en entendant des coups de feu lointains, des cris tantôt plaintifs, tantôt furieux, des prières, des appels à l'aide, des jurons, ce voyageur aurait aussitôt éperonné son cheval pour échapper à ce qu'il aurait eu quelque raison de prendre pour un nouveau quarante-huit. Jamais au grand jamais, il n'aurait pu imaginer que ce gâchis, ce désastre, cette ruine avaient été causés par le couac d'une soprano. Terrible et horrible couac, c'est vrai, qui donna à tous l'impression qu'un vapeur, actionnant sa sirène de brume, était tout à coup entré dans la salle, et il faut aussi considérer que quelqu'un, dans le même temps, avait aussi tiré un coup de mousqueton. Mais ce qui, en vérité, déclencha le sauve-qui-peut général, ce fut l'habileté de celui qui avait construit le thriâtre. Un thriâtre, avait-il raisonné, est fait pour que quiconque se trouve à l'intérieur entende tout ce qui y sera chanté et joué. Et ainsi, à la sirène du vapeur et au coup de feu vint s'ajouter un grondement, à la fois sismique et harmonique, qui naquit

en quelque partie ignorée du thriâtre. L'explication de c
son, si on y raisonnait froidement, mais certes pas en ce
moment de tumulte, se trouvait dans le fait que dans le
thriâtre, il y avait aussi messieurs les musiciens d'orchestre, lesquels, ayant entendu le coup de feu et la
sirène (ou vice versa), énervés comme ils l'étaient par la
façon dont se déroulait la soirée, tous ensemble se libérè-
rent de leurs instruments pour mieux s'en aller. Or les
instruments étaient fort nombreux, de la contrebasse au
basson au trombone aux violons aux octavins à la grosse
caisse aux tambours et ces instruments, d'abord soulevés
en l'air puis retombés à terre, firent beaucoup de bruit et
le firent dans cette partie du thriâtre qu'on appelle le
golfe mystique ou quelque chose de similaire, et dont le
but est d'amplifier le son de l'orchestre. En conséquence, il parut à tous que d'un coup, et sans raison
aucune, le thriâtre avait décidé de s'enfoncer sous terre.

Don Memè Ferraguto n'avait bronché ni au couac ni
au coup de feu, mais à ce son magique et impressionnant
qui vint du côté de la scène, il fut complètement bouleversé.

— C'est une bombe ! cria-t-il.

Ayant saisi la préfète qui était tout étourdie, il la souleva et la porta sur l'arrière de la loge, en la collant
contre le mur, tandis que Villaroel, qui n'y comprenait
goutte, sortait avec violence son sabre. Le maire, qui
avait le réflexe un peu lent, pour son malheur commença
à se dresser sur son siège et se retrouva à portée de
l'arme du capitaine. Il tomba en arrière, le front entaillé
par la pointe de la lame, mais personne ne fit attention à
lui. Le préfet, de son côté, fut prompt à se relever et à se
mettre à côté de son épouse, recevant en partie la protection de don Memè.

Les choses en étaient précisément là, quand les gens
commencèrent à vouloir sortir du parterre et des loges, et
à rencontrer la résistance des miliciens qui les repous-

...aient à coups de pied et de plat du sabre. L'ordre était de ne laisser sortir personne et eux s'y tenaient. Ce fut au cours de ces poussées, de ces bousculades en avant et en arrière que don Artemisio Laganà, jusqu'alors considéré comme un homme d'esprit serein toujours disposé à des médiations raisonnables, perdit d'un coup la tête et son paisible jugement, tira la canne-épée et embrocha l'épaule du milicien Tarantino Arfio, en criant dans le même temps, et va savoir pourquoi :

— À la charge !

Jamais de sa vie, M. Artemisio Laganà ne s'était retrouvé en habit de soldat, et pourtant le ton de la voix qui, en cette occasion, lui sortit de la poitrine, fut celui d'un homme d'armes, habitué au combat. L'ordre militaire, donné avec une force qui le fit arriver jusqu'au poulailler, eut pour effet d'éperonner et d'organiser avec une certaine méthode la bataille contre les miliciens qui bloquaient la sortie.

Les femmes, auxquelles, dans un premier temps, on avait chevaleresquement cédé le pas, furent, pour ainsi dire ramenées en deuxième ligne, tandis qu'à l'attaque des miliciens se lancèrent les jeunes gens les plus forts et les messieurs disposés à se jouer la partie. À ce point, il convient de préciser que le caporal Caruana Vito, quand il avait reçu l'ordre de ne pas laisser sortir âme qui vive du thriâtre, avait eu l'idée de verrouiller les loges sur les deux étages, puisque chacune d'entre elles avait sa clé à l'extérieur. Et donc, pendant un certain temps, les occupants des loges ne purent rien faire d'autre que de tenter de défoncer leurs portes qui, toutefois, résistaient fermement. En revanche, la situation était différente, pour ceux qui, au parterre et au poulailler, n'avaient pas de porte à abattre mais n'étaient confrontés qu'aux miliciens armés.

Cependant, ceux de la première galerie de loges, ayant découvert après quelques tentatives que les portes ne s'ouvraient pas s'avisèrent qu'il suffisait d'enjamber le parapet et qu'au prix d'un petit saut, on se retrouvait dans l'espace plus large du parterre. Et ainsi firent-ils, en s'aidant entre eux, et en descendant à bout de bras les femmes et les vieux. Donc, les plus jeunes, l'évacuation terminée, coururent appuyer, donner un coup de main à ceux du parterre qui cherchaient à sortir. En revanche, au poulailler, il en allait autrement. Au premier coup de mousquet, à la sirène du soprano et au son terrifiant et mystérieux qui l'avait suivi, Lollò Schiacchitano et son ami Sciaverio se retrouvèrent spontanément épaule contre épaule, comme ils en avaient l'habitude à chaque rixe de taverne. Ils se regardèrent, tête tournée l'un vers l'autre, et sans mot dire établirent un plan d'action. Lentement, ils avancèrent vers un milicien qui les observait, immobile et puis, quand ils furent à deux pas, se lancèrent en avant en poussant de très hauts cris. Terrifié, le milicien leva le mousqueton et les mit en joue. À ce point, les deux amis lui tournèrent le dos et, toujours hurlant comme des fous, se mirent à courir en sens contraire. Instinctivement, le milicien courut derrière eux, et c'est là qu'il fut baisé : Schiacchitano s'arrêta pile, Sciaverio continua à courir et le milicien continua à le suivre. Il s'aperçut trop tard du piège, derrière lui, Schiacchitano lui balança un grand coup sur la nuque du tranchant de la main et il tomba comme un sac vide. Le deuxième milicien qui se retrouva face à eux deux subit le même sort avec une méthode différente. Schiacchitano et Sciaverio se collèrent à lui et commencèrent à le pousser, de son côté, le milicien poussa en sens contraire. Quand celui-ci se retrouva bloqué, en déséquilibre, les deux se retirèrent brusquement en arrière et le milicien, emporté par la force de sa propre poussée, tomba le visage en avant. Sciaverio lui donna un coup sur la tête et l'envoya dormir, lui ôta le mousqueton et lui prit aussi six balles dans la cartouchière. Les quatre miliciens restants cédèrent à la pression des enfants du paradis, l'un tomba en arrière en roulant dans l'escalier, les autres s'effrayèrent et se mirent sur le côté. Et la foule se rua, descendit jusqu'au hall de l'entrée.

À la deuxième galerie, la situation paraissait stationnaire, au point que le capitaine Villaroel ouvrit prudemment la porte de la loge royale et jeta un coup d'œil : dans le couloir, il n'y avait personne. Le caporal Caruana, unique âme qui vive, s'approcha de lui.

— Ici, tout est en ordre, capitaine. Ils y arrivent pas, à sortir des loges, je les ai enfermés dedans et les portes sont solides. Que dois-je faire ?

— Tu descends avec tes hommes pour donner un coup de main à ceux du parterre. Je reste, moi, pour garder Son Excellence.

Caruana obéit, tandis que Villaroel, sabre toujours dégainé, se plaçait devant la loge royale, l'œil vigilant.

Aucun des deux n'avait tenu compte de l'habileté gymnastique de Serfino Uccelatore, dans sa jeunesse cambrioleur et aujourd'hui estimé négociant en cordages. Serfino, en se rendant compte que ceux du deuxième étage étaient prisonniers, grimpa du parterre au premier étage, se redressa, se maintint en équilibre, agrippa les pieds d'une statue de bois qui représentait une femme nue ailée, se suspendit en l'air, saisit dans ses griffes le parapet de la loge d'au-dessus, se hissa à la force des bras et en volant à demi, atterrit à l'intérieur de la loge, où il fut accueilli par les applaudissements de ceux qui suivaient ses évolutions. Une fois à l'intérieur de la loge, il dégaina le revolver qu'il portait toujours sur lui, visa la serrure, tira. La détonation fut suivie d'un hurlement général, d'une augmentation du mouvement de vague de la foule. La porte s'ouvrit. De ses yeux épouvantés, le capitaine Villaroel vit une espèce d'athlète qui courait et ouvrait à la volée, l'une après l'autre, les portes des loges, et les occupants qui en sortaient en criant, comme dans une évasion en masse de prison. De sorte que les miliciens qui gardaient les paliers d'où partaient les escaliers conduisant en bas ne purent que se coller au mur et laisser passer les fuyards. À ce point, tous les Vigatais qui étaient allés au thriâtre s'entassèrent dans le hall de l'entrée. Mais sortir était impossible : le lieutenant Sileci, qui se tenait au-dehors avec ses soldats, avait fait placer des barres dans les poignées de la contre-porte de verre et de bois, de façon que, de l'intérieur, il fût impossible de l'ouvrir. Et pour faire bon poids, une ligne de miliciens pointait des mousquetons menaçants vers le vestibule. Suffoquées par la presse, trois ou quatre dames s'évanouirent et durent être étendues par terre. De même que don Artemisio Laganà avait d'une certaine manière pris le commandement militaire, le proviseur Cozzo décida de s'attribuer la direction civile.

— Toutes les dames évanouies de ce côté ! ordonna-t-il.

On lui obéit et les dames, traînées par les pieds ou tenues sous la tête et les pieds et soulevées, furent entassées dans un coin de la salle.

— Tous à la charge ! Tous à la charge ! criait pendant ce temps Laganà.

— Mais dehors, il y a les chevaux ! lui cria l'un.

— Et les miliciens pointent leurs fusils, insista un autre.

Alors que l'indécision paraissait s'emparer du hall, le capitaine Villaroel, ignorant ce qui se passait en bas, décida qu'on pouvait tenter une sortie.

— Tout le monde dehors ! cria-t-il aux occupants de la loge.

Le préfet, la préfète, don Memè et le maire, qui se tenait un mouchoir trempé de sang sur le front, sortirent et furent faussement rassurés en voyant qu'alentour il n'y avait pas âme qui vive.

Ils commencèrent à descendre le grand escalier, le capitaine en tête avec son sabre et don Memè fermant la marche. À peine arrivés en vue du hall, alors qu'ils étaient encore sur l'escalier, ils furent confrontés à un mur humain mouvant, agité, tempétueux, débordant de cris et de plaintes. Alors Villaroel hurla, de toute la force de sa poitrine :

— Laissez passer Son Excellence !

Et, pour que personne ne s'y trompe, il commença à flanquer des coups de plat de sabre à droite et à gauche, à l'aveuglette. Ainsi le groupe put-il pénétrer à l'intérieur du hall mais là, il ne réussit plus à faire un pas, ni en avant ni en arrière. D'autant plus que Villaroel, alors qu'il continuait à pousser des cris et à utiliser le plat de son sabre, sentit pointée contre son cou la bouche froide d'un mousqueton. C'était l'arme dont s'était emparé Sciaverio.

— Jette ton sabre, connard !

Villaroel s'exécuta et Laganà s'empara promptement de son arme.

— À la charge ! À la charge ! répéta-t-il en la brandissant et en passant la canne-épée à son voisin.

Voyant le merdier, don Memè décida sagement de diriger le préfet et la préfète vers un coin et de faire un barrage de son corps.

Pendant ce temps, Sciaverio, désireux de faire quelque chose de nouveau, tira un coup de son mousqueton vers la contre-porte. La vitre se brisa, provoquant d'autres cris très forts de la foule.

Dans tout ce tumulte, don Tanino Licalzi, dit « mainleste » parce qu'il avait le vice de toucher les culs, avec une habileté souveraine, à toutes les femmes qui passaient à sa portée, dans la presse, l'obscurité et la foule, avait fait une telle provision de tripotages qu'il en avait mal à la main. Mais maintenant, il s'était mis en tête que le cul de Mme l'épouse du préfet manquait à sa collection. Il fit et dit tant, et manœuvra si bien au milieu de la foule en tumulte, qu'il réussit à se retrouver juste à côté de la préfète. Les yeux fermés, savourant son plaisir à l'avance, il tendit la main, trouva une fesse couverte de soie, serra.

— Ils sont en train de me toucher le 'ul ! piailla, abasourdie, indignée et vaguement heureuse, la préfète.

Son but atteint, don Tanino se laissa tomber à genoux et feignit l'évanouissement. Mais le cri de la dame avait touché le cœur et l'honneur de don Memè, lequel, fou de rage devant ce geste sacrilège, extirpa son revolver de sa poche et tira trois coups en l'air.

— Au large ! Au large ! cria-t-il d'une voix cassée.

À ces détonations, les gens les plus proches s'effrayèrent et un peu d'espace se dégagea tout autour de don Memè, du préfet et de la dame qui continuait à murmurer :

— Ils m'ont touché le 'ul !

Entendant les trois coups de feu, le proviseur Cozzo décida de passer à l'action. Cette fois, il dégaina son revolver pour de bon, après tant d'années qu'il essayait de le faire. L'index sur la détente, il y pensa un instant, un goût de citron dans la bouche, puis il tira. La balle, heureuse d'une liberté concédée après des décennies d'enfermement, s'offrit un parcours fantaisiste, à rendre fou un expert en balistique. Après avoir touché le plafond de la salle, elle dévia vers un mur et heurta ce côté du bas-relief de bronze qui représentait le visage du *maestro* Agenore Zummo (1800-1870), éminent chef du Cercle de musique de Vigàta. De l'œil droit de maître Zummo, la balle se dirigea vers l'énorme lustre central, effleura un pinacle de cuivre et alla se fourrer sous la peau du cul du maire qui, entre-temps, n'arrivait pas à contenir le sang de son front. De nouveau blessé, le maire poussa un hurlement de cochon qu'on égorge et tomba comme une masse sur le sol, où il se cassa le nez.

Toujours sans comprendre vraiment ce qu'il faisait, Sciaverio, posté derrière les amples derrières de trois dames évanouies et entassées l'une sur l'autre, tira un autre coup de feu complètement au hasard. À ce moment, dans l'espace libre qui s'était formé autour de don Memè et de ses protégés, tombèrent du ciel le lieutenant Sileci et son cheval. Il s'était fait ouvrir la contre-porte par ses miliciens qui restaient néanmoins au-dehors pour empêcher la sortie des gens. Son saut fut un saut d'anthologie hippique, le lieutenant ne l'avait pas appris à l'école d'équitation, mais auprès d'un brigand recherché qu'il allait voir au maquis à ses heures libres par sympathie, pour le plaisir et pour les affaires. Sileci se baissa, prit la préfète par un bras et la posa devant lui sur la selle, agrippa le préfet, le hissa derrière lui. Il éperonna le cheval pour le faire sauter de nouveau et revenir à son point de départ. Mais la monture, alourdie, n'y parvint pas.

Ce fut alors, justement, que le proviseur, en proie, littéralement, à l'extase d'avoir pu utiliser son revolver, tira un deuxième coup près des oreilles du cheval. Lequel, épouvanté, sauta la foule entière et se retrouva hors du thriâtre. Sileci, aidé des miliciens, transporta la préfète et le préfet dans leur carrosse et les expédia à Montelusa avec quatre de ses hommes pour escorte.

Mais le passage du cheval de Sileci avait inévitablement ouvert un vide momentané entre les miliciens du dehors et la foule qui en profita, se ruant d'un coup à ciel ouvert, tandis que les lumières de la place s'éteignaient. En fait, il était arrivé qu'un petit groupe de jeunes gens du pays, pour donner un coup de main à leurs compatriotes à l'intérieur du thriâtre, avaient pinsé que l'obscurité de la nuit serait complice et donc, ayant relié avec des cordes trois réverbères à trois chevaux, ils les avaient arrachés. Sans raison ni consigne, les miliciens attaquèrent alors, sur la place et dans les rues, les gens qui s'éloignaient en courant. Et là, il y eut d'autres épisodes. Comme celui de Sciaverio qui, suivi par un milicien, lui tira une balle qui le toucha à la main et comme celle du milicien Miccichè Francesco qui, courant derrière un individu, en passant dans une venelle étroite, reçut sur la tête un vase de nuit plein de merde et de pisse. À toute la bataille, le délégué Puglisi ne participa pas.

Dès le début du bordel, il s'était assis, désolé, sur un fauteuil du parterre et s'était pris la tête entre les mains.

C'était une joie
de mettre *er* feu

C'était une joie de mettre *er* feu, là-dessus, n'y avait pas de doute, mais à le voir grossir, se faire toujours plus ardent, se bouffer l'espace, se manger tout ce qui se présentait, la joie peu à peu se transformait en plaisir et on se la sentait dure comme quand on va baiser.

— Faudra que je recommence, se dit Traquandi en se découvrant le ventre, comme il faisait toujours quand il voulait trouver le sommeil.

Dans le lit étroit à côté du sien, Decu était déjà bien endormi depuis une heure, avec une respiration lente et régulière qu'on aurait dit qu'il se chantait à lui-même une berceuse.

La nuit suivante, ils furent réveillés par des coups insistants à la porte, mais pas assez forts pour vouloir ressembler à un ordre, c'était plutôt une courtoise demande. Néanmoins, cela suffit pour que tous deux se réveillent en sursaut, pétrifiés.

— Ne bouge pas, n'ouvre pas, ordonna Traquandi à Decu, comprenant que l'autre allait allumer une chandelle, et il empoigna le fusil que l'ami lui avait donné et qu'il avait placé près de la tête du lit.

Decu se leva doucement, sans faire de bruit et le Romain fit de même. Ils se placèrent de part et d'autre de la porte, tandis que l'autre frappait, courtois mais ferme.

— Qui c'est ? demanda Decu, d'une voix qui voulait paraître assurée.

— C'est moi, Decu. Ton cousin Girlando, je suis.

— C'est qui, putain ? demanda le Romain.

— C'est mon cousin, fils d'un frère de ma mère.

— Et qu'est-ce qu'il veut à cette heure ?

— Je ne sais pas. Je vais lui demander.

Ce fut inutile, parce que l'autre, au-dehors, continuait :

— Ouvre, Decu, il faut que je te parle. À toi et au jeune Romain avec toi.

Traquandi sursauta, serra nerveusement le fusil entre ses mains qui s'étaient mises aussitôt à transpirer.

— Comment il fait, putain, pour savoir que je suis là ? Cette histoire commence à puer.

— Calme, calme ! répondit Decu. Si lui, il sait que tu es caché là avec moi, ça veut dire qu'on le sait à la questure de Montelusa.

D'un coup, la lumière se fit en Traquandi.

— T'es en train de me dire que celui-ci qui est dehors est un condé ?

— Oui. Mais surtout mon cousin.

— Et qu'est-ce que ça signifie, ce « surtout » ?

— Ça signifie que chez nous, ça signifie querque chose.

— Réfléchissez, dit la voix au-dehors. Si je voulais vous choper, je vous chopais. Vous étiez là à dormir comme deux minots. Et moi, en fait, non seulement, j'ai pas l'intention de vous choper, mais je ne pourrais pas le faire. Je suis seul et désarmé. Et puis, Decuzzo, est-ce que je t'ai jamais trahi ?

Ce furent ces derniers mots qui décidèrent Decu.

— On peut se fier à lui, dit-il à voix basse à Traquandi et puis, à voix haute :

— Une minute, je t'ouvre.

Le Romain s'habilla en hâte, tandis que Decu allumait une lampe. Puis il ouvrit.

Sur le seuil se tenait un bonhomme trapu, les mains levées, une lanterne dans la droite éclairant son visage suave d'homme cordial, bien disposé envers le monde comme il se présentait, hommes, arbres, animaux.

— Salut, Decuzzo, dit-il en souriant. Je peux entrer ?

Decu ne répondit pas, mais se mit sur le côté pour le laisser passer tandis que le Romain reculait d'un bond vers le mur de la chambre en pointant le fusil sur le nouveau venu. Mais l'argousin ne parut pas prendre garde à ce dernier. Il posa la lanterne à terre et s'assit sur la chaise la plus proche, de manière à ce que la lumière ne baigne que lui, son visage riant, laissant les autres dans le cône d'ombre, comme pour démontrer qu'il s'exposait parce qu'il n'avait rien à cacher.

— Alors ? demanda Decu.

— C'est compliqué, dit-il. Compliqué à expliquer et à comprendre.

— Tu veux m'enculer ? fut la demande brutale de Traquandi, qui n'avait pas compris la cérémonie.

— Non, assura l'argousin en levant la main. Non. Au contraire.

— Et alors, dit Decu, explique-toi, cousin !

— Si tu es nerveux, lui dit-il, je le suis moi aussi. Parce que si, à la questure, on vient à savoir que je suis venu vous trouver, au minimum, ils me baisent ma carrière. Ça, ça doit être clair. Réfléchissons, voyons comment sont les choses. Donc, ce con de préfet de Montelusa décide qu'à Vigàta, le nouveau thriâtre doit être inauguré avec un opéra de merde. Et il y réussit, en se mettant tout le monde à dos. Et l'opéra finit comme il devait finir, dans le caca. Nous sommes tous d'accord ?

— Nous sommes d'accord, dit Decu, un peu étonné que son cousin parte de si loin, et ne comprenant pas où il voulait en venir.

— Et qu'est-ce qui se passa ? poursuivit le condé. Il se passa que deux heures après que tout est redevenu tranquille, après le bordel survenu au thriâtre, le thriâtre a pris feu. Et ça, c'est étrange.

— Pourquoi ? intervint Traquandi. *Er* feu, il lui faut du temps pour prend'. Si querqu'un, dans le merdier, a laissé tomber par terre 'n cigare...

Girlando le bloqua d'un geste tranchant de la main.

— J'ai pas de temps à perdre. Si on veut se raconter des conneries avec cette histoire de cigare, moi je me lève et je m'en vais.

— Continue, dit Decu.

— Nous autres, les Vigatais, on se connaît tous. Et tous, on sait qu'on est capable des pires choses, mais sur le moment, à chaud, face à face. Jamais on ferait une chose de ce genre en cachette, deux heures après, tranquilles et reposés. Nous, on y repense pas après, comme font les cornards. Donc, à brûler le thriâtre, ça n'a pas été un Vigatais, mais un étranger. C'est exactement l'idée du diligué Puglisi qui, il y a à peine deux heures, est allé la raconter au questeur, cette opinion à lui.

— D'après Puglisi, ce fut qui ? demanda Decu, blême.

— Selon Puglisi, ce fut ce mazzinien venu de Rome et qui se trouvait au pays depuis quatre jours.

— Moi ? demanda Traquandi d'un air fanfaron.

— Vous, oui, répondit Girlando en le fixant tranquillement.

— Mais même si c'était vrai, intervint Decu. Comment il fait Puglisi, à le prouver ?

— S'il réussit à attraper le monsieur que j'ai devant moi, dit le sbire, il le fera parler, j'en mets ma main au feu, au feu même qui a brûlé le thriâtre.

Il poussa un soupir, s'alluma un cigare à la flamme de la lanterne, laissant les deux autres cuire ensemble dans le même jus.

— Mais moi, j'ai une autre opinion, dit Girlando après la première bouffée de cigare, en fixant la fumée.

À ces mots, les deux autres s'accrochèrent comme des naufragés à une planche.

— Laquelle ? demandèrent-ils presque en chœur.

— Mon opinion est que celui qui a mis le feu, c'est Cocò Impiduglia, *u fissa*, l'idiot du village. Impiduglia ne sait même pas parler, un chien a plus de coucourde que lui, il est pire qu'un animal. Tous les Vigatais savent que lui, il a qu'un plaisir : mettre le feu à la première chose qui lui tombe sous la main. Nous l'avons arrêté quatre fois, et toujours parce qu'il avait brûlé tantôt une meule de foin, tantôt une baraque de bois. Selon moi, et en toute conscience, cette fois aussi, c'est lui. Puglisi se trompe.

— Si vous êtes autant convaincu que c'est ce couillon fou qui a mis *er* feu *ar* théâtre, pourquoi vous êtes venu cette nuit ici nous casser les couilles ?

Traquandi était nerveux, il avait tiré de sa poche un mouchoir et s'essuyait sans cesse la bouche.

— Parce que c'est compliqué. Et maintenant je vais m'expliquer. Puglisi non seulement s'est persuadé que celui qui a mis le feu au thriâtre et a fait des morts, c'est le mazzinien arrivé de Rome, mais il a eu le courage de dire au questeur que si lui, il avait donné l'ordre de l'arrêter immédiatement, ce Romain, celui-ci n'aurait pas eu le temps ni le moyen de le brûler, ce sacro-saint thriâtre. Et donc, en conséquence, le questeur est, toujours selon Puglisi, responsable du bordel. Et ça, c'est une affaire très sérieuse, Puglisi, c'est un âne plâtrier.

— Qu'est-ce que ça *veurr* dire, putain ?

— Ça veut dire qu'il suit sa route, et arrive ce qui doit arriver, même la mort de Samson et de tous les Philistins. Je me suis fait comprendre ?

— À la perfection, dit Decu.

— À ce point, de mon propre chef, sans rin dire à personne, j'ai pris la décision de trouver un moyen de tout résoudre. Comme le questeur a donné à Puglisi l'ordre d'arrêter le Romain demain matin à l'aube, c'est-à-dire dans quelques heures, je suis accouru ici. Si quand Puglisi arrive, il te trouve à toi, Decu, qui es là à dormir comme un angelot, seul, et sans une trace du passage du Romain dans ta maison, tout devient une imagination du diligué. Il n'y a pas de preuve, il n'y a rin.

— J'ai compris, dit Traquandi. Selon vous, moi, je dois m'en aller d'ici en vitesse.

— Exact, approuva Girlando.

— Bon. Mais je m'enfuis comme ça ? Où que je vais ? Où que je cours ?

— Vous enfuir comme ça, non. On vous reprendrait de suite et alors, il y aurait du tintouin, en premier lieu pour moi qui vous ai fait échapper.

— Et alors ?

Girlando observa une pause artistique, alluma le mégot de cigare.

— Au carrefour, à cent mètres de cette maison, il y a un homme de confiance à moi qui vous attend. Il s'appelle Laurentano et a deux chevaux, un est pour vous. Si vous partez sans traînasser, tout de suite, demain au milieu de la matinée, vous serez du côté de Serradifalco, où il y a une personne à moi qui peut vous garder chez elle pour trois ou quatre jours. Puis, il s'occupera lui-même de vous envoyer ailleurs.

— Alors, faut que je m'en vais ?

— Certainement. Comme j'ai arrangé les choses, tout se résout. Puglisi ne vous trouve pas et donc ce qu'il a pensé sur qui a brûlé le thriâtre vaut moins qu'une merde, mon cousin nie aussi vous avoir connu, moi, j'arrête Cocò Impiduglia et je le convainc de dire ce que je veux qu'il dise, même qu'il a mis le feu à Rome au temps de Néron. Et comme ça, on s'en sort tous heureux et contents, questeur compris, pareil que dans une de ces histoires qu'on raconte aux minots pour les endormir.

Mettez-vous bien ça en tête, il n'y a pas d'autre moyen. Réfléchissez-y entre vous, moi je sors dehors prendre le frais.

Ils y réfléchirent, ils y pensèrent, à un moment, ils en vinrent aux mains, ils s'embrassèrent, se décidèrent. Traquandi ramassa ses affaires, serra la main de Decu et sortit, accompagné de l'argousin.

— Reste réveillé et attends-moi, que je dois te parler, murmura Girlando à Decu avant d'accompagner le Romain.

Il revint au bout de moins d'un quart d'heure, il était content.

— L'ami romain est entre de bonnes mains. Et toi, tu dois me remercier. Parce que, si je n'avais pas eu cette idée, toi, demain matin, tu te retrouvais en prison et t'en sortir aurait était très difficile. Il y a deux morts, Decuzzu, ne l'oublie pas.

— Qu'est-ce que je dois faire quand Puglisi se présentera ?

— Rin de rin. Ou au moins, tu te mets en colère, tu te montres étonné, tu pousses des cris de rage. Entre-temps, donne-moi ce fusil, ça ne me plaît pas que Puglisi, ici dedans, il trouve une arme à feu. Je la jetterai dans le puits, dès que je serai sorti. À Puglisi, tu y dis que tu n'as pas entendu parler de ce Romain, que tu ne l'as jamais vu, que sur l'histoire du thriâtre, tu es innocent comme l'Enfant Jésus. Même s'il t'arrête parce qu'il s'entête, après une demi-journée, il devra par force te remettre en liberté. Et maintenant, donne-moi un peu de vin, que je me suis pris froid.

Ils avançaient sur un chemin de campagne, le jour pointait déjà. Tout à coup, Laurentano, un rustaud comme Traquandi en avait tant vu ces jours-ci, s'adressa au Romain sans même tourner la tête.

— Vous êtes de Rome ?

— De Rome, oui.

— Et comment c'est, Rome ?

— C'est beau.

— Et le pape, vous l'avez vu ?

Traquandi ne comprit pas la question.

— Qu'est-ce que vous avez dit ?

— Le pape, vous l'avez vu ?

— Non, jamais vu.

— Très Sainte Marie ! s'étonna Laurentano. Vous êtes à Rome et vous avez jamais vu le pape ? Si moi, j'habitais à Rome, toute la sainte journée, je serais là, agenouillé, devant l'église où il est, le pape, à attendre de le voir et de lui demander pardon de mes péchés. Mais vous, vous êtes chrétien, ou pas ?

Traquandi ne répondit pas. Et Laurentano ne rouvrit plus la bouche durant toutes les heures que dura le voyage.

Presque au moment précis où Girlando quittait son cousin Decu avec des embrassades et des baisers, le diligué Puglisi se trouvait dans le salon de la maison Mazzaglia.

— Don Pippino est là ?

— Oui, mais il est couché, il se sent pas bien. Je vais lui demander s'il peut vous recevoir.

La bonne s'éloigna. Et de nouveau s'abattit sur Puglisi la fatigue du corps et du cœur qui restait cachée dans les moments où il parlait ou agissait mais qui ressortait dès qu'il restait seul, même pour quelques secondes. Il comprit qu'il ne pouvait tenir debout, il s'appuya au dossier d'une chaise et il lui sembla aussi que quelque chose d'obscur, voltigeant, lui était passé devant les yeux. La domestique revint.

— Vous pouvez venir. Don Pippino va mieux.

Il la suivit dans la chambre de Mazzaglia qui l'attenait, trois oreillers derrière le dos. Il était jaune, la bouche ouverte comme s'il suffoquait. D'une main tremblante, il fit signe au diligué de s'asseoir sur un fauteuil à côté de lui.

— Je n'ai pas le souffle pour parler, dit don Pippino.

— Je le vois. Et donc, Si votressellence me le permet, je lui poserai une seule question.

D'un signe de tête, Mazzaglia accepta.

— Où est le Romain ?

Et comme Mazzaglia avait levé une main pour l'arrêter, Puglisi continua sans lui donner le temps d'ouvrir la bouche.

— Je le sais, que chez Votre Seigneurie, le Romain n'y est pas, parce que vous ne donneriez pas asile à quelqu'un capable de mettre le feu à un thriâtre et de tuer, sans y penser, deux pauvres innocents. Vous n'êtes pas capable de ce genre de chose. Et moi, je suis là, à vous demander : où est caché cet assassin ?

— Je ne sais pas, dit don Pippino dans un filet de voix.

— Et moi, au contraire, je sais une chose : que Votre Seigneurie est tombée malade parce qu'elle a eu affaire à ce délinquant.

Don Pippino ferma les yeux, son visage parut jaunir encore plus.

— Ne parlez pas, je parle moi. Je me suis creusé le ciboulot. Vous, vous ne vous acoquinez pas avec une petite ordure comme ce Traquandi, et Ninì Prestìa non plus, c'est un gentilhomme comme vous. Et, j'en mettrais ma main au feu, pas davantage Bellofiore. Et alors, de vous tous, les mazziniens, il n'en reste qu'un. Un seul nom. Celui de Decu. Je me trompe ?

Mazzaglia ne dit ni oui ni non.

— C'est Decu qui garde le Romain chez lui ?

Le vieux ne bougea pas.

— Merci, dit Puglisi en se levant. Je vais le chercher.

La main de don Pippino s'élança, serra fortement le bras du délégué.

— Faites attention, ce Romain ne me dit rien qui vaille.

Giagia, ma chérie

Giagia, ma chérie,
en ce jour, je viens te révéler, mon adorée, un autre de
mes secrets. Tu en possèdes tant sur moi, Giagia, et
confiés à ton cœur par moi au cours des années de notre
chemin commun, de sorte qu'ils pendent comme un col-
lier de perles à ton cou ivoirin. Et comme, en eux, je me
reconnais entièrement, c'est comme si j'étais béatement
accolé, en permanence, à tes chairs les plus tendres et
les plus désirables.
Or voici que je viens enfiler une perle nouvelle.
Giagia mon aimée, la quistion que ce jour d'hui tous à
Montelusa se posent, ainsi que dans les pays circonvoi-
sins, en particulier à Vigàta, est de savoir pour quelle
raison ton époux, le Préfet, ou plutôt Celui qui représente
l'État en ces lieux certes peu aimables, veut, et si forte-
ment, que le nouveau théâtre de Vigàta soit inauguré
avec l'opéra Le Brasseur de Preston, *de Ricci Luigi.*
Les malveillants, et ils sont plus que nombreux, ayant
appris le lien de sang qui m'unit à l'impresario dudit
opéra, à l'aune de leur cœur misérable mesureront mon
intention, et s'emploieront à spéculer ignoblement sur
l'intérêt pécuniaire que je serais censé avoir tiré d'une
pareille parenté. Et au contraire, tu sais très bien que ma
famille et moi-même n'avons plus voulu entretenir de
rapports avec lui, dès lors qu'il s'est révélé, non seule-
ment joueur invétéré et dilapidateur de fortune, mais

encore amateur de femmes de mauvaise vie telles que danseuses, actrices et chanteuses.

Et alors ? Quel a été le motif de l'intention opiniâtre de M. le Préfet ? C'est ce qu'on s'est demandé à Montelusa et alentour.

J'ai beaucoup lutté, mon adorée, afin que l'opéra soit représenté à Vigàta et j'ai dû affronter avec un esprit serein et un franc courage des jours sombres, des discussions vives, des machinations venimeuses pour atteindre à mes fins. De ces circonstances tourmentées, tu n'as rien su, Giagia adorée, parce que je voulais t'épargner tout cela en me taisant, et ne te faire souffrir de rien sinon de quelques mouvements d'humeur pour lesquels jamais je ne finirai d'implorer ton pardon.

Je dois, avant de te révéler la raison secrète de mon intromission dans une décision qui aurait dû seulement regarder, et en pleine liberté, les responsables du nouveau théâtre de Vigàta, faire par nécessité un pas en arrière.

Quelle était ma vie à Florence durant l'année 1847 ? J'étais un jeune avocat, d'une famille honnête et respectée, et pourtant un je ne sais quoi de malade et de lourd me rongeait l'âme. Je ne voulais m'engager en aucune entreprise, estimant toujours tout insignifiant et vain, ne voyant pas d'autre but dans la vie que la fin de la vie même, la mort comme terme ultime. Je ne prêtais pas même attention aux divertissements propres à l'état juvénile, je m'enfermais dans un mutisme hostile, dans une solitude passionnée. J'appartenais, Giagia, à cet immense cimetière de noyés où Aleardi versifie, Aleardi, le poète sur les pages duquel, dans les années qui viendraient, nous verserions tant de larmes, nous exhalerions tant de soupirs. Mais ensuite vint ce soir, inoubliable et faste, où un ami volontaire et confident de mon malheur, Pepoli, tu te souviens ? à ma mortelle indolence m'arracha, pour m'emmener au Théâtre de la Pergola, où, pour la première fois à Florence, on présentait précisément Le Brasseur de Preston, que jusqu'alors je n'avais jamais entendu mentionner. Ce n'est certes pas de bon gré que je le suivis.

Je n'avais, mon adorée, ni le cœur ni l'âme disposés à feindre un intérêt jamais né et à plus forte raison aussitôt évanoui lorsque j'ouïs ces sons, lorsque je vis ces formes se mouvoir et chanter sur la scène. De sorte que je résolus de reprendre, au terme du premier acte, le chemin de mes pénates, après m'être dûment excusé auprès de mon ami. Mais comme je me dirigeais vers la sortie, et que mon pas las me portait au milieu de la foule en fête, ce fut précisément alors que je te vis, mon adorée. Tu portais une robe bleu clair comme le ciel et de fait tu étais céleste, tu ne semblais pas poser le pied sur terre. Je restai foudroyé, pétrifié. Cela dura un instant à peine, et puis tes yeux rencontrèrent les miens. Ô Dieu ! Ma vie en cet instant changea, se renversa comme sous l'effet d'un bénéfique tremblement de terre et ce qui auparavant m'était apparu gris et éteint, miraculeusement reprit de la lumière et resplendit de vives couleurs. De chaque chose, pour le dire toujours avec Aleardi, l'aile féconde a rouvert Amour. *Et tu sais bien, Giagia, comme de cet instant même, à toi éternellement je me liai avec une force nouvelle et un dessein renouvelé entendant que la vie...*

À fleur de peau précisément, sur les poils des bras qui se recroquevillaient, don Memè sentait que le pays de Vigàta se préparait à l'inauguration du thriâtre d'une manière qui ne le convainquait pas. Et il n'y avait rien à faire, parce qu'il ne s'agissait pas de choses concrètes, mais de demi-mots, de silences, de coups d'œil moqueurs, de petits sourires en coin. Et lùi, au contraire, avait promis sur sa propre tête et sur son propre honneur que tout se passerait tranquillement. Mais si les choses prenaient un mauvais tour, comment pourrait-il se présenter au préfet ? Et ainsi faisait-il des allées et venues dans la grand-rue de Vigàta, avec des regards de travers pour ceux qui ne lui revenaient pas et de cordiaux saluts à ceux qu'il savait d'accord avec tout ce que lui, d'abord, et le préfet ensuite, voulaient.

... je revins sur mes pas non point pour écouter l'opéra jusqu'à la fin, mais pour ne pas infliger à mes yeux la douleur désespérée de ne plus te revoir. Le Ciel bienveillant avait voulu que ma place au parterre fût assez reculée pour que la loge du second étage où tu te trouvais avec tes Chers Parents fût disposée un peu en avant de mon niveau. Parce que tu sentais peut-être l'ardeur de mon regard brûler ta nuque, à un certain moment tu te retournas, altière... tes yeux rencontrèrent les miens... et d'un coup, je me sentis transformé, ne ris pas, ma Giagia adorée, en une bulle de savon très légère qui commençait à flotter dans l'air, volait, sortait du théâtre, survolait la place, s'élevait jusqu'à voir la ville entière rétrécie...

Arelio Butera et Cocò Cannizzaro étaient partis de Palerme de bon matin, vers quatre heures. Courtiers en fèves et en céréales, ils devaient, pour leur commerce, effectuer une longue tournée de trois jours dans la région de Montelusa. En attendant l'heure à laquelle ils devaient rencontrer un grossiste de Vigàta, ils se promenaient dans la rue principale du pays. Ce fut pour cette raison qu'en rousinant ainsi, ils tombèrent sur une affiche imprimée, aux côtés de laquelle deux personnes à casquette, fusil à l'épaule, semblaient monter la garde.

Ils s'arrêtèrent pour lire ce qui était écrit ou plutôt, Cocò se mit à lire à voix haute, étant donné que son ami Arelio des choses de la lecture et de l'écriture, il ne s'y entendait pas.

— Avis extraordinaire, commença Cannizzaro, pour la soirée du jour de mercredi dix décembre. Inauguration festive du théâtre nouvel de Vigàta dénommé Roi d'Italie. Unique représentation de l'immortel opéra *Le Brasseur de Preston*, de maître Luigi Ricci, napolitain. Qui a connu tant de triomphes non seulement en Italie mais dans le Monde Entier. Ses œuvres, de *Le Dîner étourdi* à *Le Somnambule*, ont reçu les applaudissements de Rois et d'Empereurs ainsi que d'un public vaste et cultivé. Sont gages de succès certain à Vigàta le chanteur ténor Liborio Strano et l'actrice chanteuse Maddalena Paolazzi qui, pour l'occasion, auront les rôles du brasseur amoureux et de sa belle fiancée Effy. La représentation, ornée de décors multicolores et de costumes magnifiques, aura lieu à six heures du soir précises. Respectueux du public, tous les chanteurs, l'orchestre fait de quatorze musiciens dirigés par le maître Valente Eusebio Capezzato, le chœur de l'Académie vocale de Naples, attendent l'âme palpitante les applaudissements de l'intelligent public de Vigàta qui au nouvel théâtre Roi d'Italie voudra gracieusement affluer.

— J'y comprends que dalle, dit Arelio. Qu'est-ce que ça veut dire ?

— Ça veut dire que ce soir, s'ouvre un thriâtre nouveau et qu'ils raprésentent un opira qui parle d'une fabrique de bière.

— Cocò, à toi, ça te plaît, la bière ?

— Non.

— Et pourquoi ?

— Parce qu'à moi, ça me fait roter et pisser.

— Et à moi, ça me fait roter, pisser et péter.

Ils rirent. Mais leur rire fut interrompu par une voix courtoise.

— Permettez ? Je peux rire moi aussi ?

Tous deux se retournèrent, surpris. Les yeux bleus, le

large sourire cordial, l'attitude convenable de l'homme les firent tomber dans le piège.

— Nous autres, de quoi nous rions, c'est nos oignons. Si vous avez querque chose qui vous fait rire, riez de votre côté, répondit Cocò tandis qu'il prenait Arelio par le bras et faisait mine de s'éloigner d'un pas.

— Arrêtez-vous, dit un des deux hommes à casquette en prenant son fusil. Les deux courtiers s'arrêtèrent.

Violemment, don Memè, derrière eux, les sépara et se mit entre les deux étrangers.

— J'ai dit que je veux rire moi aussi.

D'instinct, Arelio leva une main pour frapper. Don Memè la lui saisit au vol et la lui tordit derrière le dos tandis qu'il cueillait d'un coup de pied les roustons de Cocò qui tomba à terre en gémissant, les mains plaquées sur les burnes. Une dizaine de personnes, entre les passants et les gens qui n'avaient rien à faire, se mirent à les observer, mais à bonne distance.

Arelio se reprit vite, il s'écarta d'un pas, tirant de sa ceinture un coupe-chou de trente centimètres de lame aiguisée.

— Ah ah, fit don Memè sur un ton d'avertissement, en tendant la main droite vers la poche arrière du pantalon où il gardait son feu, son revolver.

Au brusque changement d'expression de cet homme, Arelio comprit que ce n'était pas la peine, ce geste n'était pas une comédie. Arelio referma le coupe-chou, se le remit à la ceinture.

— Excusez, dit-il à voix basse.

— Tout le monde peut se tromper, dit don Memè. Bonne journée.

Il leur tourna le dos et s'éloigna. Il était content, il lui venait l'envie de chanter : tous avaient vu ce qu'il en coûtait de se moquer de l'opira. Le pays, de fait, en serait informé en moins d'une heure.

Cependant, Arelio aidait Cocò à se remettre debout,

seul il n'y arrivait pas, il était plié en deux et se lamentait. Aucun de ceux qui restaient à observer la scène ne fit mine de les aider.

— Mais on peut savoir où c'est qu'on a merdé ? se demandait Arelio.

Il n'avait pas de réponse et il n'en reçut pas, ni des gens qui n'avaient rien à faire et qui se remirent à ne rien faire, ni des passants qui recommencèrent à passer.

... voilà donc pourquoi j'ai voulu avec entêtement que cet opéra soit représenté à Vigàta. D'autres raisons, il n'y en a pas, et qu'il y ait eu celle-ci, personne ne pourra jamais le découvrir, elle se tient cachée dans l'intimité de ton cœur et du mien. Ce soir, nous serons assis dans la loge Royale l'un à côté de l'autre, et non plus éloignés comme alors, et je te serrerai fortement la main. Je te la serrerai en souvenir des moments les plus beaux de notre première rencontre. Savourons ensemble, mon adorée, ce présent que le temps et l'occasion m'ont permis de t'offrir, en gage de future félicité. Je te donne un baiser, avec la douceur qui te plaît tant, à toi pour la vie, Dindino.

Il prit une enveloppe, y écrivit « à ma Giagia » et, sans même la fermer, la mit dans sa poche. À l'heure du repas, il entra dans la chambre à coucher et la posa en évidence sous le miroir du cabinet de toilette. Il n'eut pas, comme il l'avait espéré, de réponse rapide, au point qu'il pensa que Giagia ne l'avait pas vue, mais quand il retourna regarder dans le cabinet, l'enveloppe n'était plus là.

Le silence de Giagia se prolongea aussi dans le carrosse, tandis qu'ils allaient de Montelusa à Vigàta. La dame paraissait distraite, tantôt elle s'ajustait les cheveux, tantôt elle lissait sa robe. Était-il possible qu'elle eût pris la lettre sans même la lire ? Le préfet n'y tint plus.

— Tu as lu ma lettre, Giagia ?

— Bien sûr. Merci, Dindino.

Giagia était 'omme ça, il n'y avait rien à faire. Un an après leur mariage, il lui avait offert un pendentif si 'oûteux que, pour l'acheter, il avait dû vendre deux fermes de son pauvre grand-père. Et elle, pour toute réaction :

— Mignon.

Après une pause, alors qu'ils étaient ballottés sur la route infecte, elle ouvrit de nouveau la bouche et dit :

— Mais tu te trompes, Dindino.

— Sur quoi ?

— La date, Dindino. Moi, je ne suis pas venue au spe'tacle de ce brasseur. Moi, je ne l'ai jamais vu. Je ne l'ai jamais entendu.

— Tu plaisantes ?

Avant de répondre, elle se toucha les cheveux, la poitrine, la hanche gauche, la hanche droite, les yeux, les lèvres.

— Non, mon Dindino, je plaisante pas. Moi, ce soir-là au théâtre, je ne suis pas venue. Je suis restée à la maison avec ma petite grand-mère. J'avais mes affaires, Dindino, et je me sentais très mal. J'en suis certaine, Dindino, je suis allée regarder dans mon journal. Je suis restée à la maison.

— Mais nous deux, nous nous sommes vus pour la première fois à la Pergola ?

— Bien sûr, Dindo, au théâtre de la Pergola, mais six jours plus tard. Il y avait pas ce brasseur mais un opéra de Bo''erini. Il me semble qu'il s'appelait *La Jacqueline* ou quelque chose comme ça.

— Il s'appelait *La Clémentine*, maintenant, je m'en souviens, dit Bortuzzi d'un air sombre et ensuite, il garda le silence.

Les orangers furent
plus opulents

Les orangers furent plus opulents que d'habitude, cette année-là. Puglisi le remarqua pendant qu'avec Catalanotti, il se postait derrière un muret de pierres sèches à quelques mètres de chez Decu. L'aube se faisait accompagner par un petit vent mauvais et froid, la journée s'annonçait sombre. Le diligué souffrait doublement de ce froid, à cause du manque de sommeil, il n'avait pas voulu se coucher, il était sûr qu'à peine étendu, il aurait sombré dans un sommeil de plomb d'au moins quarante-huit heures. C'est pourquoi, la veille au soir, après avoir parlé avec don Pippino Mazzaglia, il était rentré chez lui, s'était lavé, changé et s'était mis à arpenter sa chambre. Au bout d'un certain temps, il avait ressenti la nécessité de sortir, de prendre l'air, il s'était dirigé vers la plage et avait commencé à marcher le long de la mer, pensant à la connerie qu'il avait combinée avec Agatina. Connerie, oui, parce que si cette histoire, il la poursuivait, comme elle en avait le désir, sans aucun doute son mari finirait par l'apprendre. Jaloux comme il l'était, il se rebellerait. Et lui, le diligué, l'homme de la *liggi*, la loi, serait objet de scandale pour tout le pays, deviendrait un mauvais exemple. Non : avec Agatina, quand il la reverrait, il fallait faire comme si entre eux deux rien ne s'était jamais passé, Agatina elle-même devrait comprendre qu'il n'y aurait plus d'autres rencontres.

— Si je reste sans bouger encore cinq minutes, je

deviens raide comme un stotckfish, lui dit à basse v⊘
Catalanotti en bougeant les doigts pour combattre l'en
gourdissement.

— Tu restes là, dit le délégué. Couvre-moi sur l'arrière et ne viens à découvert que si je t'appelle.

La maison des Garzìa, qui, autrefois, avaient été
riches et respectés, tombait maintenant en ruine. Le toit
était à demi effondré, le grenier faisait en partie seulement obstacle à l'eau et au vent, parce que en plusieurs
endroits lui aussi était troué, aux fenêtres et aux portes-
fenêtres centrales du premier, il n'y avait plus ni volets
ni vitres. Il était clair que les pièces du haut étaient inha-
bitables, Decu et son ami romain devaient par force dormir au rez-de-chaussée. Plié en deux, Puglisi se fit une
petite course jusqu'à la porte. Rien ne se passa. Alors, il
se mit de côté, tendit un bras et frappa. Personne ne
répondit. Il frappa plus fort.

— C'est qui ? demanda une voix ensommeillée à
l'intérieur.

Puglisi fut aussitôt convaincu que celui qui répondait
jouait la comédie, on comprenait qu'il faisait semblant
d'avoir été réveillé juste à l'instant.

— C'est moi, le diligué Puglisi. Je dois vous parler.
Sortez.

— Je viens, un peu de patience, dit la voix non plus
endormie mais attentive, vigilante.

La porte s'ouvrit et Decu apparut, en caleçon et tricot
de laine, une couverture sur les épaules.

— Bonjour, *diligatu*, qu'est-ce qu'y a ?

— Où est le Romain ?

Decu battit des paupières, feignant la surprise, mais il
ne savait pas jouer la comédie.

— Quel Romain ?

— Le Romain qui est avec toi.

— Vous voulez plaisanter ? Je suis seul. Rentrez vous-
même pour voir.

— Passe devant, ordonna Puglisi, revolver à la main.

La recherche du Romain dura quelques minutes, il n'y avait pas trace de l'homme. Puglisi sentit une rage sourde qui commençait à le gagner, quelqu'un avait sûrement pensé avant lui à régler l'histoire, à faire disparaître le mazzinien. Mais la partie n'était pas encore perdue.

— Habille-toi, dit-il à Decu. On va à la caserne pour parler un peu, toi et moi, seuls, face à face. Et on va voir qui est le plus malin, de toi ou de moi.

Sans mot dire, Decu s'assit sur le lit, se pencha en avant pour prendre ses chaussures. Il était disposé à faire tout ce que lui avait suggéré son cousin, de toute façon, il n'y avait pas de preuve contre lui, Puglisi pouvait aller se la faire mettre ailleurs. Mais tandis qu'à tâtons il cherchait ses chaussures sous le lit, ses doigts rencontrèrent l'acier froid du canon de revolver qu'il avait caché la veille et qu'il avait oublié. Sans que la coucourde entre pour rien dans son geste, par pur instinct, il empoigna le feu et tira.

Cueilli en pleine poitrine, Puglisi s'abattit contre le mur, l'arme lui tomba des mains, puis il glissa, les épaules appuyées au mur.

À terre, il eut un mouvement pour se recroqueviller, comme s'il voulait s'installer plus confortablement.

À la détonation, Catalanotti se releva de derrière le muret, se mit à courir en jurant vers la maison. Il entra hors d'haleine et vit à terre le diligué dont le sang formait une grande tache sur la poitrine, et qui fermait les yeux. Devant lui, Decu tremblait, blême, le revolver lui était tombé de la main.

— Sainte Madone ! murmura Catalanotti et il comprit, car il n'avait que trop d'expérience, que son supérieur et ami était mort sur le coup, soufflé comme une flamme de bougie.

— Je n'avais pas l'intention, gémit Decu dans un filet de voix. Je voulais pas le tuer. L'intention m'a échappé.

Catalanotti le regarda. Une chose dégueulasse, de la bordille, une chose de rien, une espèce de ver en forme d'homme. Et il se pissait dans le caleçon qui dégouttait.

— L'intention t'a échappé ?

— Oh que si. Je le jure.

— À moi aussi, elle m'échappe, dit Catalanotti et il lui tira en pleine tête. Puis il s'accroupit à côté de Puglisi, prit son visage entre les mains, le baisa sur le front, se mit à pleurer.

La lumière commençait à pointer, du côté de Serradifalco. Ils étaient en train de traverser une grande vallée où l'odeur des oranges était étourdissante. Laurentano le rustaud s'arrêta.

— Faut que je pisse, dit-il.

— Moi aussi ça presse, acquiesça Traquandi.

Cela faisait six heures qu'ils n'avaient pas échangé un mot. Ils descendirent de leurs montures. Le Romain s'approcha d'un arbre, se déboutonna, commença à se soulager. Mais juste devant lui, suspendu à une branche basse, il y avait une orange de toute beauté, il ne put résister.

En se tenant *er* zizi dans la main gauche, Traquandi leva la main droite pour prend' *er* fruit. Et juste à ce moment, Laurentano lui tira dans la nuque. Le Romain tomba en avant, donnant de la tête contre le tronc de l'arbre avant de tomber le visage contre la terre. Suivant les ordres reçus, Laurentano lui prit le portefeuille, empocha les sous qu'il contenait, et il y en avait beaucoup, puis fit un tas avec ledit portefeuille, avec la valise de l'étranger et tout ce qui se trouvait dedans. Il y mit le feu et attendit avec une patience d'ange que tout brûle, jusqu'à ce qu'il ne reste plus que des cendres. Ensuite, il attacha à sa selle les rênes du cheval qui avait porté le Romain et reprit la route de Montelusa, ou plutôt de la questure de cette ville où il servait, chaque jour, sous les ordres du dottor Meli.

Dans la matinée, don Memè, qui avait rassemblé son courage, se présenta dans l'antichambre du préfet.

— Dites-y, à Son Excellence que je suis là, demanda-t-il à Orlando.

L'huissier le regarda un moment, puis il baissa la tête et répondit à voix si basse qu'on l'entendait à peine :

— Son Excillence est très occupée.

— Pour moi aussi ?

— Pour tout le monde, don Memè. Il me l'a dit expressément : je suis occupé pour tous, même pour le Père éternel.

— Et quand puis-je revenir ?

— Je sais pas vous le dire.

Don Memè décida qu'il n'était pas décent de sa part de supplier encore Orlando qui semblait prendre goût à lui répondre négativement.

Il se tourna et s'apprêta à repartir en montrant à tous les présents son visage éternellement joyeux. La voix de l'huissier le retint.

— Ah, don Memè, j'allais oublier. *U dutturi* Vasconcellos veut vous parler. Venez avec moi.

Ils remontèrent un long couloir, Orlando devant et don Memè derrière. Vasconcellos était le chef de cabinet du préfet, une espèce de nain, surnommé *u sacchiteddru*, le petit sac, en raison soit de sa taille, soit de son habitude de mettre des vêtements qui lui faisaient perdre toute forme humaine. Ceux qui le connaissaient bien l'appelaient « *sacchiteddru* de vipères ». Arrivé devant une porte, Orlando fit signe à don Memè d'attendre, frappa, entra. Au bout d'un instant, il sortit de nouveau.

— Il vous attend.

Le chef de cabinet, qui jusqu'à l'avant-veille se serait plié en deux dans une révérence, à présent, non seulement ne répondit pas à son salut, mais ne se leva même pas de son siège, placé sur une estrade, pour le recevoir.

S'il en avait été besoin, pensa don Memè, c'était la preuve qu'un vent nouveau changeait la route des navires.

— Son Excellence, dit Vasconcellos, a laissé ce paquet pour vous. Ce sont des livres. Il dit de les rapporter à son légitime propriétaire et de le remercier pour ce prêt.

C'était certainement l'*Histoire archéologique de la Sicile*, qu'il s'était fait remettre sous la pression par le notaire Scimè pour la donner au préfet. Tandis qu'il prenait le paquet, Vasconcellos le fixa de ses petits yeux qui semblaient vraiment ceux d'un serpent et siffla :

— Bon carême, monsieur Ferraguto.

Don Memè, pris par ses pensées, tomba dans le piège comme une poire cuite.

— Carême ? En décembre ?

— Décembre ou janvier, le carnaval est fini.

Il y avait réussi, ce croque-mort de Vasconcellos, à sortir son encre de seiche, sa morsure vénéneuse de vipère.

La fureur qu'il éprouvait était si forte que dans la voiture qui le ramenait chez lui, don Memè sentait la tête qui lui faisait zoum zoum comme si elle avait été pleine de mouches, de guêpes, d'abeilles et de bourdons. Et comme la fureur s'avère toujours mauvaise conseillère, don Memè décida de faire tourner le cheval et d'aller dans une sienne maisonnette solitaire du côté de Sanleone. Arrivé là, il mangea de mauvais cœur un peu de tomme et un biscuit trempé dans le vin. Puis il s'aperçut que la vingtaine d'orangers qu'il avait dans le jardin étaient si chargés que les branches pliaient. Alors, il prit un panier d'osier tressé et attaqua le premier arbre de la rangée. Il ne voulait pas penser, ce qu'il devrait faire, il le fixerait après une bonne nuit de sommeil. Mais une chose était sûre, et une seule : le préfet se révélait plus con qu'il ne l'aurait cru, s'il s'imaginait pouvoir se débarrasser si facilement de lui. Et l'affront qu'il lui avait fait subir à la préfecture, sous les yeux de tous, il le lui ferait payer en gros et en détail. Quand le panier fut rempli, il alla le vider dans un grand coffre de roseau et il attaqua le deuxième arbre. Il besogna pendant des heures, sans même s'en rendre compte. On était vers le soir quand il entendit un bruit de sabots qui approchait. En levant les yeux vers le portail, il vit arriver Gaetanino Sparma, le soi-disant fermier de l'*onerevole* Fiannaca. Don Memè alla à sa rencontre, comme il convenait.

— Quelle joie ! Quelle magnifique surprise ! Comment a fait Votre Seigneurie à savoir que j'étais venu ici ?

— Moi, quand je me mets en tête de trouver à quelqu'un, je le trouve même s'il s'est transformé en poux au cul d'un chien.

Ils rirent. Sparma descendit, entra dans la maison, accepta un verre. Au bout d'un moment assez long pour que la question ne parût ni curieuse ni inquiète, don Memè s'enquit :

— À quoi dois-je l'honneur ?

— M. le député m'envoie. Il voudrait parler avec Votre Seigneurie.

— Aujourd'hui même ?

— Oh que non, sans se presser. Ce n'est pas une chose importante.

— L'*onorevole*, comment il va ? Bien ?

— Remercions *u Signuri*, pour la santé, ça va bien. Mais ce matin, il s'est mis dans une grosse colère.

— Contre qui, s'il m'est permis de savoir ?

— Contre un de Favera. Le député disait que ce monsieur de Favera ne comprenait pas la différence qu'il y a entre un tyranneau quelconque et un homme qu'on respecte.

— Ah oui ? Et comment il l'expliquait, la différence ?

— Je vais vous raconter, dit Sparma. Mais je ne veux pas vous déranger avec ces bavardages. Continuez ce que vous étiez en train de faire. Et même, si vous voulez bien, je vous donne un coup de main à finir de cueillir ces oranges qui sont une chose spictaculaire.

— Merci, dit don Memè, sur ses gardes.

Le discours de l'autre ne lui disait rien qui vaille, il voulait voir où il allait en venir.

Ils sortirent de la maison, Gaetanino se prit un panier et se mit à cueillir les oranges au même arbre que don Memè.

— La différence, reprit le fermier, consiste non seulement dans l'apparence, mais aussi dans la substance. Ce monsieur de Favera, va savoir pourquoi, s'est acoquiné avec le diligué du pays. Ils sont devenus cul et chemise. Et comme ça, il s'est mis à faire, pour le compte du diligué, ce que le diligué, ou plutôt la loi, ne peut faire elle-même. Des abus, des infamies, des choses honteuses. Flanquer une radée à quelqu'un sur la place publique, l'envoyer en prison sans raison, ça, a dit l'*onorevole*, ce sont des choses d'apparence. Mais pour le faire sans perdre la face et surtout sans la faire perdre aux amis qui t'accordent leur confiance, il y faut la force de la substance. Mais si on vient à découvrir que toi, de substance, tu n'en as pas, que tu es vide à l'intérieur, une branche dans le vent, alors tu deviens un serviteur autoritaire, et pire encore, un serviteur autoritaire de la loi, ce qui est une chose tordue par nature. Votre Seigneurie est d'accord ?

— Certes que je suis d'accord, répondit don Memè en dialecte.

— Or, un tyranneau qui se prend pour un homme d'honneur peut faire du mal, et beaucoup.

Il marqua une pause, s'essuya le front trempé de sa manche.

— Madone bénie, qu'est-ce que j'ai parlé ! Et peut-être que je ne me suis pas fait comprendre.

— Votre Seigneurie s'explique très bien. Mieux que ça, on peut pas, dit sombrement don Memè.

Telle était donc la substantifique moelle du message, il était appelé à comparaître, pour expliquer son rapport avec le préfet, se justifier. Et il se sentait brûlé par l'offense d'avoir été traité de tyranneau. Il n'en pouvait plus d'avoir Sparma sur le dos.

— Les paniers sont pleins, dit-il. Allons les décharger. Il se baissa sur le sien. Et ce fut le dernier geste de sa vie car Gaetanino, convaincu de lui avoir donné toutes les raisons possibles pour accomplir ce qui était son devoir, ouvrit le rasoir, attrapa don Memè par les cheveux, lui tira la tête en arrière et lui ouvrit la gorge, en faisant en même temps un saut en arrière pour ne pas se souiller de sang. Dans le maniement du rasoir, le fermier était passé maître, même si jamais de sa vie il n'avait fait le barbier. Ensuite, de la pointe de son brodequin, il retourna le mort sur le dos et lui glissa entre les dents une feuille de papier blanc sans rien d'écrit dessus mais avec un en-tête. L'en-tête disait : « Préfecture Royale de Montelusa ». Ainsi, qui voulait comprendre, comprenait.

Chapitre premier

D'autres en auraient pu faire un livre d'imagination, un roman, autour des événements qui survinrent à Vigàta le soir du 10 décembre 1874, quand le théâtre Roi d'Italie, qui venait d'être inauguré, fut détruit par les flammes, quelques heures après le spectacle d'ouverture. Assurément, s'agissant d'un romancier, les objets sur lesquels appuyer une robuste imagination ne manqueraient pas, car dès l'origine bien des points parurent obscurs, et justement parce qu'ils ne furent pas éclaircis par la suite, ils laissèrent le champ libre aux suppositions même les plus aventurées et délirantes.

C'est presque un devoir pour moi de ne pas céder aux sirènes de l'imagination, justement parce que moi qui, à l'époque, n'avais pas encore atteint dix ans, je donnai le premier l'alarme à Montelusa, avertissant de l'incendie mon regretté géniteur, disparu depuis tant d'années, lequel exerçait les fonctions d'ingénieur minier. Celui-ci, avec un insurpassable sentiment d'altruisme et une générosité de desseins, rassembla quelques-uns de ses subordonnés, courut à Vigàta avec un appareil imaginé et construit par lui, apte à éteindre les incendies ou à les circonvenir. Je dois, avec orgueil filial, déclarer que l'usage avisé dudit appareil épargna à la petite ville de Vigàta déjà éprouvée des dommages supplémentaires.

Mon intention est donc, à quarante et quelques années de distance de l'événement, de me maintenir dans les limites d'un témoignage honnête et d'ordonner cette histoire dans les limites d'une reconstitution solidement ancrée dans la vérité des faits, laquelle émerge des actes de l'instruction, des documents, des lettres, des témoignages.

Il faut rappeler en préambule qu'en ces années, Vigàta, localité à la fois maritime et agricole, comptait une population de sept mille âmes et appartenait territorialement à la province de Montelusa, tout en se trouvant, de par son éloignement géographique, beaucoup plus proche d'un autre chef-lieu, Agrigente. Un chroniqueur de l'époque, le professeur Baldassare Corallo, écrit :

Avec l'élévation progressive des conditions économiques, notre petite ville commença à se diriger vers ce bien-être civilisé qui caractérise la vie italienne. Même la bourgeoisie visait à élever le niveau de culture et commençait à accueillir avec intérêt les postulats de la civilisation.

Et parmi ces postulats, évidemment, il y eut celui de la construction d'un théâtre qui ne constituerait pas seulement un lieu de divertissements, fussent-ils élevés, mais dans le même temps un centre idéal de rencontre, une sorte de tribune où la communauté de temps à autre se réunirait, soit pour écouter la pensée ailée de quelque hôte artiste, soit pour débattre des problèmes propres à la région.

La proposition d'érection d'un théâtre, votée à l'unanimité d'une réunion du Conseil Communal, le 27 mars 1870, se traduisit dans le concret par une adjudication concédée, par négociation privée, à l'entreprise Temps Nouveaux, de Misilmesi. Et aussitôt, des rumeurs insinuantes et malignes répandirent parmi la population la fable selon laquelle, à la tête de cette entreprise se trouvait, sans apparaître pourtant officiellement, l'*onorevole* Fiannaca, au parti duquel appartenait également le maire de Vigàta, le comptable Casimiro Pulitano.

Rien de plus infamant et mensonger pour le député Fiannaca, dont la carrière politique a été le reflet d'une irréprochable honnêteté de comportements : durant deux bonnes législatures, il a été élu par un très large consensus populaire et a même occupé, très dignement, le fauteuil de sous-secrétaire au ministère de l'Intérieur. Et c'est tout dire.

Un anarchiste, un certain Federico Passerino, fournit à la presse un libelle ignoble et infect contre l'*onorevole*, où il soutenait, entre autres, l'hypothétique entente entre M. Fiannaca et le maire Pulitano à propos de la susdite adjudication. En préambule, il convient de rappeler que Passerino, homme sans Dieu, sans Patrie, sans Famille, sans foi ni loi, et privé de ces attributs qui font que l'homme entre dans la communauté civilisée, avait été un jour, en public, personnellement sauvé par l'*onorevole* parce qu'il avait été, avec raison, agressé par quelques-uns des partisans de l'homme politique, indignés par les multiples insinuations qu'en chaque occasion ce méprisable individu répandait contre l'œuvre de M. Fiannaca. *L'onorevole* décida, plus pour calmer les esprits que pour sa satisfaction personnelle, de recourir aux voies supérieures de la Justice, en déposant une plainte en bonne et due forme, avec de solides moyens de preuves, contre Passerino. Et celui-ci fut condamné par le Tribunal de Montelusa pour diffamation. Ajoutons, pour que la chronique soit complète, que Passerino, sa femme Margherita et son petit garçon Andrea dit Nirìa, âgé de deux ans, trouvèrent une mort horrible dans l'explosion d'une bombe que l'anarchiste essayait de confectionner chez lui. En cette occasion aussi, quelques rumeurs malveillantes insinuèrent qu'en réalité, la bombe avait été lancée par une fenêtre ouverte contre Passerino et j'enregistre ces rumeurs par devoir d'impartialité. Mais la plupart reconnurent, dans cette tragédie, la main de Dieu.

En tout cas, les adjudicataires se conformèrent à leur ontrat, quoique avec quelques dépassements des coûts dus à la baisse de la valeur de la lire, de sorte que le théâtre put être inauguré avec seulement dix mois de retard par rapport au terme prévu par l'adjudication.

Multiples, variées et fantaisistes, furent les rumeurs qui circulèrent en province à propos du choix de l'opéra destiné à l'inauguration. En ces années-là, la province de Montelusa était gouvernée par deux excellents représentants de l'État. Le premier était Son Excellence le Préfet Eugenio Bortuzzi, chevalier florentin. Le second était le Questeur Everardo Colombo, chevalier milanais.

À peine arrivé sur notre terre, M. Bortuzzi s'empressa immédiatement, comme il était de son devoir, de connaître en personne les hommes et les choses de notre province qu'il devrait, comme il le fit, hautement gouverner. Par le témoignage direct de Carmelo Ferraguto, alors fils de quinze ans de feu Emanuele, lequel était appelé par tous *u zu* Memè, en raison de la prompte disponibilité qu'il manifesta en toute occasion pour répondre aux besoins de ses concitoyens, j'ai pu apprendre comment Son Excellence le Préfet se servit du père de celui-ci, qui s'y prêta bien volontiers, pour être introduit à une connaissance plus capillaire des situations locales, de manière à pouvoir avoir un tableau le plus exhaustif possible des conditions prévalant dans la province.

Malheureusement, l'œuvre méritoire d'Emanuele Ferraguto ne put avoir de suite car il fut barbarement assassiné par des tueurs à gages inconnus, et pour des raisons qui le sont tout autant, alors qu'il s'occupait, ignorant du danger, à la récolte des fruits dans un de ses petits vergers.

Homme de profonde culture et âme exquise (et il ne pouvait en être autrement, étant donné que M. Bortuzzi était né à Florence, berceau ultime de l'Art), le préfet

Bortuzzi se sentit investi du devoir d'éduquer les Vig...
tais dans les choses de l'Art, et aussi de les suivre pater...
nellement dans leurs premiers pas vers le Sublime.

Comme citoyen privé, et non avec l'Autorité qui lui
était conférée, ce dernier, lors d'un déjeuner dans une
maison amie, exprima au marquis Antonino Pio di
Condó, président du Conseil d'Administration du
théâtre, l'humble opinion qu'un opéra comme *Le Brasseur de Preston* de Maître Ricci Luigi pourrait constituer
le premier degré d'un *gradus ad Parnassum* idéal pour
les Vigatais. De l'expression de cette opinion, fournie,
répétons-le, dans la seule intention d'éviter un sentiment
de rejet chez une population certes encore peu disposée à
goûter pleinement la beauté et la profondeur d'œuvres
aux développements plus subtils naquit une périlleuse
équivoque. Certains membres du Conseil virent, ou
plutôt voulurent voir, dans l'amicale suggestion de
Son Excellence une consigne autoritaire, très loin au
contraire des habitudes morales du Préfet. À la suite des
vives diatribes qui s'ensuivirent, le marquis Antonino
Pio di Condó se vit dans l'obligation de présenter sa
démission. À sa place, après de laborieuses discussions
et des polémiques enflammées, fut élu le commandeur
Massimo Peró, lequel, sur indication motivée d'un
membre du Conseil, le professeur Amilcare Ragona (qui
était allé jusqu'à se rendre exprès à Naples pour assister
à une représentation de l'opéra controversé), reproposa
Le Brasseur de Preston comme opéra inaugural.

Que dire, sinon qu'à ce point, les résistances d'une
partie du Conseil se firent plus fortes, que les insinuations se multiplièrent, que les rumeurs les plus malveillantes se mirent à courir sans aucun frein ? Les
rumeurs en circulation furent si nombreuses que Son
Excellence Bortuzzi, quoique de mauvais gré, dut procéder à la dissolution du Conseil d'administration et nom-
mer un commissaire extraordinaire en la personne de

...nio Trincanato, haut fonctionnaire de la préfecture, ...ont les qualités d'impartialité étaient reconnues. On répandit, en cette occasion aussi, la rumeur venimeuse selon laquelle M. Trincanato étant beau-frère de M. Emanuele Ferraguto, n'aurait pu en aucune manière se soustraire aux pressions conjuguées du Préfet et de Ferraguto lui-même. Au contraire, comme on pouvait s'y attendre, M. Trincanato montra aussi en cette occasion son absolue liberté de jugement. Il fit même plus : avant de décider, il écouta l'opinion de certains membres du Conseil dissous, consulta d'éminents citoyens et, seulement alors, tira ses conclusions démocratiques. Ce fut ainsi qu'il parvint au choix définitif du *Brasseur*.

Contrairement à ce qui s'écrivit et se dit dans les journaux et dans les cercles hostiles au Parti du gouvernement, le cours de la représentation ne fut nullement troublé par des manifestations de désaccord. Il y eut des exclamations d'émerveillement pour la beauté des décors et la magnificence des costumes, ainsi que pour la qualité exquise de la musique et la valeur des interprètes. Quelques expressions d'incivilités se firent certes entendre, de la part de certains spectateurs placés au poulailler, mais il s'agit plus que tout de commentaires ingénus venant de gens qui n'avaient jamais mis les pieds dans un théâtre et ignoraient quel devait être le comportement correct. Le délégué local à l'ordre public, Sebastiano Puglisi, aurait dû pourvoir à ramener ces spectateurs indisciplinés au comportement civilisé. Mais ceci est le point douloureux de toute la malheureuse affaire, et nous chercherons à le situer sous une lumière juste. Puglisi était un homme de nature vulgaire, de tempérament violent, le tout aggravé par une relation adultérine qu'il entretenait avec une jeune femme de Vigàta, dont la sœur, veuve, trouva une mort atroce à la suite de l'incendie du théâtre. Peut-être pour entretenir la femme infidèle avec de riches cadeaux, Puglisi s'était adonné à

la protection du jeu de loto clandestin, une des plaie
qui, dans l'île, prospérait grâce au paravent fourni par
ceux qui, justement, auraient dû poursuivre et éradiquer
cette illégalité. L'œuvre de répression promptement
entreprise par le Préfet et par le Questeur mit en lumière
l'implication de Puglisi dans le louche trafic. Mais
Puglisi, on ne sait comment, s'en tira de justesse. Ce fut
par une erreur d'évaluation du Questeur, erreur due à sa
générosité d'âme innée, que le délégué put rester à son
poste et y poursuivre ses menées. De sorte que, durant la
représentation, lui, comme il est de coutume chez les
esprits mauvais, au lieu d'intervenir pour dissuader, calmer, convertir, il se laissa aller à une sorte de hautaine
indifférence. Il faut dire pour compléter la chronique que
Puglisi, deux jours après l'incendie du théâtre, trouva
une mort ignominieuse. Comme il a été établi par la
suite, il s'était rendu à une réunion entre malfaiteurs,
bandits recherchés et brigands, qui se déroulait dans la
maison d'un certain Diego Garzìa, jeune rejeton d'une
famille illustre mais tombée en décadence et peut-être
corrompu par les malheurs familiaux. Qu'il se fût agi
d'une réunion pour décider d'autres criminelles entre-
prises, il ne fait là-dessus aucun doute : Puglisi se rendit
en fait à cette rencontre armé de son revolver personnel
(l'arme d'ordonnance fut en revanche retrouvée dans le
tiroir de sa table de travail dans son bureau de Vigàta). Et
de toute façon, s'il s'était agi d'une opération destinée à
réprimer les actions futures de la pègre, il aurait dû en
avertir en premier lieu la Questure et en second lieu les
hommes qui dépendaient de lui. Mais il ne prévint personne et y alla seul, signe qu'il ne souhaitait pas avoir de
témoins. Chez Garzìa dut survenir quelque discussion,
sans doute sur la répartition des biens mal acquis, un
règlement de comptes, comme on dit, et Garzìa et Puglisi,
ayant empoigné leurs armes, se tuèrent mutuellement.
L'enquête promptement menée par le nouveau délégué

Vigàta, Catalanotti, a brillamment confirmé le dérou-
ement des faits.

On a aussi parlé, mal à propos, de l'intervention d'une
compagnie de miliciens à cheval durant les événements
qui aboutirent à l'incendie du théâtre, compagnie com-
mandée par le capitaine Villaroel (qui acheva par la suite
sa carrière comme colonel des Carabiniers Royaux). Il
est vrai, un peloton de miliciens était disposé à l'extérieur du théâtre pour protéger les autorités qui s'y réunis-
saient, mais il s'agissait bien plutôt d'un piquet d'honneur. Vers le milieu du deuxième acte, quelques jeunes
chenapans avinés se mirent, sans autre raison que celle
de semer le désordre, à mener grand tapage sur la place
devant le théâtre. C'est pourquoi le capitaine Villaroel se
résolut à annoncer aux spectateurs qu'il ne convenait pas
qu'ils filent à l'anglaise et par petits groupes : justement
pour qu'ils ne se heurtent pas à des rencontres déplai-
santes. Ce qui, en revanche, paraît inexplicable, est la
réaction de panique consécutive au « couac » (comme on
dit dans le jargon des musiciens) inattendu de la pourtant
éminente chanteuse Maddalena Paolazzi. Le « couac »,
on le sait, est un incident malheureux qui peut arriver
dans n'importe quel théâtre et à des chanteurs excellents : mais jamais, de mémoire d'homme, une erreur
semblable ne provoqua, en aucun théâtre au monde, une
terreur si forcenée. Qu'on ne peut définir autrement.
De ce comportement apparemment irrationnel, nous
sommes parvenus, au prix de patientes enquêtes et avec
le soutien d'éminents connaisseurs de l'âme humaine,
à une explication rationnelle que nous exposerons plus
loin.

Il reste à parler de l'incendie. Celui-ci, la chose est
certifiée, apparut au moins deux heures après l'interrup-
tion de la représentation, quand les gens étaient depuis
longtemps retournés en toute sérénité à leurs occupations
ménagères de la fin du jour. La question principale est

donc celle-ci : quelle fut la cause déclenchante du violent incendie ?

Alors que les flammes attaquaient encore le théâtre, la conviction s'imposa généralement que le désastre avait été provoqué involontairement par un mégot de cigare encore allumé, abandonné par distraction près de quelque chose (une tenture, un fauteuil, un tapis) qui pouvait facilement devenir la proie du feu. Et les deux heures de délai offrent remarquablement le laps de temps indispensable entre la chute du cigare, la lente combustion et les flammes. Contre cette explication, dictée par le bon sens, on voulut à tout prix en insinuer une autre qui se prêtait mieux aux desseins de ceux qui voulaient tirer de l'occasion l'avantage de mettre en discussion l'œuvre des Forces constituées. On parla, par exemple, de la présence dans la région d'un dangereux affidé de la secte des mazziniens, et il faut par ailleurs ne pas oublier qu'à l'époque de frénétiques républicains parcouraient l'île, au point que Mazzini lui-même, quelques mois plus tard, fut arrêté durant une tentative de débarquement clandestin à Palerme. En tout cas, on ne trouve aucune trace, ni à la Questure Royale de Montelusa, ni auprès de la délégation à la sécurité de Vigàta, du passage à Vigàta de ce révolutionnaire fantomatique, M. Catalanotti, bras droit du fameux Puglisi, assura, pour faire bonne mesure, que jamais son supérieur ne lui avait dit être au courant de la présence dans la région d'un agitateur factieux et incendiaire présumé.

Le livre de l'*onorevole* Fiannaca *(Batailles siciliennes)* rend d'ailleurs généreusement justice aux républicains de Vigàta, qui étaient pourtant ses adversaires politiques, et les juge bien au-dessus de l'infâme soupçon d'une quelconque complicité. La thèse de l'incendie criminel fut par ailleurs soutenue (sans qu'ait été assignée à quiconque la paternité de l'acte répréhensible) par un jeune expert des Assurances Foncières, selon lequel le feu aurait été déclenché par le lancement sous la scène du théâtre de deux tirelires remplies de pétrole, qu'on aurait fait exploser grâce à une mèche allumée. Combien cette reconstruction était fantaisiste, le *dottor* Meli eut à le démontrer, lui qui avait pris en charge l'enquête après la mort violente du délégué Puglisi, et en avait été chargé comme il se devait par le Questeur Colombo. Le *dottor* Meli (qui devait conclure brillamment sa carrière en prenant une très haute charge à Rome, au ministère de l'Intérieur) démontra de manière irréfutable que ces deux tirelires appartenaient aux enfants du gardien du théâtre, qui, dans un mouvement de défiance enfantine, les avaient cachées précisément sous la scène. Et les enquêteurs parvinrent à une confirmation totale en dénichant, près des fragments de tirelires, de nombreuses pièces qui n'avaient pas été découvertes avant à cause des dégâts provoqués par l'incendie.

Lequel incendie provoqua, directement et indirectement, la douloureuse et déchirante perte de trois vies humaines.

Et ici, je suis contraint d'anticiper sur une page à laquelle je m'abstiendrai bien volontiers de m'attarder, en raison de la gravité de l'affaire comme de l'odeur ignoble qui en émane. En quelques mots : les flammes de l'incendie s'étendirent aussi à une maisonnette à deux étages, à part le rez-de-chaussée, située immédiatement derrière le théâtre. Là, il y eut deux morts, une jeune veuve et un homme qui, au premier coup d'œil, parut avoir perdu la vie dans une généreuse tentative pour la sauver. Cela se déduisait de la position des corps. Mais il s'agit en fait d'une mise en scène aussi macabre qu'ignoble due au délégué Puglisi. La jeune veuve était morte dans son sommeil, étouffée par la fumée ainsi que cet homme qui était son amant et dont elle goûtait encore les étreintes quelques instants auparavant. Puglisi, suborné par sa maîtresse qui était sœur de la victime, déplaça et manipula les corps de manière à faire croire que la veuve était seule dans son lit et que l'homme avait tenté d'entrer par le balcon pour la sauver. Catalanotti se rendit compte tout de suite de cette obscène comédie et quelques heures après, ayant opéré toutes les vérifications appuyant sa juste hypothèse, il écrivit un mémorial, un rapport au *dottor* Meli qui rétablissait sans équivoque la vérité.

Il y eut en revanche quelqu'un qui perdit la vie dans une généreuse tentative pour sauver la veuve, et ce fut le Dr Gammacurta, un des deux médecins de Vigàta. S'apercevant que les flammes menaçaient la maisonnette située derrière le théâtre, et se rappelant qu'au dernier étage habitait la veuve qui était de ses patientes, le docteur tenta de la sauver en grimpant jusqu'au sommet d'une montagne de sel, un dépôt qui était presque collé à l'arrière de la maison. Sa tentative fut interrompue par un infarctus qui le cueillit au cours de son action altruiste et héroïque. Les blessures qui furent retrouvées sur son corps sont à attribuer, selon les résultats de l'autopsie effectuée par un médecin de confiance de la Questure, aux obstacles innombrables que Gammacurta rencontra sur le parcours accidenté.

Mais de cet épisode, et des autres encore ignorés, nous parlerons amplement dans les chapitres qui suivront.

Note

L'Inchiesta sulle condizioni sociali e economiche della Sicilia (1875-1876) (Enquête sur les conditions sociales et économiques de la Sicile), non celle de Franchetti et Sonnino, mais l'enquête parlementaire, fut publiée par l'éditeur Cappelli de Bologne en 1969 et se révéla aussitôt pour moi une véritable mine d'or. Des questions, des réponses, des observations, des répliques contenues parmi les centaines et les centaines de pages sont nés le roman *La Stagione della caccia* et l'essai *La Bolla di componenda*.

Ce nouveau roman augmente ma dette. Lors de l'audience du 24 décembre 1874, on entend le journaliste Giovanni Mulè Bertolo pour savoir quelle est l'attitude de la population de Caltanisseta et de sa province à l'égard de la politique gouvernementale. Le journaliste dit, à un certain moment, que les choses se sont améliorées depuis le jour du déplacement du préfet, le Florentin Fortuzzi, qui s'était attiré l'hostilité particulière de la population (« Fortuzzi voulait étudier la Sicile à travers les images gravées dans les livres. Si un livre n'avait pas d'image, il n'avait pas d'importance... Il était toujours enfermé entre quatre murs, approché seulement par trois ou quatre individus qui l'inspiraient. »).

Fortuzzi en fit vraiment trop le jour où, devant inaugurer le nouveau théâtre de Caltanissetta, il imposa que l'opéra à représenter soit *Le Brasseur de Preston* (« Il ulait aussi nous imposer la musique à nous, les barbares de cette ville ! Et avec notre argent », s'exclame, indigné Giovanni Mulè Bertolo). Il y réussit, malgré l'opposition des autorités locales et le plus beau, c'est qu'on n'a jamais su le pourquoi de son entêtement sur le *Brasseur*. Naturellement, durant la représentation, survinrent de nombreux incidents, un employé des Postes qui désapprouvait visiblement fut transféré le lendemain (« il dut abandonner son poste parce qu'il n'avait que 700 lires par an de salaire et ne pouvait s'éloigner de Caltanissetta »), les chanteurs furent submergés de sifflets.

À un certain moment quelque chose de plus sérieux dut se passer parce que, dit toujours le journaliste, « entrèrent dans le théâtre les miliciens à cheval, la troupe en armes ». Mais à ce point, les membres de la commission préférèrent glisser et passer à un autre sujet.

L'histoire, quoique à peine évoquée dans la déposition, me frappa et je commençai à y travailler. Il en est sorti ce roman, qui est entièrement inventé, à part, naturellement, le point de départ.

Je dois remercier Dirk Karsten van der Berg d'avoir réussi à me procurer le livret et la partition du *Brasseur*.

Je dédie à Alessandra, à Ariana et à Francesco cette histoire qu'ils liront quand ils seront grands en entendant de nouveau, je l'espère, la voix de leur grand-père.

Table

P.S. : Arrivés à cette heure de la nuit, c'est-à-dire au sommaire, les lecteurs survivants se seront certainement rendu compte que la succession des chapitres arrêtée par l'auteur n'était qu'une simple proposition : en fait, chaque lecteur, peut établir sa propre séquence personnelle.

RÉALISATION : DARANTIERE À DIJON-QUETIGNY
IMPRESSION : S.N. FIRMIN-DIDOT AU MESNIL-SUR-L'ESTRÉE
DÉPÔT LÉGAL : MAI 2001. N° : 44797-2 (56037)

Collection Points